福翁夢中伝　下

荒俣宏
HIROSHI ARAMATA

早川書房

福翁夢中伝

〔下〕

目次

上巻目次

第六話　師とその弟子

妹背山とあしべ屋妹背別荘を望む

撮影＝中島悠二

提供＝あしべ屋妹背別荘館主・西本直子

和歌浦《わかのうら》へ漕ぎでた舟

（諭吉《ゆきち》註：この話は門人である小泉信吉《こいずみのぶきち》の心情を語るのが主眼であるため、「本書の作者」なる者に心理描写させる）

紀州和歌浦は万葉の時代から知られた歌枕の地である。その奥まった塩浜と呼ばれる一角に、妹背島《いもせじま》という小さな島が浮かんでいる。奈良貴族の庭池に築かれた「蓬莱《ほうらい》」のように、古く神仙の住んだ島であると信じられた。

山部赤人《やまべのあかひと》が、わかのうらに潮満ちくれば潟《かた》をなみ、葦辺《あしべ》をさして鶴《たず》鳴きわたる、と詠ったころは「若の浦」と表記されたが、波静かなこの湾がそもそも「あかのうら」と呼ばれたのは、陽光を浴び明るく輝いたから「明光浦」の意味であったとする一方、博物学者の南方熊楠《みなかたくまぐす》は川から来た鉄分が豊富なせいで赤さびが海水や砂洲を赤く見せたことに由来すると考えた。

小泉信吉もこの妹背島周辺の風景に親しむ者である。神の島とはこういう眺めであろうか、と思う。この小島には、陸地とのあいだをつなぐ三断橋という石造橋がかけられていて、これがまた異界へ渡る神の踏み石のように見せている。徳川家康《とくがわいえやす》の側室だった養珠院《ようじゆいん》お万《まん》の方《かた》が家康供養のため妹背山に経石を奉納し、その子の紀州藩主徳川頼宣《よりのぶ》がさらに多宝塔と観海閣を築いたと伝わる。

ここに陸側から三断橋をかけさせたのも、頼宣の意向であったそうだが、庶民の行楽の便も考えてか、陸側の入口に「あしべ屋」と「朝日屋」という茶屋をたてた。それゆえ歌枕趣味のある文人にも喜ばれた。

明治のころ、南方熊楠もよくここで海の動植物を採集したという。野生の癖《へき》がある熊楠のことであるから、海藻がよく茂る冬季にも素っ裸で海に潜ったにちがいない。

ところでその明治期に、この小さな島の海っぺりには古い家が一軒あった。その家が古い絵葉書にも写っているので、なぜにあの島に民家らしいものがぽつんとあるのだろうか、といぶかしく思う旅人もいたであろう。聞けば、あの平屋建てはあしべ屋の別荘なのだそうで、ずいぶん高位の人々も泊まる宿であった。陸地がわにあった本館はいま跡形もないが、小島のほうの別荘だけは原形に近いまま現存していた。あしべ屋が大正期に廃業した後、そこを買い取った先が建物の保全にこころがけたおかげで、今もそのままのたたずまいを残している。

明治時代、あしべ屋はもっとも盛んな和歌浦の料理旅館であった。夏目《なつめ》漱石《そうせき》も紀州講演旅行の宿としてここに予約を入れたが、そのとき京大総長の菊池《きくち》大麓《だいろく》が宿泊していたので、面倒を嫌って宿替えしたため、この名旅館に泊まりそこねた。だが、漱石のずっと前、明治二十二年九月のこと、慶應義塾総長であった小泉信吉が妻とまだ幼い子らを連れて長逗留したことは、あまり知られていない。ここだけを聞くと、私学の雄とされた学校の総長が、優雅に家族旅行でも楽しんだのだろうと早合点しがちだが、じつはそのとき小泉は生涯でもっとも悲しい「意地」を張っていたのだった。

小泉信吉が意地を張った相手というのは、書くまでもないが恩師福澤《ふくざわ》諭吉である。小泉は、諭吉が差しのべた救いの手を、あえて振り払って、病気という言い訳をたてて故郷へ逃げこんだ。諭吉は、自分の弟子にもかかわらず礼を尽くして帰京を懇願したが、小泉は帰らなかった。そこで諭吉は、神戸で鉄道の仕事に就いていた甥の中上川彦次郎《なかみがわひこじろう》を和歌山に遣わして、慶應義塾に戻るよう説得をおこなわせた。もはや泣き落としの一手しかなかったからだ。

中上川は小泉とともにロンドン留学を体験した親友である。少し丸みを帯びた童顔の若者とはいえ、諭吉と同じ中津《なかつ》藩の出身である。しかもかれの母は諭吉の姉にあたる。最初は漢学を学んだが、その後は適塾系の洋学を学び、慶應義塾を卒業して小泉と英国留学に出た。留学費用は福澤個人が負担している。福澤としては、自分の息子二人の留学費用にするつもりだった金を、この甥のために投げだしたらしい。むろん、単に叔父甥の義理だったからではない。慶應最初の留学生として、小泉とともに塾の後事を託せる人物と見こんだための〈投資〉だった。

しかし、事情があって中上川は、帰国後に井上馨《いのうえかおる》の知己を得て官吏となった。井上の贔屓《ひいき》で外務省権大書記官にまで昇進し、井上が諭吉を取りこんで官営の新聞を発刊させるというときには、井上を諭吉に取り次ぐ役まで引き受けた。甥が仲介に立たされたことで、諭吉はいちど「ノー」と回答していた案件を、結局イエスと受け入れた。しかし、その後は明治十四年の政変の発生により、事態が一変した。中上川自身さえ、政府転覆を謀る福澤一派の一員と目されて、政府内から追放されたのである。

さて、中上川は紀州に向かう途中、どうやって小泉の気持ちを溶《と》かそうかと思案に暮れた。いろいろ計画を巡らそうとしたが、これは小泉と諭吉のあいだの喧嘩であるから、どちらがいい悪いを決めるのでなく、喧嘩両成敗の手打ちに持ちこむのが上策だと、最後に結論を出した。

福澤諭吉という叔父には、弱い面が一つあることを、甥は知っていた。それは家族と弟子への尽きせぬ愛情である。もしも家族の誰か、弟子の誰かが苦しむことがあれば、大学も何もかも売り払って彼らを援《たす》けようというほど、溺愛していた。これは政治でも経済の問題でもない。心情の問題である。家族を愛する心が基礎となって国への愛につながることが、国家独立の前提であると、諭吉は信じていた。

中上川は、そんな叔父の信条をよく知っている。だから、大変な説得役を仰せつかったとはいえ、勝算がないわけでもなかった。要は諭吉叔父に頭を下げさせて、小泉には慶應に戻ってもらうという便法で解決できると判断したのである。しかし、この際はまず、小泉から本心を聞きだす必要があった。今の慶應は昔の塾ではない。天下の東大に対抗する私立大学の雄として、小泉は欧米式の大学組織を導入し、経営も福澤の手から離れる選択をした。しかし現実は今なお、福澤が実権者なのである。塾生はすべて福澤の家族という気分を、まずは廃さなくてはならなかった。この方針には、中上川も若さゆえに同感している。その気持ちも手伝って、中上川は小泉に思いどおりの学校経営をさせる後押しをする気になっていた。だが、そのような覇気は、奇妙なことに、和歌山市にはいったあたりから萎《しぼ》んでいった。おかしいなと思ったが、和歌浦まできて分かった。ここはすでに、欲望のうずまく都会ではなく、遠い神仙の地だったからだ。気分がうそのように穏やかになった。

中上川は市内から馬車を走らせ、玉津島《たまつしま》神社の前で降りた。そこに見えたあしべ屋という大きな旅館の帳場におもむき、小泉信吉という客はいないか尋ねた。帳場の支配人らしき老人が大きな宿帳を繰って、客の名を拾い上げた。どうやら、目の前にある妹背島の別荘にいるらしい。海の方へ延びる石造りの橋をわたっておいでなさい、と老人が教えてくれた。

中上川は旅館を飛びだすと、目の前にひろがる穏やかな海を見わたした。右手に、まるで相州《そうしゅう》江ノ島を小さくしたような、樹々に覆われた島があった。島とは言いすぎかもしれず、陸地の尖端に突きでた人工の山のように見えた。その方向へ歩いて行くと、一目でそれとわかる、ユニークな石橋が海上にのびていた。三断橋であるらしい。

橋を渡りかけると、ちょうど中島のようになったあたりに、小さな子を二人従えた婦人が立っていた。子は女の子と男の子で、大きな麦わら帽子を被り、麻の浴衣を着ている。ところが婦人は、このあたりではめずらしい薄いブラウスと、真っ白なスカートを着けている。

中上川がパナマ帽子を取り、その婦人に軽い会釈《えしゃく》をした。婦人はすぐに、慶應式の挨拶とわかって、頭を下げた。

「や、おちかさん。中上川です」

と、声をかけると、婦人は笑みを浮かべ、小さな姉弟の手を引きながら近づいてきた。

「中上川様でしたか、おひさしゅうございます。こんな田舎にまでお運びくださって」

婦人は白い歯を見せた。親友の女房ながら、中上川にはまぶしく見えた。

「おちかさん、洋装がよくお似合いだ」

と賛辞を送ると、小泉千賀《ちか》はかぶりを振った。

「わたくし、ほんとうは着物が好きなんですの。でも、主人がここでは洋服にしろ、とわがままをいうんです」

「はは、憂さ晴らしですな。おちかさんにはとんだ迷惑だ」

中上川はそう相槌をうつと、大股で二人の子に歩み寄り、頭に手を置いてから、「千《せん》ちゃん、信三《しんぞう》君、元気か?」と声をかけた。子らははにかんで母のうしろに隠れた。

中上川はもう一度小泉千賀の顔を見た。信吉の妻は、まだ二十代半ばの若々しい笑顔を輝かせながら、軽やかなまなざしで中上川の顔を見上げる。

「で、信さんはどうしてます?」

と尋ねると、千賀は表情を変えずに答えた。

「あいかわらず酔いつぶれてますわ。和歌山に帰りましてから、酔いっぱなしですの。福澤先生もお酒飲みでいらっしゃるので、よく苦言をいただいてたんです。でも、聞く耳もちません」

「そうですか。でもね、その先生の方もえらく狼狽《ろうばい》しちまってるんですからおあいこでしょう。なにしろ、おちかさんに泣かれてしまったと、しょげ返ってますからね」

「まあ、いやですわ。そんなことまでお耳に?」

千賀は照れ笑いした。

「そりゃそうですよ。叔父様が慶應改革の切り札として元老連中を抑えてまで、信さんを総長に指名したんですからね。これは叔父様が命をかけた勝負だ。でも、その信さんが、プイとそっぽを向いて故郷へ帰っちまったんですから、これが大事でなくてどうしますか？」

「そうですか。でしたら今から」

千賀は肩越しに返事して、中上川を玄関のほうへ先導した。二人の子も母親のあとを追う。中上川はそのうしろに尾《つ》いて、別荘の入口を潜《くぐ》った。千賀はすっかり宿屋の部屋割りが頭にはいっているらしく、仲居を呼ぶこともなく廊下を伝って、奥まった部屋の障子を開けた。海に面した窓が開いていた。少し逆光だったが、その窓の手前に置かれた椅子に黒い影が見えた。小さなテーブルの上にのったウイスキーらしき瓶が、透き通って光っている。中身はもう半分もない。

人影はグラスを片手に、力なく椅子にもたれていたが、「よう、信さん」という声を聞いて、初めて顔を上げた。端整な顔だが、豊かな黒髪が乱れて額を覆っていた。まだ若い年恰好なのに、背負った重荷を放り捨てたような虚無感が漂っている。かれは目を細めて声の主《ぬし》をみつめたあと、挨拶の代わりにグラスをちょっと上げて見せた。これも慶應式だ。

「彦次郎か。やっぱり来たね、こんな田舎まで」

そのことばに引かれるように、中上川は座敷の畳を踏んだ。

「いかんな、昼間から酒浸りじゃ。君は紳士だが、いい酒じゃない。そのうちに体をこわしても知らんぞ」

中上川はそう言うと、小泉信吉の手からグラスを奪った。

「彦次郎、君が来てくれたことには感謝するが、しかしボクは塾には戻らぬ。もう決めたんだ、説教は無用だ」

信吉は見上げながら、絡むかのように反論した。

「先回りするな。まずは君の言い分を聞かせてくれ。おれが君を説得するかどうかは、そのあとで決めるから」

「言い分……？　それはちょっと、他人に聞かせられない話になるぞ。おい、彦次郎、これから舟に乗らんか。和歌浦の真ん中に出れば、心おきなく話せるから」

「舟にか？」

彦次郎がつぶやくのを聞いて、千賀が夫の代わりに答えた。

「この人、中上川様に言い分を聞いてもらうんだと申しまして、朝から漁師に小舟を出してもらう算段をしてたんですのよ」

「千賀！　余計な口を挿《はさ》むんじゃない。舟の用意はできてるのか」

「はい、いつでも」と、妻が白いブラウスの胸元に手のひらを当てた。

中上川は覚悟を決めた。これはじっくり信吉の言い分を聞かねばならぬ。

「わかった。おれも今日はここに泊まるつもりで来た。舟でも何でも乗ろうじゃないか」

千賀はうなずき、足元にまとわりついている子らを東京から連れてきた女中に預けて、外へ出て行った。

「あいかわらずのしっかりもんだね」

「誰のことだ？」

「決まってるだろう、おちかさんだよ。おれがここに来る羽目になったのも、おちかさんのせいだよ。おまえが紀州へ帰ると言いだしたとき、先生がおちかさんに、あんたはどうして信さんを止めてくれなかったんだ、と恨みごとを言ったそうだ。そしたらおちかさんが逆に、ぜんぶ先生が悪いからじゃありませんか、と言い返して、大泣きに泣いた。いや、おちかさんに言わせれば、泣いてやったわよ、と言うところだね。さすがの先生も立ち往生だよ。先生にすれば、ご自分の奥さまに泣かれたような、まことに申し訳ない気になったんだろう。それでおれに、説得役なんていうお鉢がまわってきた。迷惑千万だよ」

それを聞いて、信吉はようやく笑った。「ち、あいつめ」と舌打ちしたので、中上川はちょっと噴きだした。

「そうだ、信さん。福澤は攘夷派や民権派には殺せぬが、教え子の奥方の涙にはイチコロなんだ。そもそも、家族も教え子も、ぞろぞろ塾の敷地に住まわせて、その子らを講堂や教場で自由に遊ばせているんだからね。よちよち歩く子があちこちで遊んでいるんだぞ。その子たちを面倒みる奥方や、近所の女房たちが、これまた自由に学校に集まって婦人会よろしく歌舞音曲だの料理指南だの、盛大に井戸端会議をするんだからね。こんな学校、今どき、どこにもありゃせんよ」

中上川が我慢できなくなって大笑いすると、信吉は戸惑いを見せた。それで信吉の肩に手を置き、

「まあ、その先は舟の上で詳しく聞くさ。先生が常づね主張されてきた女性自立の理想が、我が

婦人たちにはとっくに実現できているようなもんだからさ」と、中上川は急《せ》き立てた。玄関口で、千賀が二人を待っていた。

小泉信吉の妻は、たしかに諭吉好みの女性だった。諭吉の見立てによれば、「勝気で決断力に富み、闊達《かったつ》」な女である。彼女は、夫と一緒になって、幼い信三（のち、慶應大学の学長となる）と相撲を取ったり、空気銃の撃ち方を教えたりした。あるとき信三が「スズメは鳥？」と訊いてきたとき、千賀はからかいのつもりだったのか、「あれは虫だよ」と答えたという。そのため信三は、ほんとうにスズメを虫と信じこんだらしい。こんな豪快な奥方だったが、信三はその一方で、ふと真夜中目を覚ましたときなどに、母の千賀がじっと闇を見つめて考えこんでいる姿を見ることもあったようだ。かなり深い憂いに耐えている感じで、その顔は、子にとって頼もしくもあり、恐ろしくもあったけれども、やがてさばさばとした穏やかな顔に戻ったので安心したという。また、千賀は夫と同じく諭吉を敬愛する心が篤《あつ》く、『時事新報』に諭吉の文章が載ると、いちいち紙に書き写して心に焼きつけていた。

和歌浦はおどろくほど静かだった。こういう海面を、油を流したようだ、とか、鏡面のようだ、とよく形容するが、その鏡に映した自分の顔がまったく歪まないことに、中上川は驚愕した。十五分ほどで舟は沖へ漕ぎでた。妹背島がもう小さくなったあたりで、信吉がちょっと千賀に目を向けた。すぐに舟が止まった。

広々とした平らな海だった。中上川があたりの景勝に目を奪われていると、信吉がぶっきらぼうに口をひらいた。

「……なあ、彦次郎よ、塾はいま過渡期にある。このまま放っておけば、官学に食われる。ボクはそれを防ぐために、総長になることを了承したのだ。その代わりに……」

中上川は親友がことばを止めると、目を景勝から剝《は》がすように移し、向き直った。

「分かってるさ。君は先生のいちばんのお気に入りだ。君なら、先生を引退させられる」

その瞬間、信吉は返答すべきことばをなくした。中上川に自分の心底を読まれていたからだった。海の真っただ中にとてつもない静寂がひろがった。海鳥の声すら消えた。

口にしてはならないこと

黙りこんでいた小泉信吉が、聞かすでもないつぶやきを中上川に聞かせた。

「まわりは海だけだから、ぶちまけるんだが、塾はこれから欧米でいうところの『大学』にならねばならぬ……だが、福澤先生がいらっしゃる限りは、大学になることなど無理だ。なぜかといえば、先生は創立者であり、学校敷地の所有者であり、しかも学生たちの父親でもあるからだ。つまり家族なんだよ。だから勉強しない学生も厳しく罰せられないし、授業料を納められなくても退学にできない。むろん、試験の成績に基準を創って、それに満たない者を一律に落第させる、なんていう欧米風も無理だ」

中上川彦次郎は、一瞬、渋面をつくった。しかし信吉は、それを無視し、話をつづけた。

「なぜなら、慶應義塾はあまりにもできすぎた家塾だからだ。明治の代《よ》になっても教育界に君臨してこられた、理想的な幕末の私塾だからだ。学問もするが、目的は愛だよ。お千賀がそう言ったので、ボクはハッと気づいたんだ。専門の学問を身に付け、国家の戦力になる学者や官僚をつくりあげるのが仕事の官立大学では、そういうことはありえない。その証拠に、ずいぶん扱いにくい新時代の若者がどんどん入学してくるだろ。ボクらにはたてつくし、何にでも反対する。だが、福澤先生に対してはみな、子どものように甘えるし、先生もかわいがる。それで学内のトラブルも収まってしまう。要するに、福澤の家塾だってわけなんだ、いまだにね」

中上川も同感だったが、そこにはためらいもあった。小泉はさらに愚痴をこぼすので、一言弁解した。

「だがね、そこが福澤先生の偉大なところだろ。学生も教師も、結婚のことから子どもの育て方まで、先生は心配してくれる」

「いや、そこがだめなんだ。先だっても、ボクらが試験の点数を基準に進級や卒業を決める改革をおこなったが、学生たちは大反対したね。それで、塾始まって以来の同盟休校に打ってでた学生たちがいた。ボクらはそんな圧力に屈しないよ。ところが学生たちは赤子みたいに先生に泣きついた。総長の小泉がいじめる、教場長の門野《かどの》がいじめる、と。泣きつかれた先生は、かれらをヨシヨシとなだめすかした。そこまでは我慢できるとしても、あとがよくない。教場長の門野に対し、学生があんたを目の敵にしてるから、しばらく学校へ来るな、と本人宛に手紙を出された。裏切りだよ。これは約束とちがう」

そこで、中上川が首を振った。

「いや、そんなことはないはずだ。先月だかに先生から手紙をもらい、新執行部が決まったから自分も長老格の小幡《おばた》とともに引退するし、三田の敷地の名義人も塾の名義に切り替える、と書いてあったぞ」

「ところがそうじゃなかったんだ、彦次郎。すべての権限を返上したはずが、今もって細かいところまで先生から指示が出る。教場長をクビにしろとは、総長のボクへの干渉だ」

「しかしね、慶應はこの国で初めての英語学校だよ。その気分が幕末の家塾そのままだとしてもしかたがない。試験の点数だけで進級や落第を決める新しい手法には、馴染んでいない。先生はあのとおり、士族の出身だから、毎日、米搗《つ》きと居合抜刀千本などという体の鍛錬を欠かさない。塾生を近所に住まわせて、同じ飯を食うし、塾生のほうも遠慮なく襤褸《ぼろ》をまとったり、裸になったりして暮らす。嫁をもらえば子どもも生まれるから、塾内で子育てもする」

　しかし、信吉はさらに首を振る。

「それじゃまるで、長屋の家主と店子《たなこ》の付きあいだよ。先生はいわば、門下生の親父という立位置なのだ。何処《どこ》へ行くにも門下生がぞろぞろついてくるから、近所じゃ、街のごろつき一家と間違えられる始末だからね。先生も学生も、それが染みついてしまっている。先生もよくわかっているからこそ、このさいボクら古株の門下生に学校運営を任す気になったんじゃなかったのか。

　たしかに慶應義塾は、いい意味にも悪い意味にも、いまだ家塾だ。そういう師と弟子の関係はうるわしいかもしれない。しかし、御一新を越えて、官立の大学が専門知識を身に付けた学生を世に送りだすようになってからは、塾でも〝目的を持たない自由な勉強〟だけを楽しむことが許されなくなった。学位を取り、その分野の専門家として卒業生を社会に出すことが、大学の役割になった。それも、官学ならいいだろうよ。役所という勤務先を用意できるからさ。でも、私学じゃむずかしいや。寺子屋ならば読み書きそろばんを教えこみさえすればいいだろ。あとは、男の子なら論語の素読《そどく》、女の子なら裁縫や家事、幼い子は遊び場所というのでもかまわなかった。先生と兄弟子が、そうした子たちの面倒を見るし、師の家に居候《いそうろう》を決めこむ苦学生もいられたわけだが、そんな話はもう通じない」

そこで新総長に就任した小泉は、大学にも、その下の普通科にも、進級と卒業には試験を課すことを条件として、厳格な学業達成主義を導入したのである。それを断行する役目を担ったのが、強面《こわもて》の教場長、門野幾之進《いくのしん》だった。悪いことに、自信家の門野は諭吉に事前了解を取ることもなく、突如として試験成績の合格ラインを設定し、学生にこの新規則を通告したのだった。

慶應にとっては、危機の始まりである。やがて千人にもなろうという学生数では、いかに諭吉でも生徒各人の事情をすべて把握することはできない。だいいち明六社《めいろくしゃ》や演説事業が始まった明治七年ごろですら、諭吉は学生に講義をする時間がもてなくなっていたのだ。学生のほうでも諭吉と親しく言葉をかわす機会がなくなって当然だった。

信吉は話しているうちに血がたぎりだしたらしく、目つきが鋭くなった。

「彦次郎、君も上海や香港で中国の状況を見聞きしただろう。あれだけ歴史がある巨大な中国がなぜ西洋列強に支配権を奪われたのか、ボクは福澤先生の塾経営とロンドン留学の両方を見たから、答えがわかる。教育制度の違いなんだよ。福澤先生は、おっしゃったろう。大坂の適塾から維新の主役がたくさん輩出された理由は、一つしかない。それは、オランダ語の習得だけ厳しかったが、あとは各自自由な勉強を許したことだ、と。先生はそれを、〈目的のない読書の効用〉と呼んだ。好きな勉強をして、その果てに知識専門職への道が開けた。

たとえば緒方《おがた》塾は、西洋医学を教えるところだったが、医者だけを世に出したわけではない。武田《たけだ》斐三郎《あやさぶろう》みたいなやつは適塾でオランダ語を鍛えられたあと、緒方先生の伝《でん》で佐久間《さくま》象山《しょうざん》に兵学やら法学、築城術までを学んだ。箱館《はこだて》に五稜郭《ごりょうかく》のような砦《とりで》を築いたのは、こいつだ。ところが少年のころは船を造ったり、仙人になれる秘薬をこしらえようとしたり、十七歳まで洟《はな》をたらして母親に甘える子だったそうだよ。また大村益次郎《おおむらますじろう》みたいなやつもやっぱり適塾で学んだ村医者だったが、宇和島に行ってシーボルトの娘のオランダお稲《いね》と知り合い、そのあと幕府に全面戦争を吹っかけて幕府軍を殲滅《せんめつ》するおそろしい兵法家になった。もっとも、御一新が過ぎてもさらに強引に軍制改革を進めすぎたので、怨みを買って襲撃されたがね。しかし最後はお稲さんの手厚い看護を受けたそうだから、羨ましいといえば羨ましい。

それにわが福澤先生だって、適塾の塾頭になったが、医者になる気はなかった。なにせ血を見ると気絶しちまう方だからね。そのかわり、日本を教化する在野の教育家になられた。こうして、自由な勉強が許された適塾からは、大砲を鋳造する戦争の専門家が出るわ、文筆だけで日本を変えようという文学者が出るわ、もちろん医学の力で命を救う大明神も現れるわ、これぞ教育の勝利というべき事態が生まれた。そうだろう、彦次郎？」

だが、中上川は表情を変えず、無言のままだ。そこで信吉は畳みかけた。

「ごめん、そうだよな、釈迦に説法だったな。だが、彦次郎だって最近まで『時事新報』の社長をやってたから、実業界とはちがってつい訓話みたいな話をする癖がついちまう気分はわかるだろう？　とにかく、言いたいんだ。戦国期以来、民間で塾を構えた者の多くは天下取りに敗れて失業した侍たちだった。だから教師は立身出世だとか金儲けのための学問を教える気も義理もなかった。それで生徒も自由な学問を好きにできた。お上が禁じた外国の勉強も、好奇心が向けばやれたんだ。藩校ですら、自由な好奇心は尊ばれたんだよ」

信吉はそこで息をついでから、何か言いかけた中上川を制して、話をつづけた。

「だから……今までは、それでもよかったんだ。慶應もよかったんだ。ところが、こんど東京大学というまったく異質の教育機関が生まれた。立身出世のための勉強を旨とする官学が天下を取る番になったんだ。学問が素養や愉しみでなく、専門技能に変化した。つまり、私学の息の根を止めるための時代がきたんだ。

いいかい、その構図を何百年も前から描きあげていたのが、中国だった。中国の学生は科挙に合格するためにだけ勉強さ。死に物狂いでね。それが、専門技能としての学問の競争だった。科挙試験で求められるのは四書五経なんぞの細かい訓詁《くんこ》だ。重箱の隅をつついて底に穴をあけるほど緻密だったが、そんな試験に合格しても、実際の役には立たない。専門バカしか生まれない。その結果、赤子の手をひねるよりもかんたんに列強に主権を乗っ取られた。けれども日本の教育方法――とくに庶民教育の方法は、官学ではなく、ようするに私学方式だった。先生は坊様や浪人だ。個人の出世や成功などは最初から目指していない。それがさ、今の日本は、中国の二の舞になるような試験主義を採用し、その合格者だけで国の舵取りをさせようとしだした。もちろん、そいつらはそいつらで、勝手に科挙の勉強をするがいいさ。だが、始末に悪いのは、近代西洋の大学が、科挙の制度にそっくりな点数制度を学制に持ちこんだおかげで、大学という専門最高学府が点取りと博士号入手の本山に成りさがったことだ。これじゃあ、じっくり自由に育てる私学の長所なんかことごとく消えてしまうよ」

　中上川は真剣に信吉の説を聞いていたが、とうとう抑えきれずに突っこみを入れた。

「ちょっと待った。そうじゃない。私塾のよい気風を維持し、日本を植民地にせず、文明開化をも実現した〈目的のない学問〉の慣習は、もっと上位の高尚な教育理念だよ。聖人や賢人を生みだす教育なんだ。幕末の私塾がまさにそうだったんだよ。しかし、それがうまく行かなくなった。聖人や賢人をつくる前に、まず〈使えるやつ〉をつくらなければいけない。だったら、時代遅れになった部分を切り捨てねばならない。まず、官立大学と同じ水準の学問を身につけさせる学校に衣替えせねばいけない。つまり、官学が総合大学というあらたな学制を決めたことを、逆手に取るんだ。むこうが厳格な試験に対抗できる専門知識を授ける総合大学で来るなら、こっちは自由な発想を大切にする専門大学校を創設するしかないだろう。そのうえで、学制とはかかわりなく、普通科も何も平等に、倫理、健康、体力を、いっそうの高みに押し上げればいい。ああ、君は先生のことを悪く言い過ぎている」

　だが、こんどは信吉が首を横に振った。

「いや、そんなことはない。むしろ、達成主義もめざせる学校に衣替えする決断をしたことを、よくやった、と褒めてもらいたいくらいだった。だって君がいま言ったことは、実行がむずかしいからだ。立身出世を目指す若い学生が、その高尚な学問とやらについてこれるのか？　満足できるのか？　私学で十年かけて達成する学問を、点数主義のおかげでわずか四年のうちに専門知識を伝授され卒業できるなら、みんなそっちに集まるに決まっている。かれらには若々しい欲望や野望もある。それを実現するための武器として、学問をまなぶ者がふえてくるのを阻止できない」

中上川は腕を組んで考えこんだ。そして、こう答えた。

「なるほど、よき学生も我が校に魅力を感じなくなるということか。官学なら卒業後も官職の席が待ってるから、東大みたいな官学の大学に生徒が集まっていくのも当然だね」

「そうなんだ、私塾が迎え入れられるのは、せいぜいが数十人の門弟だ。気も心も知れた弟子だ。しかしこれから生まれるのは、恩師の門下生ではない。専門知識をもとめる技師や学者なんだ。したがって、専門学問についてこれない学生は、去ってもらうしかない、という冷酷な場所になるだろう」

信吉がまじめな顔で、言い切った。中上川は天を仰いで、

「君の決意はよくわかった。わかったが、新制度に対応する大学の創設という発想自体は、先生とて同じ考えだと思う。だから学校の運営を君に任そうとしたのだ。それと、君が総長の座を捨てるというのとは、また別の話だろう？　相変わらず、先生が親ばかみたいに君をかまうというのは、そう、愛のなせる業だ。だが学校を自滅させて、いいことがあるのか？　おれらはロンド

ンに留学までして勉強したけれど、あの知識を実践につかう場は慶應が与えるのでなく、世間から与えられるよね。おれは外務卿の井上さんに見こまれて外務官になり、いまは鉄道屋だ。君だってそうさ。銀行屋だろ。民間で生かされたんだ。ところが官立大学は、その生き場所までも官の世界に全部吸収できるよう動いている。ならば、われら私学は、その民の方向に自分を生かせる道をもとめるべきではないのかい？　福澤先生は必死にそれを実行しているよ。民間の商業界に門下生の活躍場所を開拓している」

信吉は、中上川の話を聞いて、自分たち慶應門下生の経歴を思い返した。すでに自分たちは、官僚の世界から追放された身であったからだ。官僚は私学卒業生を中央の役所から排除した。中上川も一斉にクビを切られた一人だ。だから鉄道屋に転身した。犬養毅《いぬかいつよし》も尾崎行雄《おざきゆきお》も、みんな官庁から追放されて民間に出た。

信吉もうなずいた。そして平静を取り戻すと、話をつづけた。

「そうだよ。官学の学生が見向きもしなかった民間業界へ、だ。だが、まだ安心じゃない。やがて、そこらの商社の幹部が慶應出身者ぞろいになったとしても、政治に人がいないのでは慶應の存在意義は薄れるにちがいない。そこでボクは思うのだが、慶應義塾大学には政治学科も新設するべきだ。政治家を目指せる学科をだ。これは福澤先生にも相談してある。官学にはない学科を慶應が開設する。やがて民間人が議会で仕事ができるようになるのだから、慶應にも政治家は必要になる。それでようやく、私学は新時代の大学になれるのだからね。福澤先生と同じ思いをした大隈《おおくま》公も、東京専門学校を大学に格上げして、私学の自主独立運動に加勢をしてくれるだろう」

「なるほど、先生が塾生を次々に海外留学させているのも、目的はそこだろうね。それで海外じゃあ慶應が国立の学校だと勘違いしてるところも多い。それがちっぽけな私学だとわかって、驚いたりしている。先生はよっぽど偉いか、ひょっとしたらよっぽどの変わり者かだ、って噂していた」

聞いていた千賀が思わず噴きだした。

「おちかさん、何が可笑《おか》しい？」

千賀は口を押さえたまま返事した。

「だって、そのとおりですもの。先生は変わり者ですわ」

信吉だけが憮然《ぶぜん》として、

「聞いたか、おちかの言い草を？　たしかに慶應はもう、昔みたいな家塾ではないぞ。こんな女が出入りしてるんだからさ」

と、つぶやいた。中上川も同感だった。

「たしかにその通り。いずれは慶應が女子大学になるかもしれんよ。だが、現実問題として、我が校は急激に大きくなりすぎた。塾生が多すぎる。あのちっぽけな英語塾が三田に移って慶應義塾になったときから、もっと早く学内を変えねばならなかったんだ。先生は学校を維持するために苦労しつづけだ。学生を学ばせ、しかも飯や宿の面倒まで見るので、講演、原稿書き、新聞発行と、忙しく働いておいでだ。余程の変わり者でないと、できないことだろうね」

信吉は大きくうなずいたが、言葉は冷たかった。

「その通り、もう我が校は福澤塾であってはいけない。とにかく、慶應の卒業証書にも官立大学のそれと同等の値打ちを持たせなければいけない。大学を作って学生を募集しだしたのはいいが、ここに学生がなかなか集まらないのは本当のことだからさ。だがね、ボクはこんどのことで思い知った。やっぱり慶應義塾は福澤先生あっての学校なのだと。ボクにこの学校を改革することはできないと悟った。だから退任する決心を固めた」

と、信吉はつぶやいて、嘆息《たんそく》した。同時に、中上川も理解した。どうやら信吉は、恩師福澤を慶應と縁切りさせることを、明治十四年の政変に重ねあわせているのではないか、と感じ取ったらしい。

そこで中上川は背筋を伸ばし、正面から小泉を見つめた。

「よし、君の言い分はおおよそ了解した。君は先生を引退させることは困難と知り、逆に自分を慶應から追いだすことに決めた。きっと、それは間違っていないと思う。ただし、そこで意地を張るな。この喧嘩の始末は、おれにあずけてくれないか」

信吉は親友の顔を見つめた。それから妻に目をくれて、かすかにうなずいた。妻は同意を示し、中上川に声をかけた。

「彦次郎さん。わたくしが代わりにおことばを胸にしるしました。この人がまだ駄々をこねるようでしたら、こんどはあなたがすべて悪いんじゃないの、と泣きじゃくってやりますから」と、請けあった。

「はは、これで安心しました。おちかさん、頼みますよ」

中上川はそういうと、両手を後ろにまわした。

気がつくと、太陽が西に傾いて、熾火《おきび》のような色をした火の珠に変わりつつあった。そのうちに海が真っ赤に染まるだろう。中上川は一人でうなずき、信吉にこう言った。

「ほんとうに美しい海だ、信さんの帰りたくない気持ちも分かった。帰るのは、おれだけにする。でも、ひとつだけ約束してくれないか。福澤先生を見捨てない、と」

信吉はまだ憮然としている。

「おい、彦次郎。ずいぶんいいかげんな説得係だな。ボクは、場合によっては君を海に叩きおとすくらいの覚悟でいたのに」

信吉は、舟がまた動きだすのと同時に、そう答えた。しかし、

「あ、船頭さん、お世話様ですが、舟を妹背島のほうへ向けてくださいましな。夕日がきれいなので」

と、千賀の口から出た明るい響きが、夫の恨みごとを打ち消した。そのうちに二人とも討論するのがばかばかしくなって、夕日を仲よく眺めようという気分になったらしかった。千賀の作戦勝ちである。

蹉跌《さてつ》のはじまり

さて、ここからはわがはいの一人称で語れる話となる。

明治二十年九月一日、わがはい福澤諭吉はあわただしく二本の書状を認《したた》めた。一通は長男の一太《いち》郎《たろう》へ宛てたものだ。一太郎はいまアメリカ留学中だが、一か月前にマサチューセッツ州セイラムに移って、次男捨《すて》次《じ》郎《ろう》と同居をはじめたという来信にこたえる手紙である。内容は、こんど養子に迎えた福澤桃介《ももすけ》もアメリカ留学させて、商売を学ぶ土台となる英語を修業させるという知らせ。三人の子を留学させる費用を考えると、頭をかかえたくなるが、塾の方はさらに切迫していて、新しい講堂ができあがり、生徒も大幅に増えるので、財政不足もさることながら、それを管理する新しい「塾憲法」も決めねばならなくなった。自分一人ではどうにもならない。ぜひにも一太郎にアメリカ式教育法を学んで帰国してもらい、自分の後継になってほしいという望みを、文章にもたっぷり匂わせたのだった。

そもそもは、何の因果か知らないが、娘のお房《ふさ》が、よりによって塾いちばんのガキ大将である岩崎桃介に惚れてしまったことにあった。これには妻のお錦《きん》の意向も作用している。わがはいは妻と娘の希望を叶えるために、桃介を留学に行かせるという条件で女婿にすることにした。これで子らは四男五女に養子が一人。子宝が増えたことは祝すべきだが、この養子はまだ海のものとも山のものとも決まらない。将来性のある鉄道事業にかかわらせるつもりで英語と商業を学ばせにアメリカへ行かせることにした。一太郎も捨次郎も、いきなり義兄弟とアメリカで対面するわけだから、さぞ厄介なことだったろう。

しかしわがはいはあえて逸《はや》る気持ちを抑え、東京のほうは変わりないからおまえは文学の勉強に励んで、来年あたりは弟と同伴で一度帰国してみてはどうか、と書くにとどめた。

だがもう一通は、そうはいかない。日原昌造《ひのはらしようぞう》という、小泉信吉の大親友に宛てた急信だからである。日原とは先だって交詢社《こうじゆんしや》で行き違いとなったが、この人物が義塾の改革について腹案があるとの伝言を聞いたので、それをぜひ聞かせてほしいという懇願状であった。というのも、日原は小泉と同じ時期に横浜正金《しようきん》銀行の海外勤務に就いたことがあり、今度はサンフランシスコ支店に支店長として転勤する途中だったからだ。かれが数日を待たずサンフランシスコ行きの客船に乗るというので、出発前にどうしても会っておきたかった。

日原はすぐにわがはいの希望を聞き入れ、三田の拙宅を訪れてくれた。当日、かれが玄関口へ足を踏み入れたとたん、わがはいはまるで「ネイティブ」なアメリカ人のように抱擁して、日原を驚愕させた。わがはいは日原の肩を抱きかかえるように密着し、書斎まで案内した。それほど待ち焦がれていたからだ。

日原はアゴが張った厳《いか》つい顔に黒縁の丸眼鏡をかけていた。横浜正金銀行の海外支店長というよりも、どこかの私学校の教授というほうが似合っていた。

「福澤先生。急用とうかがいました。小泉君の件で？」

「さよう、まったくの図星です」

日原はうなずき、椅子に腰かけた。わがはいは待つ間《ま》さえ惜しかったから、すぐに話しはじめた。

「アメリカに転勤される途中にもかかわらず、足止めさせてしまい申しわけなかった。単刀直入にいいます。まだ他言はなりませんが、小泉君のことです。日原さんは小泉君に招かれて、同じ銀行にはいり、ロンドン出張所に配属された仲でしたな。小泉君はあなたより二年ほど先に帰国し、すぐに大蔵省に出仕しました。ですが、最近わがはいはその小泉君を塾の経営陣に引っ張りこんだ。わがはいのわがままですか？」

日原は短く刈った黒髪を撫で上げると、天井を見ながら無愛想に言った。

「さあ。小泉君は生真面目な秀才ですからな、どこへ行っても人とうまくやるでしょうし、力量もある。どこへ行こうと成功しますよ。その点、わたしのように元来武骨な士族は、どこへ行っても恰好がつきません。こういった洋服自体からして窮屈で閉口しております」

日原は冗談を言ったつもりらしいが、笑えなかった。

「ですが、福澤先生、小泉君は自身の幸せのことを計算なんかしていないと思います。わたしは情《じょう》がない人間ですから、かれを見てまして、人の上に立つにはああいう気持ちがないといけない、といつも反省します。彼の気持ちは、古くさく言えば、三河《みかわ》武士の心情です」

わがはいはそのとき、日原も小泉も、自分が恃《たの》んだことをすべて引き受ける、そういう意味の「三河武士」だと理解したかもしれなかった。しかし三河武士でも本多忠勝《ほんだただかつ》のように、心を乱した徳川家康が本能寺の変を知らされて京に駆けつけようとしたとき、主人の意に反して伊賀越えを勧め、三河へ逃《のが》れさせたような人物だっている。おそらく日原は、信吉がすべての責任を自分が被る覚悟で恩師にも反対意見がいえる男、という意味で言ったのだろう。

だが不幸なことに、小泉が総長として最初におこなった仕事は、大学部設立にあたっての細かい取り決め、つまり、文学、理財、法律の三学部に招聘したアメリカの三教授の給料を決めることだった。ここで小泉とわがはいの意見は真っ向から衝突したのである。

そのときわがはいには、塾のふところ具合をすこしでも楽にして新総長の苦難を援けようという親心が働いていた。そこで三外国人の給料を「値切った」のである。値切ったという表現が悪ければ、交渉して適切な線に収めたのである。つまり、小泉を援けてやるつもりで値切ったのだ。小泉が信頼する門野教授がわがはいの賛成なしで試験合格の改革案を強行したときも、わがはいの立場は生徒の反発に配慮して、新経営側が一方的であるという印象を生徒に与えてしまったようなのだ。したがって、外人三教授の給料の件を含めて、わがはいが小泉によかれと信じた根まわしを、いわば親心の発露と思いちがえてしまった。だが、小泉にすれば、アメリカの教授方はハーバード大の権威であったから、その階級の教授給料がどの程度であるか、その相場を無視できなかった。そうでなければ、教授連にも失礼だというふうに思ったのだ。つまり、わがはいの親心とは逆の判断となった。

それでも、ここまではまだ、わがはいは小泉の気持ちを軽く考えていた。それに引き換えて、日原はずっと深い関心をもって、小泉の動向に目を向けていた。それだからこそ、自分はこの諍《いさか》いに加わるべきでないと賢明に判断したのだろう。

日原が案じたことはすぐに現実となった。この会見でわがはいは、日原にこう切りだした。

「日原さん、もう一つ訊きたいことがある。あなた、信吉と一緒に塾を立て直してくれまいか。正金銀行を辞めて、信吉に力を貸してくれまいか、とわがはいが頼んだら、どう答えてくれるね」

日原はすこしおどろいたようだったが、いつもの無骨な笑みを浮かべて、

「先生、ご冗談が過ぎます。わたしはこれから、サンフランシスコへ支店長として赴任する身です。いくらなんでも、道義に反します」

と、かぶりをふった。

わがはいも笑って、この要望を取り消すしかなかった。

「はは、冗談、冗談じゃ。信吉だって迷惑するじゃろうからな。ただ、わがはいはもう一度、そのことをあなたにお願いするときが来ると思えてならん。そんな場合がもしも起きたら、日原君、信吉を助けてくれるか？」

日原はまた沈黙した。そして、ゆっくりと立ち上がり、こう告げた。

「そんな日は来てほしくありませんな。わたしはきっと、故郷の馬関《ばかん》に帰って、晩年は晴耕雨読の日々を過ごしておるでしょうから」

日原は帽子をかぶり、会釈して福澤邸を辞した。


けれども、日原昌造への懇願は、この会合から二年と経たぬうちにふたたび繰り返された。

まず、明治政府がとんでもない「地雷」を仕掛けていたのが原因だった。それまで特例として慶應義塾の生徒に認めていた兵役の免除ないし猶予を、すべて停止したのだ。改正徴兵令により兵役免除の特典を与えられたのは、官公立の学校だけとなった。慶應を含む私学校、および私塾はここから除外されたのである。戊辰《ぼしん》戦争のときにたとえるなら、戦争のさなかにも学問をつづ

けた義塾生が、明治十七年三月から、いやでも兵役に就かねばならなくなった。私学が学問する自由は、結果的に奪われたと言ってよい。

「あーあ、幕末のころは攘夷派に狙われ、明治になったら薩長政府に嫌がらせを受けるとは。わがはいはどうすればいいのだ」と、愚痴や弱音が喉元まで上がってきたが、これを肚の中へ押し戻すのは、かなりむずかしいことであった。

しかし救いだったのは、慶應がそれでも「英語学校の最高峰」という世評を失わなかったことである。あちこちの師範学校から、英語教師を斡旋《あっせん》してくれないかという依頼が、途切れなかった。ゆえにわがはいは、本気で考えた。ならばいっそのこと、外国人教授を雇って英語の科目を充実させ、全部の学科を英語で講義するような大学に塾を造り替えようではないか。日本にいて外国留学ができる大学校にすればいい。つまり、日本語禁止！ 文法などは二の次として、まずは話せて読める英語を身につけさせる。

わがはいはすぐにソロバンをはじいた。資格を持つ外国人教授を雇うにはいくらかかるか。さいわい、血みどろになって集めた維持金の残りが一万数千円あった。アメリカの宣教師から優良な英語教師を推薦してもらえば、二、三人は招聘できるだろう。この夢は明治二十年ごろに実現の方向に向かった。「塾に英語を学びにくる学生が相変わらず多く、八百名を超えるほどになったから、この際ユニヴアシチというものに改組したいので、本年九月から数学と語学の専門科をまず開設する」と、明言した。専門科というのは、これを卒業すると学士になれる、という意味を持つ。

これでわがはいの肚は固まった。大学部設置が本決まりとなり、計画を推進する機関車の役目を、大蔵省にいる小泉信吉に引き受けさせようとした。

そういえば、上野戦争が起きたとき、戦乱を度外視して経済学と修身の教科書を講読した教室には、小泉もいたのである。かれはそのとき、塾生でありながらすでに英語の教師でもあった。ここが福澤塾の大きな特徴だった。塾生は学ぶだけでなく教師でもある。それで、まだ二十歳にもならぬ塾生は、外では教師として指導にもあたった。それから、演説という新しい文明を発見したのも、小泉の功績だった。考えれば考えるほど、次代の慶應をひきいるのはこの男しかいないのだ。

わがはいはその決意を固め、新体制をつくった。小泉を総長に据える代わりに、いままでいた塾長の浜野《はまの》定四郎《さだしろう》を会計建築長に移し、塾の教頭だった門野を教場長に昇進させ、塾監の事務職だけを古株の益田《ますだ》英次《えいじ》に留任させた。塾監の仕事は慣れた者が手掛けるのがいちばんよろしいと考えての決定だった。これに総長小泉を加えて、改革四天王の面子《めんつ》は揃った。

この四人が、当時塾内でどういう評判をとっていたか、参考までに「未来の調査屋」に調べさせた。総長の座についた小泉信吉については、『私学の天下　三田生活』（研文社刊、大正四年）という本に、彼の性状をあらわす逸話が載っていた。それは戊辰戦争の折に上野で砲声がとどろく中、塾生だけがウェーランドの経済書を静かに学んでいた日の話だ。世間では、塾生は一人も砲声を気にかけず勉学したというが、実際はそうではなかった。毎日戦争見物に出かけ、講義はそっちのけにして、帰ってくると剣を振って横町の黒犬を斬り、快哉を叫ぶような荒くれ者もいたからだ。しかし、小泉信吉だけはつねに学舎に残って一度も戦争見物に行かなかった。わがはいが小泉を最も信頼したのは、この剛毅さゆえであった。小泉は紀州徳川家の侍医の子であり、二百五十石取りの家柄だったが、幼いころから天才の質でもあった。

次に教場長になった門野だが、この人は根っからの自信家だったそうだ。鳥羽藩家老の家柄で、明治二年に貢進生として新銭座《しんせんざ》の塾にはいった。体つきはいかめしく、髯《ひげ》を蓄えると、学者というより運動部の顧問に似つかわしく見えたという。わがはいは英語をなるべく早く使えるようにするため、文法など難しい問題を後回しにしたが、門野はまったく逆で、英国公使パークスの許におもむいて変則英語でない正規の英語文法を学んだ。何事にも規則を重視する人物だった。また長年慶應で教鞭をとった後、晩年に引退して千代田生命保険会社を創設したというから、みごとな精力家でもある。人付き合いは悪く、親しみにくいが、大学設立への熱気にはすさまじいものがあったらしい。わがはいに了承を取ることなく厳格な試験制度を導入しただけのことはある。

門野は小泉の後輩であったが、明治になったばかりの頃でさえ、この小さな塾を日本一の学校だと公言してはばからなかった豪傑である。だからかれは矜持《きょうじ》をもって塾に学んだ。当時この塾では講義謝礼として月に二分の金を申し受けた。一円出すと、塾の賄いがもらえ、飯と沢庵が食べられた。飯のおかずは各自買って食べるのだが、毎日煮しめ屋が注文を取りに来たそうだから、炊事はあまり必要がなかった。明治四年に三田へ移ってからやっと数学の授業が始まり、アメリカ人宣教師カロザースが雇われて講義を英語で授けるようになった、そういう時期の生徒である。このカロザースが校則を定めてくれたので、ようやく慶應が学校らしくなった。したがって、門野は梁山泊《りょうざんぱく》のような荒っぽい時代の塾を知らない。

それでも門野は、わがはいがいつも町人のなりをし、堂々と尻を端折《はしよ》って歩いているバンカラな姿を喜んでいた。下賤な身づくろいを誇りとし、士族らしい出で立ちの官吏や漢学者を見下す爽快な気分も備えていた。また、廃校も同然だった幕府の開成所が洋学校に再編されたときに、教師として呼ばれた多くの慶應の福澤門下生の一人でもあった。何のことはない、官立の大学も、その礎《いしずえ》は塾生上がりの教師が築いたといえる。また高等師範学校は、小幡篤次郎《とくじろう》が校長となって世話を焼いた官立学校なのである。それから森有礼《もりありのり》が育てた商法講習所も、教職員は慶應から出ている。門野は、榎本武揚《えのもとたけあき》が刑に処せられるかどうかの瀬戸際に、わがはいが黒田清隆《くろだきよたか》を説得して命を救う場面さえも、その目で見ている。そういう時代の門下生であったから、私塾の価値がどんどん切り下げられる状況に憤懣《ふんまん》を抱いていた。

つづいて会計建築長に異動した浜野定四郎。この人は中津藩奥平《おくだいら》家の鉄砲方の子である。わがはいが元治元年に中津へ出向き、小幡篤次郎ら八名の書生を江戸へ連れ帰ったときの一人だ。大層な勉強家で本を読むのがすさまじく速く、しかも内容をしっかり頭に容れてしまえる才能があった。入塾後わずか数年にして国元から声がかかり、中津私学校設立の準備委員となり、開校後は校長を務めた。明治十一年以後は塾に戻り、一途に塾の教育にたずさわった。ちょっと酒好きだが、質実剛健を絵に描いたような教授である。

最後は塾監の益田英次であるが、この人のことはあまり世に伝えられていないうらみがある。しかしわがはいの信頼は厚く、明治二十年十一月二日、塾運営の主体が小泉信吉らに決定したときにわがはいがおこなった演説に、「小泉君の温良剛毅を以て塾務を総べ、浜野君の精確深識を以て会計を理し、門野君の文才顕便、益田君の友愛活発を以て教場を視察し、以て学生の進退を指示」した云々の文がある。益田は人間関係の構築に長《た》けていたのである。

門野は、小泉が総長に迎えられた明治二十一年早々から、学事改革に着手した。日課と期末の試験採点法を改正し、一定の成績をあげられない学生に進級や卒業を認めないことを新規則とした。もう、教授の家を訪問して頭を畳に擦りつければ手心を加えてもらえるという便法は使えなくなった。見方によると頭ごなしの強権発動である。

その新規則がどれほど厳しかったかは、明治二十三年大学部発足時の規則を見るに如《し》くはない。各学年で進級が認められるためには、平常点、期末および年末の「試業」において、一科目合計点数が全科を通してみな六割以上に達すること。つまり、全科目がそれぞれ六十点以上を取らなければ及第できないのだ。さらに全科の試験点数を合して、総点数が全科満点の七割以上でなければいけない。これは、たとえば十科目履修した場合、各科百点を満点とすると、総合七百点に達する必要があることを意味する。一科目では六十点以上、全科目でもその七割以上を取らねばならぬという数字は、優等生の水準に近い。わがはいがもしも当時の塾生であったら、きっと及第できなかったろう。ちなみに、「本書の作者」を名のるアラマタ某は、卒業のとき三科目ほど落として追試を受け、何とか五月卒業に漕ぎつけた口である。そのときも、就職まで決まった学生に卒業延期とは、血も涙もない大学だと恨んだらしいが、とんでもない、門野教授が君臨した頃の厳しさに比べたら、大甘の甘助だったのだ。

新任早々の小泉総長は、まことに不運にも、塾史上初の学生ストライキにぶつかった。当時は同盟休校と称した。生徒たちが採点改正に反対し、塾監局と意見をぶつけあったあと、授業への出席を拒否する強硬手段に出た。学生ストライキといえば、封鎖にバリケードが定番だが、この時代の学生はもっとおおらかだったようで、厳しい改革に憤慨したものの、徒党を組んで三田の坂道をゾロゾロ下りて行っただけであった。坂の途中で、散歩に出ていたわがはいが町人姿で帰ってくるのと擦《す》れちがったので、学生たちは直《ただ》ちにわがはいに訴えた。「われわれの抗議を受け付けないというならば、われわれは品川に繰りこむぞ」と、わがはいを脅《おど》した。品川へ行くぞとは奇妙な脅しだが、これは、遊郭に入りびたるぞ、の意味であるらしい。日ごろから高尚な振舞いを学生たちに義務づけていたわがはいにすれば、教え子が大挙して遊郭に繰りこむということは不名誉このうえない。わがはい自身、生涯そのような場所へは近づかなかったからである。

学生がストライキを敢行したと聞いて、わがはいはさっそく小泉を呼び、「学生たちが品川に入りびたるぞと息巻いているから、なんとかせよ」と怒鳴りつけた。学生の主戦派が、「今回発表の採点表のごときは、政府の役人学校においておこなうべきものにして、独立自由を尊ぶ三田塾の主義とは、氷炭相容《ひょうたんあいい》れざるものなり」とみごとに論駁《ろんばく》したというから、皮肉な意味で学業の成果も十分に上がっていたと言える。

生徒側の首謀者は、磯村豊太郎《いそむらとよたろう》、柳荘太郎《やなぎそうたろう》、野口寅次郎《のぐちとらじろう》といった猛者《もさ》どもであった。磯村はのちに後藤新平《ごとうしんぺい》に見いだされて三井で力を発揮したし、柳は生徒時代にペンの徽章《きしょう》を作ったといわれる伝説のおさわがせ男、野口寅次郎も柳らとともに三井を支える財界人となった。ちなみに書くが、ペン先を交差させた慶應の徽章は、都会の遊楽を覚え服装もハイカラな学生服をまとい街頭を闊歩《かっぽ》しはじめた悪ガキ連中が、品川から銀座界隈で幅を利かせる際の「目印」として工夫した飾り物といわれる。

そんなかれらに直訴されたわがはいは、別邸ともいうべき「広尾《ひろお》狸蕎麦《たぬきそば》の邸宅」にいったん学生たちを収容した。「慶應らしからぬ改悪」を非難して同盟休校にはいったかれらは、退学届を出したために、三田で暮らすわけにはいかなくなったからだ。この狸蕎麦という変な地名は、その昔ここに蕎麦屋があったのが由来で、近所のおかみさんに化けた狸が木の葉を金に変えて蕎麦を買いに来たという話も伝わっていた。近くには水車があったという田園地帯であり、わがはいも蕎麦を食べに来た縁で別荘地を購入したから、海千山千の生徒たちと同盟休校の話をするにはふさわしい場所だったかもしれない。

とはいえ、この主戦派生徒の影響力は大きかった。休校が始まると教室には生徒が一人もいなくなったのだ。これが二か月もつづいたという伝説になっている通り、さすがにわがはいも困り果てた。ただし、ほんとうに学生が授業をボイコットしたのは十数日程度だったにすぎぬ。

この事件は、まだ小泉信吉を思いつめさせるほどの苦痛を与えていない。なんのことはない、先生この採点方法はあまりにひどいじゃないですか、新規則を廃止してくれないと学校辞めちゃうぞ、と本科二等生三十六名ばかりが抗議に来たのを、当局が「塾の方針に反対して不平を言う生徒は退学だ」と撥《は》ねつけた喧嘩話にすぎなかったのである。

しかし手打ちができたあとに警視総監三島通庸《みしまみちつね》が首を突っこんできて、事件の経緯を記した関係書類を残した。こんな文書が警察にあったということから、わがはいと塾の動静は警察の監視下にあったのではないだろうか。その警察内文書によれば、小泉信吉が総長に就任し、従前の規則を改正して一月より試験を実施したところ、二等生から不平の声が上がり、おいおい三等、四等にも及んで、最後は二百八十名あまりの同盟休校に発展した。そこで塾当局がしかたなく二等生三十六名を退学させた。しかし同盟に加わった二百八十名もつぎつぎに退学を申し出、そのまわがはいの自邸に集まって直訴したのである。わがはいも最初は、自分がもう塾のことに嘴《くちばし》を挟む身ではなくなったことを伝えて自重をうながしたけれども、生徒たちの激昂がおさまらず下宿所などにたむろして、ほんとうは退学したくないから規則を前に戻してくれたら学校へ戻る、と要求した、となっている。

ただ、問題がひとつ生じた。学校の教職員たちからも小泉・門野体制への批判があがったことである。教師も数がふえたので、わがはいをありがたく思う人ばかりではなくなった。慶應生え抜きの教師に反感をもち、生徒に同情する人たちから、批判の声が上がったわけだ。学則改正の当事者であった門野も、批判がだんだん大きくなるのを知ってか、生徒を一人ずつ呼んで、規則を示しながら、「おまえはこの新規則にしたがうか、したがわないなら退塾せよ、と順々に問いかけたら、みんな学校を辞めてしまった」とみずから証言している。ただし、この一件では別科（本科のほかに年限の少ない別科があった）の生徒だった田端重晟《たばたしげあき》という生徒も日記を残しており、そちらの記録では、別科の生徒有志が仲裁役を買ってでて、本科生の慰撫に努めたとなっている。同時にわがはいに関しても、モノの弾みで退学届を出したものの行き場をうしなった生徒を狸蕎麦の別邸に収容して仮住まいさせ、説得をつづけた結果、生徒側から「顔をつぶされないのであれば戻る」という言質《げんち》を取り、また小泉信吉も、新規則はおいおい訂正する方向で考えるし、退学者の帰塾も認めると軟化した、と記されている。その結果三月七日には教員一同と塾生が三田演説館に集められてわがはいの演説を聞き、それから運動場で園遊会を開いて手打ちとなったのである。

「我が校に変人奇人はいない」

だが、これは混乱の前奏曲にすぎなかった。門野らの強権的な学事運営に反対する者が、教員の中からも現れると、門野こそ退塾させるべきという要求が上がり、教職員が二派に分かれて言い合いになった。わがはいもじつは門野の姿勢には不満を持っていた。「いくらなんでも無茶すぎる」と考え、総長の小泉に、塾生や教員の意見を容れる考えがないなら、教場長を解任することも止むを得ない、と内密に相談を持ちかけたのだった。しかし、小泉は門野の解任を拒否した。しかも、わがはいのいうことに気分を害したようだ。いかに大恩のある師でも、それだけは呑むことができない、と撥ねつけた。そうでないと、慶應を福澤の所有物にしないという改革の根底が崩れるからだった。

そこでわがはいは、教員の間を取り持つ応急処置として、いささか手ぬるい解決を提案した。門野に「一、二学期、休職して故郷の鳥羽でぶらぶらしてはくれないか」、と書簡を送ったのである。この処置にも小泉は不同意だった。またいっぽう、わがはいも小泉の学校運営法に危なっかしさを感じてきた。中上川に手紙を書き、「内実は小泉も事務を処するはあまり巧《たくみ》ならず、所謂《いわゆる》郷里心と愛憎情けを脱すること能《あた》はず、是れが為めには今後もずいぶん困る事情を生ずべし」と懸念を表明した。おそらく、親友と恩師の仲違いを聞かされて、いちばん困惑したのはわがはいの甥、中上川だったろう。

教職員問題については、感情的な対立が表面に出たばかりでなく、もっと重大な事件がこの間に発生している。古参教員にとっては気分が悪いことに、新任の外国人教師が乗りこんで大学の学務を担当することになったからである。大学の学事を掌握させるつもりでわがはいが呼んだのは、ハーバード大学出身の本物の英語専門家たちである。それも三名だ。大学の講義をすべて英語でおこなわせるため、三名を文学、理財、法律の三科に一人ずつ配属し、各科主任をさせることにした。政府が専門教育を受け持つ大学を新設したのなら、こちらはその上を行く専門性を備えた私立大学にしなければならないと考えたわがはいは、この面でも自分であらかじめ根まわしをしてしまったのだ。親交がふかい宣教師のナップという人が明治二十二年五月からアメリカへ一時帰国すると聞いたときに、大物教員招聘の一件をついでに依頼してしまった。おまけに財政厳しい慶應の懐具合までおもんぱかって、三人合計で六千円の給料で頼みます、とまで踏みこんだ。さながら値切り交渉の様相だが、わがはいはわがはいで、最初に財布を締めておかないと、計算高いヤンキーはかならず、「それでは六千六百円で」と吊り上げてくることを先読みしたうえでの作戦だった。結局、この下交渉でアメリカ側は合計六千六百円で納得してくれたが、この一件もわがはいがちょっと心配しすぎたきらいがあった。

もちろん、三人の外国人教師には何らの非もない。それまで塾には六、七名の外国人英語教師がいたけれども、宣教師の副業のごとき立場の人が多く、わがはいも「英人ロイド氏を除けば真に学者なるものなし」と認めていたほど、手薄であった。しかし、今度は話がちがう。名門ハーバード大学総長に推薦してもらったドロッパーズとウィグモアはハーバード大学卒の英才であり、もう一人のリスカムもブラウン大学出身者である。三人は教育者としての実績も申し分がない。ナップが日本に戻る十月に一緒に三人を来日させることとなった。大学部の発足を翌明治二十三年一月に予定していたからだった。だが、これだけの苦労も、要らぬお世話と、小泉の反感を買うだけのことだった。

その明治二十三年一月、わがはいは大学部をふくめた初の始業式にあたって、こう挨拶した。少し長くなるが、おもしろすぎる話なので現代語に要約して引用しておこう——。

「元来老生は学を好むこと甚だしく、畢生《ひっせい》の快楽はただ学問にあるのであるが、しかし学問を全能とまでは重く見ず、人生を完全なものにするための手段であると位置づけている。学問すると同じように、実際の物に触れ、事に当たるという必要性を力説してきたのである。さいわい我が校には俗に変人奇人を生ずること少なくして、変通活発の人物に富み、今の社会の表面に頭角を現して学問上の所得を人事の実際に適用する者が多いのは喜ばしきことである。しかしまた一方で、人間社会の不幸の最たるものは不学無識より甚だしきはないとも信じる。口に天下国家を論じ、商機の掛け引きに巨万の利害を論じるような人でも、家族に病人が出たときは医学のことを知らず、売薬の良し悪しも判別できず、あたら父母妻子を亡くして悲しんだり、神仏の利益をやたらに信じて、家族の死に横着する人がいる。このような不幸を脱するにはただ教育あるのみ。しかれども、学問には凝《こ》ることなかれ。身体こそ頑強にすれば何時でも勉強をおこない得る。学問を修め卒業の暁《あかつき》にもこれを心に深く潜め、大学の学問も所詮《しょせん》は一芸にすぎぬことを知り、あとは活発に俗事に当たり、天下無数の俗物と雑居して俗事をおこない、その俗を聖にまで高め、学問の区域をも拡《ひろ》むることを謀るべし。老生は諸氏が心身の活発強壮を以て能くこれに当たり、百難に屈することなきを希望する」

わがはいが始業式で、塾出身者に変人奇人がすくないことを自慢したことに、すこし違和感はあるかもしれない。が、それが俗事への処し方だといわれれば、俗事にも怖い面はあって、その影響が、小泉問題で表面化したともいえる。つまり、わがはいは「俗」に凝りすぎたのである。

小泉信吉がわがはいに反旗をひるがえす上で決定的となったできごととは、まさしくこの俗事であった。

すでに述べたごとく、大学部の開校が来年一月に迫りつつあった明治二十二年四月、門野幾之進の一件で自分の考えを曲げなかった信吉に対し、こんどはわがはいが大きな叱責を投げ返した。余計な俗事であったが、外国人教師三人の給料を安めに口約束できたと思っていたわがはいの耳に、悪い知らせが飛びこんできた。かれらの給料が合計七千二百円で内約されたという事実である。自分が苦心惨憺《さんたん》の駆け引きの末に六千六百円で落着したものを、小泉は七千二百円をポンと出してしまった。すぐに小泉に問いただし、「こっちがお人好しにも七千二百と言っちまったら、身もふたもないだろう。今後はくれぐれも手の内を相手に知らせるような話し合いはまかりならぬぞ」と強く戒《いまし》めた。

俗事というなら、これほど俗っぽい俗事はない。にもかかわらず大きな事件となった。現にわがはいは中上川に「小泉が塾の経営陣にはいれば、自分と小幡篤次郎は顧問、すなわち隠居の地位にくだることにする」と言明していたのだが、現実はまったく違っていた。小泉は、もはやこれまで、慶應改革は自分の任ではないと実感してか、五月末に病気療養を理由として、家族を引き連れて故郷の和歌山へ帰ってしまったのだった。

夏が過ぎ、秋の九月になっても東京へ戻る気配がない。その間に、来年開校する大学部の諸準備、義塾で初の校則規約の作成、さらに学校改革のための資金集めといった「俗事」が、一気に押し寄せた。それでも古株の小幡が手を尽くして、多くのことをなんとか処理できたが、肝心の塾長は依然として学校に現れなかった。

仙人が俗事を収めること

しかし、中上川は非の打ちどころのない和解方法をひねり出した。これにはわがはいも頷《うなず》くほかにない。しかし同時に、建前だけ取り繕う解決策であることが見え透いて、すこし悲しかった。

明治二十二年十月、東京で義塾の評議員大会が開かれた。小泉も出席に応じてくれた。会員の選挙が行われ、筋書き通りに小泉信吉が塾長に選ばれた。空しい拍手でそれが承認された。しかし、その後はいきなり、小泉から病気休養の願いが出され、塾長代行がただちに置かれたのだった。

代行に名指しされた小幡篤次郎は、大きくて額が広いその顔を蒼ざめさせた。翌年に正式の塾長に選ばれるまでの茶番というべきだが、この対処は効果を発揮して、一年後には小泉の一件も人のうわさから消えていった。小泉一家もわがはいの庇護を断って、三田の家から牛込の津久戸《つくど》八幡《はちまん》へ転居した。日本銀行に入行したので、勤務の便をはかっての移転であった。しかもそのあと横浜正金銀行に出向せよとの辞令が出たので、けっきょく小泉一家は横浜桜木町へ引っ越し、三田と距離を置いた。

ただし、わがはいはまだ小泉の帰塾をあきらめていなかった。これはかりは、アメリカ留学を終えて信頼できる後継者となった一太郎や捨次郎、あるいは養子にした暴れん坊の桃介で埋められるものではない。どうしても小泉がダメなとき、代わってわがはいが本心から恃《たの》みにできるのは、小泉の教え子として付き合いの始まった日原昌造しかいなかった。

だが、日原はまだわがはいの手の中に納まらなかった。ちょうど信吉が横浜正金に復帰したころ、入れ違いに日原が銀行を辞職し帰国してしまったからである。日原には、明治二十年の段階で小泉信吉の塾長登用案を打診した際に、きみも信吉の側近になってもらえないかと希望を伝えたことがあった。しかし、サンフランシスコへ転勤するのとぶつかってしまい、本人の意向すら確認できなかった。今度は同じ会社の同僚に戻ったわけだから、二人に慶應の後事を託せる希望も出てきたと、わがはいはおろかにも即断してしまったのである。

わがはいがなぜ日原昌造に絶大な信頼を寄せたのか、多くの人はいぶかしく思うらしい。だが、おびただしい「ロンドン通信」や「アメリカ通信」を『時事新報』に変名で寄せた文章を読むだけでも、日原はたいへんな人物らしいという直感が湧くはずである。じじつ、日本にまだ十分な西洋知識が入らなかった明治初期に、かれは二つの大きな翻訳プロジェクトに参加しているのだ。一つは、明治十一年に出版された『萬國地誌畧諳射譯圖《ばんこくちしりやくあんしやくず》』という世界地図の教科書である。岐阜県師範学校が教育資料として発行した地図帳で、東は日本から西はトルコまでを地図化し、「アジア」とはいかなる範囲に存在するかを教えるものだ。日原はこの大図の校閲ならびに訂正を担当している。それに関連して、日原は『時事新報』に寄稿した「日本は東洋国たるべからず」という社説によって、トルコがヨーロッパにありながら東洋の国であるごとく、日本は東洋にあってヨーロッパ流の文明国でなければいけない、と主張した。

そしてもう一つの翻訳プロジェクトは箕作麟祥《みつくりりんしよう》が企画編輯した文部省版『百科全書』である。なぜ文部省版というのか。これはディドロらフランスの文化人が企画・編輯した『アンシクロペディー』の邦訳ではないからである。日本人は『百科全書』といえばディドロら「百科全書派」によるフランスの書物を連想するが、じつは明治六年から十年をかけて文部省も「百科全書」を刊行したのである。イギリスで出た啓蒙百科事典『チェンバースの人民百科』をほぼ完訳したものであった。この企《くわだ》ては、さまざまな事物・現象・概念に「日本語」を割り当てる試みであり、明六社の社員だった箕作はじめ五十名を超える洋学者が分担して訳しあげた。天文・自然はもとより、時学・時刻学、菌類・錬金術、蜜蜂・釣魚、太古史、骨相学、北欧鬼神誌、国民統計学、戸内遊戯、印刷術・石版術にいたる項目が訳されている。まさに壮観としかいいようがない。

箕作麟祥はこの企画を回顧して、「わからないことだらけだった。翻訳にあてられる語がまるでなかった。たとえば万国公法に〈right ライト〉と〈obligation オブリゲーション〉とある。読めば内容は分かるが日本語でどう書けばいいのか。支那訳の万国公法に権利義務と書かれているのを見つけ、それを抜きました……」などと語っている。この大事業を、わがはいも所属した明六社の有志が取り組んだが、日原もこれに参加し、光学および音学という項目を担当している。

日原昌造という人は、今ならもっと関心を集めるべき存在であるのに、長いこと経歴さえよくわからなかった。父親の信吉と日原が親友であった縁で、自身も日原に接したことがある慶應塾長小泉信三でさえ、よく知らなかった。なんでも日原は、北越戦争で奮闘し、戦後は洋学を志して大阪に赴き、たまたま開成所の教師として赴任してきた小泉信吉に英語を学んだことが縁で友人関係となり、そのまた縁でわがはいも知己となった。いっとき義塾の教員となったけれども、小泉から横浜正金銀行に誘われてロンドンへ同行したというぐらいしかわからぬ。したがって、かれは慶應義塾の門下生ではない。

だが、おいおい経歴があきらかになるにつれ、わがはいも目をみはった。この人物は山口の豊《とよ》浦郡長府《うらぐんちょうふ》、当時は馬関と呼びならわされた現在の下関市の士族だった。ひらたく言うなら官軍長州藩の侍だ。とはいえ、戊辰戦争のうち最激戦とされる北越戦争に出征して、長岡藩や庄内藩が幕府に劣らない西洋式兵器を駆使して応戦するさまを目撃した。そんな北の戦地で英学校を開いていた外国人教師と知り合い、大阪へ同行したという。明治四年には大阪舎密局《せいみきょく》で化学を学んだときに小泉信吉と出会い、小泉から英語を学んだことは、前記したとおりだ。さらに小泉に誘われて東京へ出て、慶應の教員となったのである。日原の人物と学識をわがはいも敬愛し、日本に伝来したばかりの統計学というものを習得するよう勧めたものだった。

そんな日原昌造であるけれども、わがはいはこれまでに二度、塾への招聘をおこなった。だが二度とも袖にされた。とりわけ二回目の明治二十四年は、慶應の塾長を辞職した小泉が横浜正金に戻ったときだけに、日原を呼ぶ絶好機であった。しかし、日原は小泉の入社と入れ替わるかのように、とつぜん社に辞職願を出し、下関の田舎へ引き揚げてしまった。まるで信吉が慶應塾長の職をいきなり辞したときとそっくりだった。そこで信吉の子である小泉信三は、父親と日原の辞職理由には何か関係があるかもしれぬと興味を持ち、横浜正金の取締役をしていた巽孝之丞《たつみこうのじょう》という人物に尋ねたことがあった（作者註：慶應大学文学部名誉教授のアメリカ文学者巽孝之《たかゆき》は、この人の孫である）。

その巽がいうには、日原は昔ロンドン時代に園田孝吉《そのだこうきち》という総領事と折り合いが悪かった。その園田が「めぐりめぐって、横浜正金の頭取に選ばれた」とき、園田の下では働けないと考え、いさぎよく辞表を叩きつけてニューヨーク支店から帰朝したのだと聞かされた。そこで、さらに深く調べてみると、前頭取で日原の上司だった原六郎《はらろくろう》が、園田との間に根の深い因縁を結んでいた事実が浮き上がった。原六郎はかつて尊攘派に属し坂本龍馬《さかもとりょうま》らと親交を結んだ人物だったそうなのだ。幕府に追われて長州に逃げ、長州藩の兵士として東北まで戦いに出たというから、日原とはこのとき知り合ったのだろう。この原が、明治二十四年に起きた経済不況の打開策を巡って、どうやら園田の論敵にまわったらしい。両者ははげしく対立したが、原が負けて失脚すると、北越戦争の戦友であった日原までもが「後を追う」ようにして銀行を辞したのである。そして以後は職に就かず下関で帰農した。もう一切公に出ず、晴耕雨読の仙人生活を選んだのだった。

諭吉先生の泪《なみだ》

　わがはいは日原の潔さ、二君にまみえぬという気概を見て、心から惚れたのだった。古くさいかもしれないが、わがはいの理念である「痩せ我慢」の生き方とも合致していた。それで何度か手紙をやって、田舎に引っこんだ日原と連絡を切らさなかった。口実は、『時事新報』のために何でもいいから書いて送ってくれ、だった。しかし、日原は寄稿こそ引き受けたが、大学への招聘には色よい返事を与えなかった。小泉信三は書いている、「晴耕雨読という言葉はあるが、日原の場合は、勝手元の土間に机を置き、晴れた日と雖《いえど》も農耕に倦《う》めば土足のままその卓子に就いて書を読み、文を草したと伝えられる」と。

　だが明治二十七年十二月八日、日清戦争開戦の日に、三度目となる日原招聘の機会が訪れた。その日から数えてわずか二日前、小泉信吉が急な腹痛で病床に臥したのである。わがはいは信吉を見舞ったあと、その足で小泉家に赴き、信吉愛用の机で日原宛の手紙を認《したた》めた。わがはいが日原に書状を送るときは、かならず小泉の消息を知らせる文章から書き起こす癖があった。ついでながら、小泉の飲酒癖を戒める話も書き添えるのは、つねづね日原が小泉の「悪い酒」を止めさせようと苦労していることを知っていたからである。その日、信吉愛用の机を借りて、わがはいはこう書いた――、

「……小泉信吉氏事、本月一日より発病、初め胃部に劇痛を起し、其後熱を発して、一時は四十度内外にも達し、唯今の処は腹膜炎と申事にて中々の大病なり。（中略）病の軽重を聞けば十中

六、七分以上の危険と申居候。（中略）運を天に任せて人事を尽し何とかして助けたき所存に御座候。なお容体の変化は追々可申上候得共、不取敢《とりあえず》即刻の事態為御知申上度怱々如此御座候《おしらせもうしあげたきためそうそうこのごとくにござそうろう》。
頓首」

　書き綴りながら、泪があふれてきて困った。じつは見舞いに来るまで、病《やまい》が重篤な状態だという事実を知らされていなかった。知らせる間もないほど急激な悪化であったのだ。まだ幼い信三に自分の泪を見られて、わがはいはくしゃくしゃになった顔を伏せた。少年は怪訝な表情でそばを離れていった。そう、まだ泣くのは早すぎた。信吉も病と闘っている最中ではないか。

　しかし、なぜかわがはいは、小泉と今生の別れが近いのを感じた。妻の千賀が娘の千と勝《かつ》を連れて病院から戻ってきた。千賀は臨月にもかかわらず、夫の看病と子供の世話をかいがいしくこなしていた。

　この女房はまったく気丈な女である。娘の前では一切の動揺を見せない。その姿を見ているうちに、さらに泪が湧いた。

「千ちゃん、先生はとても泣き虫ですね」と、彼女は優しく娘にささやいた。

わがはいは後ろを向き、手紙を封筒にしまうと、それを懐に納めて千賀の肩を抱きしめた。

「おちかさん、大丈夫。この諭吉が神かけて保証する。信さんは回復しますよ……」

そう言い終えると、さっき怪訝な顔をしていた息子の信三を捕まえて、頭を強く押さえた。

「また、すぐ来る。お父様はよくなるからね」

わがはいも帽子を深くかぶって、師走の夕暮れの中を歩きだした。

その二日後、日原への手紙がまだ届かぬうちに、小泉信吉は旅立った。午前二時であった。しかし、長女の千も、その下の信三も、そして二女の勝も、眠ることなく父の蒼ざめた顔をみつめつづけた。妻の千賀は夫のそばを離れなかった。医師や看護婦がお辞儀して病室を去るときには、丁寧に礼を返した。

急を聞いて駆けつけた小幡篤次郎は、大きくて禿げあがった顔を蒼白にして、茫然とたたずんだ。いつもなら目立つわがはいも、この夜に限っては存在の影すら感じられなかった、と小幡はいう。子どもらが病院から帰り、朝起きてみると、やっと「先生」が家においでだと分かったほど、わがはいの影はうすかった。

そんなわがはいに代わって、だれよりも気丈にふるまったのが、妻の千賀であった。夫が塾を去って横浜へ移住し、銀行業に復帰したのち、激務がたたって亡くなったあとも、彼女は耐えた。そればかりか、葬儀の一週間後に第四子を産んだ。この女の子は、わがはいが「信」という名を与えた。千賀は早々に財産分けを済ませ、一か月後には乳飲み子を抱き、子供たちの手を引いて、東京への引っ越しも終わらせた。

それに引き換え、わがはいは、千賀の分まで泣いた。わずか二日前、病院で面会したときに小泉信吉が言ったことばを思いだしては、また泣いた。「ちかさん、先生はウィスキーがお好きだからさしあげてください」と。わがはいはこれに怒り、「病気だというのに、君はまだ酒のことを言っているのか」と小言を返した。まさかあの小言が、最後の会話になるとは、思ってもみなかった。

わがはいは、もうこれ以上自分の泣き顔を他人に見せることに堪えられなくなった。だから、弔問を終えるとすぐに東京へ帰った。その晩はどうしても眠れなかった。すべてのことが悔やまれてならなかった。この泪は、信吉への詫びではないかと、自分でそう思った。それで真夜中に、書斎に行き、絹紙を広げると七百字に余る弔文を書き上げた。初めは小泉信吉がたどった職歴を詳しく認めたが、最後になって気持ちを変えた。信吉の一生はこのような職歴で尽くせるものではない。この模範たる弟子の心は、まさしく洋学者にして元禄武士のそれであったのだから。「君をおいて、我が塾の清貧を代表する者は他に多からず。今や我党の学界に一傑を喪《うしな》う。ただに慶應義塾の不幸のみならず天下文明の為めに之を惜しむものなり。福澤諭吉泪を払て誌《しる》す」と結んだ。これに手紙を添え、翌日遺族へ届けた。

小泉信吉を失ってから、日原昌造はぜひ自分のそばにいてほしい第一の人物となった。だからわがはいは通信を絶やさなかった。といって、日原は世の無常をすでに超越していた。激烈を極めた北越戦争で、かれはおそらく地獄を見たのであろう。だから、横浜正金での地位も何も、かれにとっては意味がなかった。かれはひたすら、時代を読み、友をいたわり、思うところを文にして世の人に投げかけた。

けれども、その日原が綿服粗帽の田舎老人そのままの姿で上京してくれたことがある。わがはいが明治三十一年に脳溢血を発症し、生死の境をさまよったあと、回復してあらぬことを言いだしたからだった。自分にはまだやり残した仕事がある。これをどうしても完遂したいので、慶應の敷地を処分してでもやらせてほしい、と。弟子たちが、その仕事というのはいったい何ですか、と尋ねたから、それは新世紀にふさわしい新道徳綱領を世に宣布する仕事だ、と答えた。「心の文明開化」がまだ置き去られているからだった。

日本は明治の御一新以来、形の上では文明国になったが、目に見えない心の領域ではすこしも向上が認められない。心の進歩とは、精神が高尚潔白になることである。自分は幕末のときから、文明開化と精神の高尚化は一体のものだと主張してきたが、いま、最後の仕事はそれを実現するための綱領を発することにあった。そこで小幡篤次郎以下、塾の幹部が集まって、『修身要領』の成文をまとめ上げることに決した。

しかし、わがはいが理想とする『修身要領』を書きあげるには、それにふさわしい人格の参加が欠かせない、と注文をつけた。息子の一太郎が、どなたのことです？　と尋ねるので、こう答えた。

「意見を請うべき人物といえば、まずは小泉信吉、そして小幡兄弟、また日原昌造をもって第一とする。だが、小幡兄弟の一人甚三郎《じんざぶろう》と小泉は、すでにこの世の人ではない。とすれば、日原さんに東京へ出ていただくしかないだろう。おまえ、すぐに小幡篤次郎のところに行って、日原さん宛てに手紙を書いてもらってくれ。来てくれればいちばんよい。病身で筆も持てなくなったわがはいの代わりに手紙を書いてくれ。みなで懇願しようではないか」と。

わがはいが命じた手紙は、日原のところへ年末に届いた。慶應の幹部が揃って礼を尽くし、上京を要請したことで、さすがの日原も心を動かされ、はるばる長府から東京まで来てくれた。

わがはいがこれ以上ない歓喜をもって日原を迎えたことは、申すまでもなかろう。明治二十年から数えても、五回目の要請が聞き入れてもらえたからだ。

『修身要領』を立案起草する人々は、さっそく日原に意見を求めることにした。文言の整理や修正が慎重になされ、いちいち日原に確認を求めたので、作業はかなり長い時間を要した。あるいは一年近くも日原は滞在したかもしれない。

いや、わがはいは、日原の滞在をなるべく長引かせたかったのだ。可能ならば、ずっと東京にいてほしかったのだ。しかし、日原にも都合があった。けっきょく、明治三十二年いっぱい滞在したが、もはや長居はできなくなった。日原の決意が固いことを聞いたわがはいも、これ以上引きのばしはなるまいと観念した。正月明けのころ長府に戻ることになり、日原が帰郷の挨拶にわがはいを訪ねてきた。

あいかわらず破衣同然の綿服をまとった老人が、別れを告げようとしたときだった。書生に支えられて立ち上がったわがはいは、潔く別れたくて、慶應式の軽い会釈をして見せた。しかし手をのばそうとしたとき、突然わがはいは動けなくなった。伸ばした片手がぶるぶると震えだし、くちびるまでが瘧《おこり》にかかったように痙攣しだした。日原老人も凍りついた。

二人はしばらく見つめあった。双方の両目から、泪がとめどなくあふれでた。それを止めようともせず、わがはいは嗚咽《おえつ》した。まるで幼児のように。日原も硬直しつづけた。そしてわがはいは、「小泉の信さんが……」と言いかけて絶句し、いきなり両手を広げて、包みこむように日原のやせ細った体を抱いた。わがはいの泪が、日原の肩を濡らした。わがはいは日原を抱いたまま、こらえきれずに哀願した。

「日原さん、帰らないでくれ。ぜひこのまま東京に留まってくれ。お願いだ。信さんが死んで、頼れるものはあなたしかいない。行かんでくれ。お願いだ、諭吉一生のお願いだ」

書生が心配して、わがはいを引き離そうとしたが、日原は目でそれを止めた。そして日原のほうから抱擁を返し、わがはいの耳元にささやいた。

「先生、わたしに小泉信吉君の真似はできません。ただの役立たずです」

途端にわがはいの体がくずおれた。両ひざをついて、さらに日原の脚にしがみついた。

「いやだ、いやだ、日原さん、行かんでくれ、お願いだ」

日原はわがはいの肩をそっと叩き、静かにこの巨体を押し返した。そして泪に濡れたわがはいの顔を見つめてから、別れを告げた。

「先生になんどもお誘いいただき、身に余る光栄でした。どうかこれが最後にならぬよう、やつがれも長生きを心がけます。また、いずれ」

日原はそう告げると、わがはいを書生に委ね、風呂敷包みを手に提げて三田の丘を下りて行った。

わがはいは書生に支えられながら、いつまでも日原を見送った。老人の姿が見えなくなっても、その場に立ちつづけた。


（第六話　了）

第七話　福澤家に異人加わる

福澤桃介肖像

桑港《サンフランシスコ》のふしぎな邂逅

（諭吉註：この回も、わがはいのあずかり知らぬ異国での話であるから、門野に独白させる）

明治三十二年五月二十四日、アメリカのサンフランシスコでの話である。人口がまだ三十五万人ほど、生まれたての大都会だが、東洋人らしき顔もよく見かける、西海岸ではいちばん豊かな都市が舞台である。とにかく多いのが中国からの移民で、日本人も万の単位でこの街に住んでおり、邦人会が各所で組織されていた。日本人はこの街を「桑港」と書きあらわすのを好んだが、これは中国人も同じである。おそらく日本人にはもっとも馴染みの深いアメリカの都市ではなかったか。というのも、ここからは横浜行きの定期船が運航しており、日本から渡航する場合は、桑港で最初にアメリカの土を踏むことになるからだった。

慶應義塾の教頭を務めるわたし、門野幾之進は、一年余にわたる欧米教育事情の視察を終えて、だだっ広いアメリカ大陸を汽車でサンフランシスコまで辿りついた。残すは、帰国前の瞬時の休息を楽しむことだけである。二十五日に出港する「ゲーリック号」に乗船すれば、三週間ほどで横浜に帰れる。ずっとつづいてきた緊張から解放されて、雨の少ないサンフランシスコの街を散策した。さすがは東洋に扉を開く港だった。街のあちこちに、中国人や日本人らしい異国じみた衣装を着けた人物を描いた派手なポスターが貼りつけられていた。そのなかに、なんだかキリリとした女形《おんながた》を思わせる日本髪の顔が、やや無表情に通行人を見つめる絵柄があった。日本人にしては鼻が高く、まるで白人が日本女性に化けているようにも見えた。顔の下に「カワカミ座のマダム・ヤッコ」と、惹句がおどっている。

「何者だろうか、このマダム・ヤッコなる女性は？」と、わたしは思ったが、東洋と西洋のごった煮のような街では、それ以上はさしたる印象もない。ただその派手なデザインに目をくれただけで、あとは気に留めることもなく、パレス・ホテルをめざした。

当地で見かける東洋人といえば、たいていは一旗あげるために海を渡ってきた旅芸人である。徳川幕府が発行した海外渡航許可書の始まりは、かれら旅役者に与えられたものである。

ところが昨今は違う。旅芸人はどうにか暮らせるようになったので、第二波が自由の国アメリカにあこがれ、無一文で渡航してきだした。それも妙にギラギラした一癖ありげな若者と相場が決まっていた。多くは留学生だと名のるが、どうだか知れたものではない。いつだったか、『時事新報』でそんな記事を読んだことがあった。

パレス・ホテルはすぐにみつかった。この街でもっとも格式高いホテルである。ここを落ち合い場所に指定してきたのは日本領事館だった。わたしは、この際、日本からの留学生を受け入れる民間機関の関係者に留学生の生活事情を聞いてみたいと思い立ち、領事にその旨をリクエストしたところ、「福音会」というキリスト教の信者が運営する組織を紹介されたのだった。

ホテルのカフェに少し早く腰をおろして、近頃アメリカでも評判の珈琲を注文し、一息ついているところへ、ボーイがプラカードを掲げ、鈴を鳴らしながら歩いてきた。「Mr.Kadono」と書いてある。

わたしは片手をあげてボーイを呼んだ。ソフトハットを取り、大きく振りまわしたので、近くにいた白人たちが一斉に目を向け、笑った。中国人らしい顔立ちのボーイが近づいてきて、すぐに名刺を差しだし、こういう人があなたを訪ねてきた、と告げた。そこには「福音会の Mr.Fumikura」とあった。

「あれ、おかしいな。Mr.Kushibiki というんじゃなかったかな」と思ったが、福音会の名もあったので、その面会人をここへ連れてきてほしいとボーイに頼んだ。英語を話す声が大きすぎたのか、あるいは発音が変だったのか、白人たちがふたたび笑った。

そこへ、Mr.Fumikura という御仁が現れた。精悍な顔つきの人物だった。少し老人に見えたが、アメリカで苦労した証《あかし》なのだろう。青い洋服の着こなしが自然に馴染んでいる。

「失礼ですが、Mr.Kadono ?」

と問いかけられたので、わたしは立ち上がり、一礼した。

「はい。あなたが福音会の……」

戸惑っているわたしを見て、むこうが先に自己紹介した。

「わたくしは文倉平次郎《ふみくらへいじろう》と申します。ミスター・クシビキの代理で参りました」

「いや、そうでしたか。それはありがたい。自分は慶應義塾という大学の教頭を務める門野幾之進と申す者です」

「ああ、慶應の。さようでしたか。それでミスター・クシビキが指名されたのですね。かれは慶應の出身だと言っておりましたから」

わたしはとりあえず椅子を勧め、文倉を対面に座らせた。文倉も、通りかかったボーイにすかさず合図して珈琲と水をオーダーした。堂に入った注文の仕方だった。それが終わると、せっかちなわたしはさっそく口を開いた。

「じつは慶應の同門といいましても、自分は櫛引《くしびき》さんと面識がありません。しかし、アメリカでは成功者の一人でいらっしゃると聞きましたので、海外で名を成した慶應門下生の活躍ぶりをうかがい、帰国後に『時事新報』にでも記事を書こうと思い立ち、お声がけしたのです」

すると、文倉と名のった生真面目そうな人物が、初めて笑顔を見せた。

「そうでしたか。たしかに櫛引さんはアメリカでも有名といえます。いい意味にも悪い意味にもですが」

「悪い意味？　ほう、それはおもしろい。じつをいいますと、我が大学が今いちばん持て余しているのは、その手の学生たちなのです。昔は塾も文字通りの家塾で、家族も同然でしたが、今は違う。どこの誰ともわからぬ学生が押し寄せます。かれらは天真爛漫《てんしんらんまん》といえば聞こえがいいが、まあ、悪くいえば自由気ままです。我が校は試験に合格しないと卒業させない主義ですが、それならというので、カンニングのやり放題。それも賢い連中だから、集団で結託してやらかします。じつに始末が悪い。さらに口惜しいのは、そういう連中のほうが、世の中に出て成功するのですよ。生活能力とでもいうのでしょうか。留学生と称して無一文でアメリカに渡り、思いもかけぬ才覚を発揮してのし上がる。じつにふしぎなもんですよ。ですが福澤先生はそういう学生ほどかわいがるのです、ははは」

するとと、文倉もさらに笑った。

「いや、じつはわたくしも無一文で渡米した無鉄砲の口なんです。ですが、そういう連中はおもしろい個性がありますので、柄にもなく若い邦人を支援している次第です。いずれ無鉄砲にアメリカへやってきた若者も、アメリカで頭角をあらわす。まさに櫛引さんはその好例ですな」

わたしはバツが悪くなって、頭を掻いた。

「いや、別に若い人達に悪態をつく気はないのです。むしろ、感心しておるのです。でも、その櫛引さんとやらはどんなことで名声を得たおかたです？」

文倉は手を横に振ってから、こう答えた。

「もちろん非常に特殊な分野でです。わたくしはある意味で櫛引さんを尊敬しておりますよ。万国博覧会という催しがありますね。櫛引さんはこの催しを手玉に取った最初の日本人でしょう。万博といえば一時は開催地をパリー市が独占してましたが、アメリカでも都市改造の起爆剤として開催するようになった。しかしですね、万国博覧会は元来、産業の見本市というべき教育的イベントなんです。元祖ロンドンの万博は会場内が禁煙・禁酒で、イギリス人の大好きな飼い犬なぞも連れこむのが禁止で、大声を発するのもいけないというお堅い学習場でしたが、さすがにパリーは違います。花の都パリーで開かれるたびに、教育や文明の進歩といった大テーマはどこへやら、娯楽芸術の方向へ舵切りしたのです。会場の一画を見世物小屋街にしてしまいました」

「わたしもパリー市を見てまいりましたよ。エッフェル塔というのに度肝を抜かれました。ミュージック・ホールという華やかでいかがわしい劇場では、こっちの顔が赤くなるような踊りを見せられました」

とわたしがいうと、文倉はうなずき、

「そうでしょうねえ。六年前にシカゴ万国博覧会というアメリカ始まって以来の大きな催しが開かれたときも、看板は科学技術の発展と工業への応用とやらいう小難《こむずか》しいものでしたが、半分はパリー式のお祭りさわぎでしたね。でも、これがまた成功しました。カイロ街という一角がその現場でして、エッフェル塔に対抗する大観覧車もお目見えしました。おまけに女性蔑視を覆すかのようにリトル・エジプトというベリーダンサーが悩ましい仕草を披露し、大変な話題をさらいました。リトル・エジプトはなんども警察に捕まりましたから、大したものです。ただ、黒人差別だけはなくなりませんな。なにしろ会場の街が白一色で、ホワイト・シティーというそうですから、白人至上主義にも呆れたものです」

と、語った。

「櫛引さんは、そこになにか出品されたのですか？」

「ええ、櫛引さんは偉大な興行師としての才覚を発揮しましたよ。西洋の機械文明と都市の近代化具合は、日本の及ぶところではありません。しかし、日本には数千年つちかってきた固有文化があります。まずは日本庭園の侘《わ》びさびと、茶道に由来する芸者衆のもてなしを白人に見せつけて、不平等条約を撤回させてやろうとしました。鹿鳴館《ろくめいかん》のように慣れない洋装をさせてバカ騒ぎをするんじゃありませんよ。まるで逆でした。日本の茶屋のしつらえをちゃんと見せた。女性たちも着物で勝負させました。それがかえって日本への興味を生みました」

「ほう、それは名案でした。福澤先生も、日本で同じことをなさった。鹿鳴館での集まりには、みんな洋装で出席しましたが、これがまた付け焼刃で、見るに堪えません。ダンス相手に選ばれた名家の婦人や女学生たちですら、カーテンを体に巻いた即席の洋装だったそうです。外国人たちは失笑したそうです。ですが、福澤先生は違います。わざわざ日本の礼服を着られて出席された。じつに堂々とされたので、かえって外国の人達から、さすがは西洋事情に詳しい教養ある人だ、と一目おかれたといいます」

「なるほど、それは福澤先生らしいお考えですね。櫛引さんも同じ発想でした。日本の文化は極めて質が高いのだから、それをちゃんと見せればいいのだ、ということですね。日本政府のほうもがんばって、宇治の平等院鳳凰堂をモデルにした日本館会場を建てましたけれど、アメリカの庶民に受けたのは、日本から連れてきた本物の芸者さんにお酌をさせる茶屋と日本庭園です。じつに優雅だというので、大当たりでした」

「そうですか、福澤先生も長く不風流を貫き、芝居や相撲や花街などには近づかれませんでしたが、最近はそういう俗な世界の文化にも日本が世に出せる〈芸術性〉があると気づかれたようで、歌舞伎役者とお付き合いしたり、自分で芝居の台本を書いたりされるようになりました。そうそう、じつはうちの学校には交詢社という慶應関係者の親睦会がありまして、そこで清水卯三郎《しみずうさぶろう》さんというお方の話をよく聞きました。清水さんはパリー市の万国博覧会に日本の茶屋を出店し、芸者に接待させて成功した最初の商人であることを誇りにしておられた」

「ははは、あの清水卯三郎さんが元祖でしたか。櫛引さんもどこかで清水さんの教えを受けたそうですよ、よく話に出ました。西陣織だのなんだの、京都の工芸品が見劣りするなか、日本の芸やもてなしといった日本人の優雅さを売り物にしました。櫛引さんもそれを真似て、アメリカで茶屋と日本庭園を開いた。おそらく櫛引さんは日本の職人仕事や芸者のたおやかな所作のほうが、文明であると、気づいたのでしょう。それで貿易商人でなく興行師になられた。考えてみれば、幕末に海外まで出たのは、交易商人ではなく、芸人と芸者でしたね。西洋人の心をとらえたのは、やはり、芸者の芸と、呑馬術《どんばじゅつ》や胡蝶の舞のような手妻《てづま》だったわけですから」

と聞かされると、わたしはちょっとおどろいて見せた。

「文倉さん、あなたはいま、非常におもしろいことをおっしゃいましたね。市井《しせい》の職人やら茶屋の芸者の仕事のほうが文明的であると？　それはまさに至言ですよ。自分の学校は、世間から洋学を教える洋学校と誤解されてますが、今は違います。高尚で教養ある日本人を育てるための日本の学校をめざしています」

「それは頼もしい。日本の文化は世界にも通用すると、わたくしも思います」

「ええ、ですから福澤先生は、酒を飲んだり芸事にのめりこむ廓《くるわ》のある場所へは近づかれません。ご自身はお若い時分に大酒呑んで羽目を外した口でしたが、文明を日本に根づかせようと決意されてからは、すべての俗っぽい娯楽を慎まれておられました、最近までは」

「では、なぜ福澤先生が、最近そういう逆のお気持ちに？」

「自分の理解する所では、学生の心根が高尚でなくなったことについて、いままで毛嫌いしてきた日本の俗文化がその元凶ではなかった事実を悟られたからのようです。つまり、巷《ちまた》の歌舞音曲や興行にも並々でない芸術的価値を見いだしたからのようなのですね」

「おや、芸術とはまた？」

文倉が腑に落ちないようだったので、わたしはさらにことばを重ねた。

「芸術性とはすなわち、教養と人格を備えること、それが文明開化の証であると、福澤先生はよく言われました。たとえば、今の学生は軟派と称して遊郭通いを好む者が多い。それが男女の仲の在り方だと思っている。福澤先生はそれを高尚でないと思われたのです。男女の仲には愛情が欠かせない。そこから家庭が育まれ、家族が生まれる。それが文明開化だと言われます。ですが、廓はそうじゃない。先生は女性を大切にされる。むろん、カンニングをもって卒業証書を手に入れるなぞは、もってのほかですよ。文化の入りこむ余地もない。でも、そんな堕落一辺倒の世の中でも、ずっと古臭い伝統を守ってきた古典文化には、何か秘密があるんじゃないかと気づかれた。どうもそこには、儒学や武士道に由来する〈社会の礼式〉みたいなことが残されているからじゃないかと。櫛引さんではないですが、それは文明開化の産物にない〈美〉なのではないかとおっしゃいます」

「〈美〉とはまた、おどろきました。はァ、そうでしたか。それは失礼しました。うっかり高尚でない話になりかけまして」

「あはは、いや、ちっともかまいません。それより櫛引さんのお話をもっと伺いたい。わたしも頭が固い方ですが、最近はむしろ、落第生の生きざまに興味を持ちだしおる次第なんです。福澤先生に知れたら、お目玉を食うでしょうがね」

「なら、申しましょうか。櫛引さんは慶應の門下生だったころから相場をやっていたんだそうですね。門下生にもお金を貸したり。持ち金をそれで倍増させ、卒業したら海外に打って出るのが夢でしたのに、その相場に失敗し、無一文になりました。学費も払えません。仲間の金もフイにしてしまいましたから、福澤先生はお怒りになり、退学にされたそうです。明治十年代の話ですから、破門といった方がいいでしょうか。それが無一文で渡米せざるを得なくなった理由なんだそうです。陸奥国の片田舎、電気も通っていない五戸《ごのへ》村から上京して、慶應の苦学生になったのです。故郷に錦を飾るつもりだったと思います。しかし、塾を破門になったら、もはや自力でアメリカへ渡るしかありません。そういう体験があって、櫛引さんは邦人援護会を支える一員になられた。

シカゴで当たった日本庭園と芸者の茶屋は、その後にアトランチック・シティーでも興行されました。こんどはもっと豪華です。日光陽明門をどんと入口に築かれ、庭内には銀閣寺も作られた。茶屋に芸者を二十名も置いてのもてなしですから、これはさぞやエキゾチックな興行にちがいないでしょう」

(未来の調査屋註：ちなみに書くが、シカゴ万博で話題をさらった日本庭園は、翌明治二十七年のサンフランシスコ冬季博覧会で当地にも建設された。ここでも人気は上々であり、令和の現在もゴールデンゲート・パークの一角に当時の庭園が現存する。このジャパニーズ・ティーガーデンは日系人萩原真《はぎわらまこと》という人の経営により維持拡大がおこなわれたのである）

そんな話を聞いて、わたしは意外な気持ちになり、つぶやいた。

「……ということは、庭こそ当時の日本文化の代表だったということですか？」

「はい、おそらく欧米人に衝撃を与えたと思います。シンプルで、あそび心にも富んでいる」

「言い換えれば……高尚だったともいえますか？」

そう問われて、文倉はうなずいた。

「はい、その通りです。今、とても良いことばを思いつきました。こういう美学を、アメリカの俗語では、ごく最近になって〈クール〉と表現しだしています」

「クール？　なるほど。あなたのようにアメリカに長くお住まいの方と知り合いになれましたことを、わたしは感謝せねばなりません」

とわたしが言った。だが、文倉は軽く首を振って見せた。

カンニング問題とカワカミ一座

文倉は一息いれたのち、今度は自分の話を始めた。

「……まあ、わたくしなんかはアメリカ暮らしが長いというだけで、大した仕事をしておりません。それで福音会に出入りするのが本業みたいになっております。さきほど申し上げた通り、一文無しでアメリカに渡ってくる日本人も多くございますので、そういう方々を引き受け、暮らし方を教え、仕事を世話して自立させます。最初は名前通りにキリスト教徒の集まりでしたが、最近は教会から独立して、日本人渡航者の世話を焼く組織になりました」

「そうでしたか。どうりで理想がお高い。自分の大学では経費を学校持ちで留学させている者が多いのですが、十分な生活費が渡せないので、こちら様にもさぞかし御厄介になっておると思います」

「とんでもない。若いみなさんの方こそりっぱなお心掛けですよ。国のために勉強する留学生がとても多いのです。正金銀行のサンフランシスコ支店にいらした巽孝之丞さんとか、日原昌造さんとかは、わたくしの知る限り、塾の関係者じゃございませんでしたかな。若い留学生の面倒見もよかったそうです」

「おお、日原さん！　あの方こそ高潔を絵に描いたようなお方だ。いまでも、慶應にお招きすることがありますよ。ですが、文倉さん、最近の学生はそうでもなくなったような気もするのです。志が低いとは申しませんが、やんちゃですなあ。恥をさらしますが、自分は昔、学業成績を試験の点数で明確に決めるという制度を導入しようとしたことがあります。創設された外国為替取引の正金銀行で大いに腕をふるった小泉信吉君と力を合わせて。そうしたら、学生側の強者《つわもの》が何人も集まって、ストライキを決行したんですよ。でもね、いまはもういけません。そういう正面切った反論をするのでなく、わるびれもせずにカンニングをします。それを正当な行為とでも思っているみたいに」

「ええ、アメリカでもそうらしいですね。不正を働いて試験にパスするのが平気だ。伝道系の学校でも困っているそうですよ」

「そこです。自分はカンニングと聞くと、中国の科挙のことを思いだして、ぞっとしてしまうんです」

「科挙……ですか？」

「はい。中国の科挙はすごかったそうですよ。試験に合格して官僚になれなければ、その人は死んだも同然です。世に名をあげる機会がなくなるからです。それで、あらゆる知恵を絞ってカンニングをしました。下着の裏が真っ黒になるまで答えを書きこむくらいはまだかわいい。中には監督官にわいろを贈って見逃してもらったり。それはそれは必死でした」

「もちろん、結託しておこなうカンニングもありましたでしょう？」

「それがですね、日本のようなうるわしい結託ではないんです。一人でも蹴落とせればいいわけですから、誰それがカンニングをしていると監督に暴露したり。これじゃあ、友情も高尚もあったもんじゃありません。

今の日本も、それに近いですね。我が大学もカンニングが大流行《おおはや》りでしてね。卒業証書が取れるかどうかで一生の運命が決まりますからね。でも、そんな試験勉強なんてキャリアにも何もならないですから、意味がありません。じつは中国の学生も科挙の勉強以外に何もしなかった。西洋の学問に興味を持つなんてこともありません。その結果、大清帝国は滅びました。しかし、さいわい日本では私塾が多かったですから、好きな勉強も自由にできました。卒業証書を手に入れることなんかどうでもよかったんです」

「じゃあ、試験勉強は要りませんか？」

「ええ、それどころか、好きな勉強にはどんどん身がはいるのですよ。自由に好きな勉強をさせたほうがいい。今回、自分が欧米を巡りました主目的は、学生が自由に好きな学科を勉強できるしくみを模索することにあったのです」

「ほう、で、名案がみつかりましたか？」

そう問われて、わたしは胸を張った。

「はい。カンニングを懲らしめることも大人げない話ですので、ドイツなど欧州で流行しだした方法が参考になりました」

「お、それはおもしろそうでございますな」

「つまり、カンニングする源の一つは、その科目に興味が湧かず、勉強する動機が得られないことです。門前の小僧でも、先生が熱心に教えていれば、習わぬでも自然に経を読めるようになるものです。しかし、先生がいくら教えても、生徒にその気がなければ、いつまで経っても経が読めない。その行く末がカンニングの横行です。そこでドイツなどでは、課された科目の中から好きに選ばせたり、自分が尊敬する先生の科目を自由に履修できるように改正されています。自分はこれが自然に勉強する気になる一法だと確信しました。これなら勉強にも興味が湧きます」

と、わたしは答えた。我が眼にも自信がみなぎっていた。

この門野といえば、小泉信吉が大学設置にともなう学制改革に大ナタを振るおうとしたときの教場長である。あれからまた十年経ち、わたしは塾頭となって、新塾長に就任した鎌田《かまた》栄吉《えいきち》の許で、ふたたび学事改良の任務を帯びたのである。

ちなみに書く。明治三十年代にはいり、日本の教育界では海外留学の風潮が著しくなった。義塾においても、海外留学はもはや一部の特権階級のものではない。金はなくとも何とかなるから、どしどし海外へ出て、新しい学業や商業を体得するのがよい、と『時事新報』でも煽り立て、とくにサンフランシスコでは日本人組織が留学生を支援していることなどを報じた。

そのような気運の中、日本人学生を海外の大学へ送りこむことで義塾の質を上げるという発想が、学内ばかりか、学外にも広まりつつあった。この声にこたえたのが、新塾長の鎌田である。鎌田は迷いなく、わたしに海外の教育視察を命じたのだった。

今の読者には、なぜ日本がネコも杓子《しゃくし》も海外留学という風潮になったのか、いぶかしく思う人もいるだろう。その疑問にごく簡単に答えるならば、学校が専門知識を授けることを最重要の仕事とみなすようになったからである。つまり、大学あるいは大学院を卒業させることが目的となった。卒業証書は、専門課程で一定水準の知識や修練が身についた証となったのである。

そのような試験制度への切り替えがおこなわれたのは、慶應義塾の場合、明治三十一年五月だった。まず幼稚舎が小学課程六年、ついで普通学科が中学課程五年、そして最終の大学科が大学課程五年と定められた。大学科は各部共通のコースが二年、専門科が三年に分かれた。合計十六年で卒業となる。大学科まで卒業して初めて、「慶應の出身である」といえるようになった。一学年は五月から翌年四月までと定まった。このとき慶應には、有為の政治家を養成するために

「政治学部」も設置されたのだった。

だが、わたしはすこしきついことを言おう。小泉信吉君が大学設置に取りくんだ時代から約十年、しかし大学部の収支はつねに驚くべき赤字を計上しつづけた、という事実をだ。その原因は私立大学へ行こうという庶民があまりいなかったことと、専門を身に付けた大学教師を海外から雇い入れるのに莫大な経費がかかったことにある。福澤先生は外国人教師の給料を値切られた。しかし小泉君は敬意を尽くして教師を迎え入れようとした。このとき先生が小泉君に対して懸念を感じたとおり、外国人教師に支払う金額が大学経営を圧迫した。毎年すくなくとも支出は収入の二倍を前後したのだから、これではたまらない。コストカットが急務となったのも当然だった。

しかし今回、教頭のわたし自らが海外の視察に出た裏には、もう一つ、切実な問題があった。留学生が資格を得て帰国しても、学外へみな出てしまったら、意味がない。そこでかれらを教師として母校慶應に貢献できる道を、ぜひとも開かねばならなくなったのだ。いってみれば「出る」を防止する方策だった。そしてもう一つ、同時に新入生をふやさねばならない。つまり、「入る」を増やす方策も工夫しなければ困るわけなのである。そこでわたしは、大学志願者をふやすための方策をもとめて、一年余の欧米視察に出ることになった。

だからその日、わたしはゲーリック号出帆まで一日の余裕を得たことを無駄にしたくなかった。自腹を切って私費留学生を援けている人々の意見を聞きたかった。当初の話では、櫛引弓人《ゆみんど》という義塾出身の「興行師」が来てくれる予定だったが、仕事がはかばかしくないので来られなくなり、代わりにこの実直な文倉平次郎が現れた。

形ばかりの挨拶を抜きにして、いきなり難しい話を交わしたのは、二人がへつらいを嫌う気質だからだった。形式ばかりの挨拶は無用とする慶應方式が、ここでは常識として通用できた。話してみると二人は気が合った。どちらも、留学生たちにどうやって勉学の意欲をもってもらうかを、日々の課題と意識していたためだった。

だが、わたしをおどろかすことがもう一つあった。それは、文倉が妙に熱心に福澤先生のことを聞きたがったことだ。昨年九月に脳溢血《いっけつ》症を発した先生の回復状況を尋ねられたときは、まだ、外交辞令のうちかと思えたが、この大病を機に、高弟を呼び集めて「修身綱領」というものの編纂を始められたことまで、文倉は知っていた。そこでわたしは、あけすけに訊いた。

「それにしても、あなたは福澤先生のことをよくご存じだ。するとあなたも、義塾のご出身でいらっしゃる？　お見受けするに、まだ福澤先生が講義をされていた時代のご入学でしょうか？」

すると、文倉は空《から》笑いしながら答えた。

「とんでもない。日本橋の商家の倅《せがれ》ですが、慶應に学べるような身分ではありませんよ。ただ、福澤先生が咸臨丸《かんりんまる》に乗船されておられたので……」

「え？　あなたも咸臨丸に乗船なさっておられた？」

文倉があわてて手を振った。

「いいえ、滅相《めっそう》もありません。咸臨丸には縁もゆかりもないのです。わたくしは若気の至りというやつで、二十歳にもならぬうちに日本を飛びだして当地へまいっただけの者ですから。唯一のとりえといえば、勉強したかった、ただそれだけで。正式の留学生じゃありませんから、勉強するために苦労をいたしました。それでもここに踏ん張って、勉強をつづけていますのは、ほら、門野さまがいまおっしゃった、自由科目を好きに選べたからなんです」

わたしは珈琲を啜《すす》るのを止めて、さらに尋ねた。

「自由科目を？　失礼ですが、どういうことでしょうか？」

「はは、少し冗談がすぎましたか。わたくしがここで勉強する気になれたのは、咸臨丸の研究を自分の選択科目に選べたせいなのです。じつは、やみくもに日本を飛びだした口ですから、アメリカで何をすればいいいか、その目途が何もありませんでした。ところがさいわい、当地にはアメリカで地歩を築かれた日本人の先達がたくさんいらっしゃいまして。わたくしも皿洗いから始めてお世話をいただきました。それで、受けた恩は次の世代に返そうというわけで、この福音会ができましたときに、わたくしも奉仕のつもりで参加いたしました。そういう志あるお仲間を得て、知ったことがあります。ここには咸臨丸で渡航されたあと、日本に帰れずに亡くなった水夫さんの墓があるんだと。一緒に渡航された福澤先生が、心を痛めて墓を建て、数年後にまたここを訪ねられたとき、お墓をお参りされたという話をです」

「なるほど、わかりましたよ。あなたが咸臨丸のことにずいぶん詳しいわけが。あなたはこの地で、一生やっても飽きることのない研究テーマを見つけられたんですな。それが本物の勉強というもんです。学位も卒業証書も出ないが、一生を知的好奇心とともに暮らせるんですからな。それで本日も、自分に付き合ってくださったのですね。福澤先生の学校からやって来た男だというのでね。なるほど、あなたはたしかに咸臨丸を学ぶ自由留学生です。すばらしい。日本では、いまだに咸臨丸の事績を本腰いれて研究する気風が生まれていませんから」

「いやはや、肚《はら》の裡《うち》を読まれてしまいましたね。恥ずかしい限りで」

と、文倉は恥ずかしげに笑ったあと、こう話をつづけた。

「じつは、ここで亡くなった水夫の方がおいでになることを偶然に知り、敬意を示すためにぜひお参りしたいと思ったのです。しかし、共同墓地に埋められても、その墓を守る家族がいないのでは、埒《らち》があきません。日本人の墓なんか、あっという間に忘れられてしまうんですよ。当時、墓は跡かたもなく失われておりましたが、あちこち掘り返したりするうちに、神の導きか、その墓石を掘り当てたのです。以来、わたくしは人生を通じて勉強をつづけるべき自由科目を見つけました。その手引きをしてくれたのが、ほかならぬ櫛引さんだったのです。ああ見えて、異国で苦労した邦人のことを見捨てられないヒトなんですよ。潰れかけた幕府のために咸臨丸に乗りこんだ先人には、尊敬の念を抱いてまして、福澤先生らが建立された水夫のお墓を捜す仕事を与えてくれたのです。今回も、領事館から連絡がありまして、慶應義塾の教頭様がご帰朝の途中にここへ寄られるから、ぜひともご案内してくれ、福音会のお方と話をなさりたいそうじゃから、と依頼を受けましたとき、代わりにわたくしを推薦してくれたのも櫛引さんです。福澤先生の学校の方ならば、きっと何か教えていただけるのではないか、と考えた結果なのです」

わたしは大きくうなずいた。そして、感嘆の声を発した。

「なるほど！　文倉さんのような自由科目をわがものにされて勉強なさる人にお目にかかれたの

は、なによりよろこばしい収穫でした。この旅で一番参考になったとすら言えますよ。咸臨丸渡航の際に亡くなった水夫がいらしたことは、自分も先生から伺っていました。が、そのお墓を保全してくださった方がいらっしゃるとは、感激です。帰朝したら福澤先生に報告します。先生は人情ということに、最近とても執着しておられる。大病を発せられたこともありますが、洋学校と思われている我が大学が今こそ『修身』の理念を掲げなければならんとお考えです。今のお話は留学生の心得としても十分に役立ちます」

「そうでしょうか。わたくしは無益なことをしていると心ひそかに恥じていますが」

わたしはその言葉を激しく打ち消すと、こう尋ね返した。

「もしよろしければ、咸臨丸のどんなことをご研究されておられるのか、教えてくださいませんか？」

「いや、たいしたことはしておりません。ですが、わたくしも苦労してアメリカに渡りました。本当に心細かったのです。それが忘れられないので、咸臨丸の方々の思いを後世に伝えたくて」

「それはまさに、独立自尊の精神だ。ぜひ、文倉さんが研究なさっている咸臨丸の主題をお聞きしたく思います。その咸臨丸に乗りこんだ福澤先生も、同じお気持ちと思いますよ」

文倉は軽く頭を下げ、すこし口ごもりながら、こう告げた。

「やはり、いちばんは咸臨丸がアメリカへ渡航したことの意味です。命がけの使命ですから、あんな冬の大時化《しけ》の海へ行かせたのにはよほどの事情があったはずです。ほんとうに基本の基本がよくわからない始末でして。でも、わたくしが苦心してアメリカで咸臨丸の経歴を追いかけていくうちに、ようやく見えてきたことがあります。ここに残された水夫の墓を探っているうちに、気がついたのです。咸臨丸のたどった運命は、明治維新の真相を反映していたのではないかと。渡航だけでなく、軍艦から運搬船に変わり、最後に沈没した。その乗組員すべての最期までを調べることで、維新史の真実がわかるのではないか、と。これが単なる思い付きでないことだけは、胸を張って言えます」

「もうすこし詳しく聞けませんか？」

「はい、さっきも申した通り、わたくしが知りたかったのは咸臨丸乗船者のその後の境遇です。サンフランシスコで亡くなった人たちのお墓捜しが、その一端でした。つまり、わたくしは、咸臨丸が寄港したアメリカで、咸臨丸の歴史がなお継続していたことを知ったんです。残されて死んだ水夫たちも、咸臨丸の歴史の延長です」

「たしか咸臨丸は、ご一新の際に榎本武揚が幕府艦隊を奪って箱館へ向かったときも、行動をともにしましたね。日米修好通商条約を批准しに行く使節団の護衛という話にしてからが、そもそもあの船の歴史の始まりに過ぎなかった。キャプテンの勝安房《あわ》は、日本海軍創設のための腕試しだったと主張していますよね」

しかし、文倉はすぐに反応しなかった。しばらく時間を置いて、言いにくそうにこう答えた。

「たしかに、咸臨丸は榎本武揚の艦隊と一緒に江戸を出ることになりました。ですが、北へ向かう前に嵐にぶつかって航行できなくなり、徳川慶喜《よしのぶ》が隠棲した駿府《すんぷ》の清水港へ、修理のために回送されたそうです。しかし、そこで官軍の洋艦と邂逅しました。激しい攻撃を受けて、多くの幕臣が命を失いました」

「そうでしたね。清水港に幕臣の死体が浮いたという話を聞いてます。あのとき、岸に流れ着いた死体を弔《とむら》い、墓に埋めたのが、清水次郎長《しみずのじろちょう》だったとか。いまじゃ、講談で語られるお題になってますよ。『仏になれば官軍も賊軍もない』と名文句を吐いて、賊軍の戦死者を手あつく弔った次郎長の事績としてね。次郎長さんはそのおかげで官軍に捕まり、首が飛ばされかかる罪状を負わされた」

「そうです。でも、何でしょう、この海戦は？」

「咸臨丸が軍艦だった時代の最後でしょう。撃沈ということになっていれば、咸臨丸は勝さんの言うように海軍史に残れたはずだけれども、そうはいかず、運搬船として空しく埋もれた。ですが、その後半生だって、たしかに維新史にかかわりつづけたんです」

「そうですか。でも、あえて申せば、咸臨丸は渡米のときも、戦艦として出撃したのではなかったんです。ミッションですよね。外交に資するためのミッション船でした。ならば、戦艦としてだけでなく、もっとミッションの真相を検証する必要があったのではないですか？　あれだけの大航海でしたから。あれは一種の調査艦でもあった。今は世界を挙げて北極や南極への探検船を派遣することが盛んですが、その先駆として咸臨丸は小笠原《おがさわら》島の調査と回収に使役されたのでは？」

「なるほど、そう言われると、咸臨丸がアメリカ渡航のときから小笠原に上陸する命令を与えられたんだとかいわれますね。その問題は勝海舟も木村摂津守《きむらせっつのかみ》も、福澤先生も、大きな関心をもって研究されておりました」

「はい、わたくしはサンフランシスコでアメリカの要人から聞きました。ペルリ艦隊は小笠原に国旗を立て、役人まで在住させ、島に住んでいたセイボリーという老人に自治権を与えたのです。つまり、アメリカ領としたのです。それを、渡航してきた咸臨丸の人びとや正式な使節が、見過ごして行くでしょうか。ちょうどコンモドール・ペルリの航海記が出版されたので、それを入手し、日本で翻訳させたら、アメリカの本音がわかった。それで、幕府が咸臨丸を、渡米後すぐに小笠原回収へ振り向けた。海軍を設立する以上に重大な仕事がそれだったと思います。ここから考えますと、ちょうどこのとき日本国内に発生した生麦事件、およびイギリス海軍の砲撃、海戦などの事件で、小笠原はさらに大きな意味をもったのではないかと思われます。たとえば、いざとなったときに徳川将軍か、あるいはそれよりも上のお方をかくまうところ、いわば『奥の宮』にするというような……」

わたしは思わず目を見開いた。

「何ですって？　奥の宮ですって！」

「シ、お静かに。ここはアメリカです、誰が聞いているか分かりません！」

わたしはそう言われて、あたりを見渡した。誰もいないのを確認して、今度は小声でささやいた。

「失礼、興奮してしまって。将軍がダメなら、その上のお方といわれましたね。それはつまり……」

「いや、それ以上は申されますな。壁に耳ありと申しますから。わたくしは以前、小笠原を調査した小花作助《おばなさくすけ》という方から、島の地図をいただいたことがあります。その地図に、宮《みや》の濱《はま》という地名があって、その浜が向いた方向をずっと本土までたどっていくと、なんと京の都にピタリと届きました。まさかとは思ったのですが、ここが南の奥宮と想定されたのではないか。そう思って、ゾクリとしたことがあります」

わたしはテーブルの上に身を乗りだし、文倉の耳元にささやきかけた。

「あなた、途方もないことを言われる。将軍より上のお方というなら、あとは聖上しかおられないじゃありませんか！」

「ですから、宮の濱なのでしょう。いざとなれば、御所から陛下をお連れし、大阪から御座船で小笠原までおいで願う。まっすぐ南へ向かえば、宮の濱に着きましょうから。咸臨丸がアメリカ渡航に出た際、小笠原の傍をかすめる往路が選ばれたのは、いわばその手始めだったといえませんか？」

わたしは声を低めて、反論した。

「では、帰路にハワイに寄港したのは、どういうわけです？　帰路にもなぜ小笠原をめざさなかったのですか？」

「めざすはずだったと思います。じつはわたくしも、そのことを福澤先生にお聞きしたく思っていたのです。きっと、ハワイ寄港は小笠原上陸と関係があったと睨んでいます。行きも帰りも」

わたしは緊張した。

「恐ろしすぎる話です。頭を冷やすため、自分はあえて常識的なことを言いますよ。福澤先生から聞いた話では、ジョン万次郎《まんじろう》という腕利きの捕鯨漁師が同乗しており、捕鯨業の拠点となる島を探していたそうです。将来、アメリカと競合になる小笠原周辺とハワイに焦点を絞って。でも、ことは捕鯨だけだったのかどうか」

「たしかに。咸臨丸が行きは小笠原、帰りはハワイに寄港しようとした話と辻褄《つじつま》があいますね。しかし、それならば木村艦長や勝キャプテンのような海軍奉行並みにどうこうできる問題じゃなくなります。あっちはただの役人ですからね。ですが、京に代わる奥宮の占地というのなら、これは国際問題になりましょう。榎本が箱館に蝦夷共和国を樹《た》てた話に近い。そういう政治の問題になれば、だいいち外国方が許しますかどうか……」

ここで、文倉も言葉を濁らせた。わたしも少し落ち着かねばならなくなった。

「マァ、ちょっと待ってください。文倉さん。咸臨丸のアメリカ渡航には、外交問題よりも重大な領土問題が絡んでいたというご判断ですか」

「当時は海防ということが盛んに言われていましたね。海防とは、つまり江戸を中心とした日本列島の沿岸を守るという領土的施策です。しかし、小笠原の一件が露呈して、その海防が日本沿岸ではなくなり、その先にあった南の島々までも巻きこむ方向に発展したわけです。それは攘夷とかいった素朴な観念論じゃありません。列強を相手に、自国の領土を守りながら交易するために地勢・地理を活用し、万国法の力も借りて列強を政治的に納得させるための、乾坤一擲《けんこんいってき》の打ち手だったというべきでしょう」

わたしは大きくうなずいた。

「たしかに。京都へ呼ばれた徳川慶喜も、幕府の総責任を任された松平春嶽《まつだいらしゅんがく》も、根は開国をもとめたが、朝廷からの攘夷圧力に負けて、逃げてしまった。権力を与えられた人々がみんな役目を放棄しました」

「しかし、わたくしはいろいろと調べているうちに、攘夷派に屈しなかった頑固な開国派が幕閣に二人残っていたことを知りました。その二人ともが、小笠原の問題をいち早く憂慮していたわけです。水野《みずの》忠徳《ただのり》と、小笠原長行《ながみち》。どうですか？」

わたしもうなずいた。

「小笠原!? その名は福澤先生の口から出ていましたよ、文倉さん」

「そうでしたか。その姓から察すると、豊臣秀吉《とよとみひでよし》から南海諸島の探検を命じられ、無人島群を発見したといわれる小笠原貞頼《さだより》に縁のあった家系ではないでしょうか。水野と組んで日本の独立と開国を同時に達成しようとしたことも考えられます。長行は、京で人質状態の将軍を救う大胆な手を打ちました。逆に京へ乗りこみ、攘夷派を武力制圧する決断を下したんです。やられる前に、やれ、です。江戸に残された『戦える軍団』は海軍だけです。旗本もかき集めて軍艦に乗せ、指揮を水野忠徳にとらせて、武装軍団をいきなり京へ派遣しました。次の主君に一橋《ひとつばし》慶喜を迎えて新政府を立ちあげようと決意したらしいのです。しかし、腰を抜かしたのは京よりも幕閣の方でした。お願いだからそれだけは思いとどまってくれと、全員そろって長行に泣きついたので、さすがの長行も思いとどまったそうです」

わたしは聞いているうちに、またしても気分が高揚した。

「すごい話ですね。ひょっとしたら、幕府はアメリカにできていたかもしれない」

「さすがに幕府は建てられませんでしたが、外地で日本の旗を立ててやるという意気ごみを抱く邦人は、まだおりますね。こんどは文化の戦いです。櫛引さんがその証拠ですよ。あの人は今、とても重要な仕事に手を付けています。日本文化の評価を一変させることです。ちょうどこの数日前、その真打《しんうち》をとうとう日本から連れだしてきました。従来の芸者ガールとはまったく別の女傑を、このサンフランシスコへです。アメリカ人に、日本文化の本領を見せつけるつもりなんです」

と、文倉はためらいなく言い切った。

「な、何ですか、その真打というのは？」

と、わたしが食いつくと、文倉は首をかしげて見せた。

「あれ、門野さん、あなたは街を歩かれて、気が付かれませんでした？」

わたしも一緒になって首をひねったが、何も思い当たらなかった。

「ほら、街中に貼ってあるポスターですよ」

そういわれて、ハッとした。

「あ、あのけばけばしい女優のポスターですか？　あれは、日本人の髪型や化粧をまねたアメリカ女優のポスターでしょう？　だいいち、日本にはまだ女優なんていうのはないじゃありませんか」

「いえ、ほんとにこの数日前なんですよ、その日本女優がここへ来たのは。川上音二郎《かわかみおとじろう》一座の奴《やっこ》という元芸者が芝居を演じに。サンフランシスコでお披露目というわけです。それを仕掛けたのは、櫛引さんです」

そう聞いた瞬間、わたしは絶句した。

「え？　川上音二郎ですって？　ありゃあ日本一の騒がせ男じゃありませんか。よりによって、大変な危険分子が上陸してきましたよ。ほんとに、醜聞が新聞に載らない日がない。政治ゴロともいわれる札付きなんです」

と警告したが、文倉は平気で話をつづけた。

「川上音二郎という人物は、櫛引さんに言わせれば、慶應の門をたたいた書生だったそうですよ。退学はさせられましたけれどね。荒っぽいが、やり手だそうです。なんでも昔、政府罵倒の演説なんぞをやりすぎて日本に居づらいことになり、何か月かパリー市まで逃亡して演劇を見物したんだそうです。そこで本場の演劇を見て、感服した。歌舞伎みたいな不自然な演技じゃない。この新演劇を日本に持ちこまなきゃだめだと知って、帰国後は西洋の演劇を紹介した。文明開化の劇として。とうぜん、女の役を男がやるというような時代錯誤は許されない。そこでアメリカ巡業が決まったので、妻の元芸者、小山《こやま》さだという女を女優に仕立てて舞台に出すことにしたのです。もっとも、借金がかさんで日本にいられなくなったので、海外へ逃げるしかなかったそうですけれど。女優がいなけりゃ客が来ないという櫛引さんの意向に逆らえなかったわけです。しかし、元が芸者ですので、さだは幼い時分から御座敷での演技も叩きこまれていますから、みごとに女優を演じてしまうかもしれません。櫛引さんが川上一座に目をつけたのも、この奴《やっこ》ならアメリカで大受けすると確信したからで――」

と言いかけたとき、カフェの入口あたりで大声が響いた。あろうことか、日本語だったので、わたしも声のする方へ目を向けた。

「おい、医者を呼んでくれ！　ミツセ君、頼む！」

いかにも苦しそうな声だった。金ボタンに詰襟の黒服を着けた中年の男が床《ゆか》に倒れこみ、傍でうろうろしている洋装の日本人に助けを求めている。黒い口髭が立派だが、顔がやつれ果てた感じで、顔色も真っ青だった。ただ、ひん剝《む》かれた両眼だけはギラギラと輝いている。そばに駆け寄った小柄な婦人がその男を抱きおこし、きつく締められた襟元を緩めようとしている。

「だから言わんこっちゃないんだよ。あんた、すぐに部屋に帰りましょう、そんな服着てたら、死んじまいますよ！」

しかし、男も譲らなかった。

「うるせえ、サダ！　今日じゅうに芝居小屋の算段がつかねえと、一座は飢え死にするっきゃねえンだよ！」

見ていた文倉がわたしに耳打ちした。

「こいつはおどろきです。噂をすれば影とやら。あれが一座の川上ですよ。奥さんのサダが抱き起こしてるでしょう？　ちょっと待っててください」

文倉は駆けていって、右往左往している男に問いかけた。

「光瀬君《みつせ》、どうされた？」

するとは地獄で仏に出会ったかのように文倉に抱きついてきた。

「文倉さん、いいところで会えた！　大変だよ。川上さんが重病なんだ。三週間の船旅で体をやられた。静養しろといったんだが、どうしても劇場を探さねばならんと言って、ここまで出てきた」

「だって、あんたは川上一座の世話係だろう？　櫛引さんから聞いてなかったのか、座長が重病だってことを？」

「それがね、櫛引さんが会社の大事でここへ来るひまがない。わたしは代言人だから、事情がよくわからん。それにわたしは、サンフランシスコがまだ不案内なんだ」

「しょうがないな、すぐにホテルのレセプションへ行ってくれ。ドクターを呼んでもらうんだ」

そう怒鳴ると、文倉はわたしのほうを振りむいた。

「先生、申し訳ないですが、肩を貸してください。川上さんを部屋に運ばないと」

わたしは否《いな》も応もなく、横たわった病人を抱き上げて肩を貸した。川上が肩につかまって、なんとか立った。

「すいませんねえ、お客さん。この男を部屋まで連れてってくださいますか？」

と、小柄な洋装の女が謝りをいれた。いかにも急場に慣れたふうで、狼狽の素振りも見せない。

わたしはとりあえず、パレス・ホテルが売り物にしている油圧式のエレベーターへ川上を運びいれた。そして体を支えながら、病人を立たせた。エレベーターがうなりをあげて上昇し始めた。

一瞬、わたしは吐き気を催した。しかし、一座の女は動揺を見せなかった。上昇していくエレベーターの天井を見やってから、こちらに話しかけた。

「あなた様も、こちらにご宿泊ですの？」

「はい、旅の者です。明日の汽船で日本に帰るところです」

するとと、女は目を輝かせた。

「おや、まあ、奇遇ですこと！　わたしたちは三日前にここへ着きましたのよ。ゲーリック号で」

「そうですか、入れ違いですね。自分もあの船に乗って帰ります」

そのとき、壁にもたれていた川上がまた苦しみだした。

「おい、サダ！　あー、息ができん。苦しい。わしは死ぬ、死んじまうぞ」

「うるさいわね、あんた。静かにおしよ。旅のお方が援けてくだすったんだよ」

さだと呼ばれた女は、いきなり男を叱りつけた。六階でエレベーターが止まると、さだが先に降り、次いでわたしが川上を担いで降りた。鍵をまず回して扉を開け、つぎに寝台の上掛けをめくり上げた。そのあと、病人をそこに横たえ、靴を脱がせた。間髪をいれずにさだが上掛けを病人に掛け、タオルを水に濡らして固絞りにして、その額に置いた。

「お医者様は直ぐに来てくださるの？」

と、文倉に尋ねるので、

「すぐに来てくれます、ホテル・ドクターが」

「そう、ありがと、文倉さんとおっしゃいますの。この人ったらね、去年の九月に借金で首が回らなくなって、いよいよ夜逃げしなけりゃならなくなったの。それで、座員の給料をふところに入れてね、用意した短艇にあたしと子どもを乗せて海に出たのよ。本人は南の島に逃げると言ったけど、ちっちゃなボートで外洋に出られるもんですかね。座元もカンカンですよ。座員も今度という今度は座長を殺してやるってんですから、海へ逃げるしかなかったんです。でもね、川上は海に弱くてすぐに斃《たお》れちゃいました。帆の操作から舵取りまで、女手一つでやらなきゃいけなかったんですよ、ひどい話でしょ。おまけに海は嵐と来ちまいましてね。三か月半も航海したはいいが、熊野灘じゃ死にかけましたよ。これでお陀仏、ノウマク・サンマンダ・バザラダン・センダマカロシャダってお不動様に祈ったところ、奇跡的に命拾いしましてね。お不動さん、わかります？　成田山のね。で、すぐに神戸に運ばれて、弱虫の川上は即日入院さ。でも、すぐに借金取りが追っかけてきて、今度はパリーへ脱出という話になり、また短艇に乗るしかないぞ、なんて無鉄砲なことを、入院中にもわめくんです。そんなときですよ、お不動様ってお方は、ほんとうにありがたいですねえ、アメリカから櫛引さんの手紙が届いた。こっちへ来て公演をやらないかという、願ってもないお誘いですよ。川上はすぐに病院を出て、田舎をまわって芝居を打ち、資金を稼いでここまで来ました。総勢十九人、よくまあ、ここへ着けたもんですわ。でもね、水腫だの栄養不足だの、自堕落な暮らしのせいで病気が悪化しちまいました。一昨日、やっと船を降りられたので、川上を病院に連れていきましたら、もう長いことないぞ、と言われちまいましてねえ。あ、ちょっとごめんなさいましねえ、文倉さん、すいませんが、帳場へ行って、お薬をもすこしいただいてきちゃくれませんか？　ほんとに恩に着ますわ。それにしても、櫛引さんは大ウソつきですねえ、アキれたわァ、日本から呼んどいて、梯子《はしご》を外しやがるんですからねえ、これじゃ川上がかわいそうですよ、こんなぐうたらな野郎ですけども……」

恐ろしい早口だった。まだ、切れずにぶつぶつ言っている。わたしは呆気に取られて聞いていたが、やがて思い当たった。この女性が葭町《よしちょう》の名妓、伊藤博文《いとうひろぶみ》首相が「旦那」であると噂に高い「濱田屋」の奴《やっこ》だということを。いや、現在は壮士劇で名を上げた川上音二郎の妻、川上さだ、その人だったのである。

ドクターがおっとり刀で駆けつけてきて、死ぬ、死ぬと大騒ぎする川上を安静にさせるまで、時間がかかった。わたしはその間を利用して、さだと世間話をした。慶應は女性を大切にする学校だったが、それでも芸者が出入りする場所ではない。だからどうも、わたしも自分らしい権威を発揮するわけにいかなかった。

芸者は所作と踊り、礼儀ともてなし、どれも女ならではの素養が必要と考えていたが、さだに会ってみて、それが大間違いだったと気づかされた。まるで曲芸師のように俊敏な、よく気が回る女性だったからだ。

先ほどの話で、さだが短艇の帆をあやつり船を漕いだという信じがたい行動は、うそだと思っていたが、どうも自信がなくなった。日本脱出のできごとが真実の話と思えるようになった。

さだはようやく謝意を口にした。

「まあ、ほんとうにお礼が遅れてしまい、申しわけありませんでした。あたしは川上さだと申します。だんな様、もしよろしければお名前を？」

言われて、わたしは答えた。

「これは申し遅れた。門野といいます。慶應義塾の教師です」

どうやら、さだにとっては思いがけない一言であったらしい。アーモンド形の目を少し細めて、こう返事をした。

「まあ、それは重ねがさねの奇遇ですこと。福澤先生の学校ですわね。じつは夫の川上音二郎もお塾にいたことがあるんですのよ。もっとも、門番をさしてもらってたそうですから、えばれませんがね。学費が払えないので学僕として仕事をしながら、ときどき講義を聞いたりしたんですって。もともとは、丁稚奉公《でっちぼうこう》してたんですが、口入れ屋とか吉原遊廓などに入りびたって奉公をおろそかにするんで、お暇《ひま》を取らされました。あの通り、夢ばかり大きくて長つづきしやしませんよ。それで明治十一年頃は増上寺の小僧でしたんですの。毎朝、掃き掃除なぞしてましたら、寺に散歩に来られる福澤先生と知り合いになり、慶應義塾で雑用を手伝うようになりました。ところが、お金持ちの塾生さんの門限破りを援けてはお金をもらっていたんです。それが先生にばれましてね、破門されたみたいなんですよ。そのあと巡査となったり、故郷福岡の玄洋社《げんようしゃ》にはいったり、自由党に加わったり、もう落ち着きゃしません。オッペケペー節が売れて、やっと世に出られたんですけれども、今はこのザマでございます」

さだはそこまでまくしたてると、寝台で苦しがっている川上の枕元に行き、こう、どやしつけた。

「あんた、しっかりしないかね、ほんとに。さっき助けてくだすったのは、ありがたいことに慶應義塾の先生様だったんですよ。お礼しなさいな、ほんとうに、もう」

と、がなられると、川上は急に顔を上げて、氷嚢《ひょうのう》を投げつけた。

「なんだと！　おサダ、慶應の先公だと。ってやんでエ、ばかやろ、福澤なんぞ、大インチキの金かせぎ野郎じゃねえか。待ってろ、げんこつ食らわせてやらぁ」

と立ち上がりかけるのを、さだがみごとに頭を押さえこんだ。

「大インチキはおまえだろ！　あたしのいうこと聞けねんなら、こんどこそ海に沈めてやるよ！」

川上は頭を押さえられて、両手でもがいた。しばらくそうしていると、川上がおとなしくなった。気絶したようだった。

さだは両手を離し、それをぱんぱんとはたいてから、わたしの傍に戻ってきた。

「ほんとにすいませんでしたねえ、失礼なこと、川上が言いまして。堪忍してくださいね、だんな様」

わたしは苦笑いしながら答えた。

「その、だんな様ってのを、止めてくださらんかな。でも、川上さんはホントに慶應にいらっしゃったんですか」

「アテにゃあなりませんよ、あいつの言うことなんか」

「でも、それが明治十一年とすると、自分もいましたよ。わたしはもう教師になってましたがね」

「そうですか。じゃ、ついでにお聴きいたしますわね。たしか明治十六年ごろに入学した学生で、岩崎《いわさき》桃介っていう生徒がいましたのをご記憶じゃありませんか？」

「岩崎？　さて、岩崎という名は……」

「そのあと、福澤先生の養子になりましたけど」

とつぜん、わたしの頭に思い出がひらめいた。

「え、あの桃介？　覚えてますとも、教頭だったから、あいつには手を焼きました。とにかくやることが賢い。門限破りの手伝いなどはじつに上手で」

さだはすこし頬を染めた。

「あたし、その時分に桃介君と知り合い、慶應まで押しかけていったことがありますのよ」

「え、それじゃあ、あなたも慶應で？」

「いえ、岩崎桃介君に助けられたことがあって、そのお礼に行ったんですの。桃介君は口数が少なくて、名前だけしか教えてくれませんでしたから、翌日、お義母《かあ》さんと一緒に、手土産もってまいりました。三田の丘まで行きましたが、学生さんが多くてとても探せたもんじゃありません。思い余って、『岩崎桃介君はいませんか』と、学校中を呼びまわりました」

「あ、そうでした、思いだしました。本物の芸者が三田の丘へ上ってきたというので、大騒ぎになりました。芸者が三田へ来たことは、後にも先にもあのときだけでした。それがあなたでしたか」

「まあ、先生、憶えていてくださいましたの。うれしゅうございますわ。で、桃介君はお元気でいらっしゃいますの？」

わたしは眉をひそめた。それを見て、さだもすこし表情を曇らせた。わたしは反射的に笑顔をこしらえて、こう答えた。

「あ、失礼しました。いやいや、大したものなんですよ、あいつは。北海道炭礦《たんこう》鉄道という会社に入りまして、重役扱いでした。東京で勤務をしていたのですが、東北の石炭を名古屋の方にまで売りに行かなきゃいけませんので無理がたたり、結核になりました。でも、今は良くなって株の天才とか呼ばれるようになりましたよ。ほら、川上さんが増上寺で散歩中の福澤先生に出会われたとおっしゃいましたよね、あの散歩に毎朝加わって歩いたせいで、体も元に戻ったんでしょう。おまけに松永安左エ門《まつながやすざえもん》という塾生も散歩のお伴をしてましてね、この人をいい相棒にして仲良くやってますよ。なんでも、今年になって自立し、丸三商会なる会社を立ち上げたそうです。株で稼いだ資金を使ってね。せっかく日銀に入れた森永《もりなが》という男も辞めさせて一緒にやってます。もっとも、福澤先生は投資をするけれど相場のやり取りは好みません。それで、どうも反りが合わないという話です。まあ、自由に商売がしたいんでしょうね」

「そうでしたか。それはよかったわ」

「でも、あなたが桃介と知り合いだったことは、寡聞にして存じませんでしたが、どのようなご縁で？」

「はい、桃介君がまだ書生になりたてでしたかしら。あたしも十四くらいのおぼこ娘でしたが、乗馬が大好きで、信心してました成田のお不動様まで遠乗りした帰りのことでした。馬が犬に絡まれて逆上してしまい、大暴れしましたの。手が付けられなくなって、馬の首に抱き着きながら助けを求めましたら、そんとき若い書生さんが馬を宥《なだ》めてあたしを援けてくだすったんです。お礼を言っても、三田の学校に通う岩崎という者です、とおっしゃるだけ。あたしはそのまま馬で帰ってしまいました。そうしたら、お義母さんに叱られました。すぐにお礼に行かなきゃいけないよ、と言われ、翌日三田まで行ったんですの。そうしたら、学校内が大騒ぎになりましたわ。桃介君は恥ずかしがって、どこかへ逃げておしまいに」

わたしは笑った。甘酸っぱい味のする思い出話だったからだ。

「で、お若い二人はどうなさいました？　福澤先生は男女同権が主義ですから、あなたのような積極的な方は大歓迎でしたでしょ？」と言いかけて、ふいに言葉の後半を飲み下した。さだの美しい眉が緊張したのを見逃さなかったからだ。

「どうなったなんて、あたしは芸者ですし、桃介君は書生なんですからね。住む世界が違いすぎるじゃありませんか。遊里に育った娘はあきらめが肝心なんですよ」

悪いことを言ってしまった、とわたしは後悔した。

「失礼なことを申しました。お許しを。じつは桃介は初めのうち、養子にはなるが、分家を望み、姓も福澤と岩崎を組み合わせて、岩澤家を興したいという肚でしたが。どうも、義父となった福澤先生とは反りが合わなそうでした」

「そうでしたの？」

さだはすこし考えてから、小さな声で言った。

「まさか……あたしのせい？」

わたしは苦笑した。

「さださんはじつに素直な方だ。あなたは芸妓としても東京一だが、女としても頼りがいがあるお人です。あなたは今も、暴れ馬を押さえてくれた桃介のことを心配されている。愛というよりも、親心に近い。とても、気高い」

さだが頬を赤らめた。わたしが言葉を継ぐ。

「正直に言いましょう。今、あなたは川上さんのことに全力を尽くされているが、たぶん桃介も、今降りかかっている自分の一大事に、懸命に向き合っておるはずです。彼は先生のお嬢さんと結婚した。お房さんといいます。その人との暮らしに懸命にかかわっている」

さだはうなずき、また苦しみだした川上音二郎へ目を向けた。どうしても今日中に劇場を見つけねばならんと日本語で叫んでいる。

ようやくドクターの治療が終わったようだ。文倉は扉を開けて医師を送りだすと、二人のそばにやって来た。

「川上さんはかなり重症だそうです。内臓がすっかりやられている。安静が必要です」

その言葉が、さだを現実に引き戻した。福澤桃介の姿が一瞬のうちに消えた。さだは、わたしの後ろに立っていた文倉に声をかけた。

「文倉さん、ごめんなさい。あたしらにはお金がないんです。はやく公演ができないと、食べることもできなくなります。櫛引さんは事業がうまくなくて来られないそうですが、代わりに来ている光瀬君からは、まだ一銭も受け取っていませんのよ」

文倉は申し訳なさそうにうなずいた。

「知っています。しかし、光瀬君のところにはお金があるはずです。わたくしが口を挟むことではありませんが、当座の金くらいは送ってほしいと、櫛引さんへ連絡をお願いしました。そういえば、光瀬君はどこに行ったのか、姿が見えませんね」

「あたし、話がついているという劇場に行って、当座の前借りをお願いしましたのよ。そしたら、前渡しの給金をもう渡したと言われました。それで川上はおどろいて、光瀬君を問い詰めたんです。川上はああいう人ですから、怒りが大きすぎて、心臓かどこかに来たのでしょう。発作を起こしたみたいに、急に倒れてしまって」

「それはおかしい。その光瀬が逃げたのでしょうか。とりあえず、まだ泊まる場所が定まらない座員のみなさんは、福音会でお引き受けしましょう。まずは光瀬を見つけねばなりません」

話が複雑になってきたようだった。川上一座の前途が心配だった。

「さださん、お取りこみ中に、余計なご負担をおかけしました。自分は退散します。ほんとうにありがとう。明日帰国しますので、お別れです」

と、わたしも言った。

「こちらこそ、申しわけございません。せっかく桃介君のお話がうかがえると思いましたのに」

「いえ、帰国して、もし機会があれば、今日のことを伝えますよ」

「いえ、それはおやめください。ただ、さだが元気にサンフランシスコで舞台に出ていた、それだけを」

「分かりました。それではお大事に。ご成功を祈っております」

わたしはふたりに一礼すると、部屋を出た。

翌日、ゲーリック号に乗船するとき、文倉が見送りに来てくれた。川上一座のことを尋ねると、音二郎はなんとか回復したが、代言人の光瀬が一座の前渡し給料を持ち逃げして姿をくらましたことを教えられた。

苦難の訪れ

で、ここからはわがはい諭吉が語り手になろう。門野幾之進もさぞや疲れたろうからな。

わがはいは明治三十一年の秋に脳溢血を発症し、一時は生命もあやぶまれた。しかし、もって生まれた頑丈な肉体のおかげで、命をとりとめた。身体の機能回復訓練にも真剣に取り組んだので、さいわいに身体と精神の機能は順調に癒えた。文章も綴れるようになった。

しかし、はた目から見ると、あれだけ雄弁で精力的だったわがはいが、脳溢血発病後は言葉少なくなり、日中にも一人瞑想し、なにごとか考えこむようになったと感じられたのも、無理からぬ話でしょう。相変わらず、毎朝の散歩は一里も二里もこなせるが、以前の諭吉ではなくなっていたのは事実なんだから。

数多くの心配ごとがあったのである。なかでも家族の行く末が気がかりだった。妻の錦のことも気になったが、四男五女も生まれた子供の将来がなにより気がかりだった。幸い、男の子は留学をさせてそれぞれに家庭を持たせ、慶應義塾の経営に加われるようになった。息子たちは父を敬愛していたから、あえて反抗の姿勢を見せることなく、その期待に応えてくれている。

だが、いちばん心配が尽きなかったのは、五人いる娘たちだった。ほんとうに心にかかって、いつも心配していた。若い娘は危険が多いので留学に出すなぞはもってのほかだったから、幼稚舎で学ばせた。それでも心配があって、末の女の子などは学校にも通わせず、家庭内で教育したのである。それからもっと心配したのは、嫁ぎ先だった。わがはいがこれと見こんだ嫁入り先には収まったが、それでも心配はなくなるわけではなかった。それでつい、要らぬ指導をしてしまうところが、わがはいの長所とも短所とも言えた。

しかし、娘の婿になった義理の息子たちの中で、わがはいがことさら目を光らせたのが、次女の婿養子に迎えた岩崎桃介である。

別に、桃介の実家が貧乏だったからというわけではない。大切なのはその家族の生きざまや家風である。その点で岩崎家の父は、申し分のない教養人であった。父の紀一《きいち》は自身も入り婿だったので、桃介の苦労をよく理解したのだろう。

そういうわけで、岩崎家というのもそもそもは母方の家である。母は農家の娘だったが自分一人で一家の経済を支え、荒物《あらもの》屋を開いた。また教育熱心でもあり、子らに高度の教育を受けさせた。この頑張り屋の母は、おそらくわがはいとも話が合ったと思われる。桃介の評価によれば、「悪妻賢母」であったというから、人格的にも個性豊かな女性だったにちがいない。

桃介は、この尊敬すべき両親を心から愛していた。そして将来は自分が勉学で身を立て、両親に豊かな暮らしをさせることを夢見ていた。けれど、福澤家に養子にはいることは、そんな夢に離反するところがあった。だが、わがはいはじつに巧妙な条件を出して、桃介を娘の婿にしてしまった。条件の第一は、福澤の姓を名のること、そのかわりに海外留学に行かせるという約束だ。これで桃介の人生は一変した。だが、桃介にとってみれば、この婿入りは快事であると同時に痛恨事であったかもしれない。というのは、桃介にとって埼玉の実家こそが、なによりもかけがえのない心地よい場所だったからだ。

「細ともし」の一句

川上一座がアメリカ巡業に出かけることになったきっかけは、明治三十一年九月からの大騒動にあった。いや、正しくは「大脱走」というべきだろうか。川上は明治二十七年に、花の都パリーで西洋演劇の神髄に触れ、帰国するが早いか、歌舞伎を頂点とする日本演劇に新風を吹きこむ動きに出た。もちろん、自身には綿密な計画も使える資金もない。きっかけは歌舞伎の殿堂として建設された「歌舞伎座」にあった。江戸以来進歩が見えなくなった歌舞伎は、維新を境にして人気を失っていった。そこで国立劇場の規模を有する大劇場を建てよという建議が興り、福地《ふくち》桜《おう》痴《ち》こと福地源一郎《げんいちろう》や千葉《ちば》勝五郎《かつごろう》ら名士が立ち上がった。そして、新築が成ったこの劇場を拠点に、歌舞伎の改良復興が図られたのだった。

しかし、明治以後に演劇界を席捲《せっけん》した新劇のほうには、勢いがあった。とりわけ西洋風のリアルな演技と、世間を騒がせた事件や戦争をすぐに演目に加える川上音二郎らの壮士劇は、人気が目覚ましかった。そのせいで、あろうことか壮士芝居のような異質な芝居が歌舞伎座にも進出したのである。市川團十郎《いちかわだんじゅうろう》がこれに怒って、川上一座が踏んだ舞台の板を削らせたという。一方の川上も、團十郎が使っていた楽屋にふんぞり返りはしたものの、俳優、茶屋ばかりでなく楽屋衆から総反発を食い、なんとも肩身の狭い思いを味わわされた。そこで川上は、自前の劇場を建て、借りを返してやることを思いついた。明治二十九年、神田にできあがった「川上座」は、豪勢な三階建て洋館であった。何を思ったのか、猿や熊や狸をそろえた動物小屋まであったというからすさまじい。しかし、金銭感覚の欠如した川上はたちまち返済に窮した。妻になったばかりの奴《やっこ》の稼ぎでどうにかなる額ではない。

　思案に余った川上は「高利貸し退治」を謳って、明治三十一年三月と八月の総選挙に立候補した。今度は政治家になって壮士劇に予算でもつける気だったらしい。しかし、いくら市民に人気があっても、選挙権を行使できるのは十五円以上の納税者と決まっている。中産階級以上の住民には、川上のスタイルは違和感を生じた。結果、川上の当選阻止をめざし罵詈雑言の記事を載せた「萬朝報《よろずちょうほう》」の黒岩涙香《くろいわるいこう》の影響もあって、川上は連続落選となった。恨み骨髄に徹した川上は、黒岩を殺すつもりで会社に乗りこんだという。しかし、花房柳外《はなぶさりゅうがい》のような目利きは、「川上音二郎は俳優にあらず、ただエライ者になるため、手段を択《えら》ばざる者なり」と論じており、おそらく半分はその通りだったのであろう。

　かくて借金が借金を産んだ。資金繰りに窮し、ついに川上座を手放したが、借金取りに付きまとわれ、雲隠れする騒ぎになった。すると借金取りは奴の許に押し寄せた。さすがの奴も平静ではいられなくなった。

そのとき、正気を失ったのか、ひょっとすると本気だったのか、川上は商船学校から短艇を買いとると、これに妻の奴と親戚の娘に愛犬を乗せて、海外脱出をはかったのである。明治三十一年九月十日、全長わずか十三尺しかないボートに乗りこみ、台風の手を借りて南洋にでも脱出しようとしたのだ。が、これも失敗し、翌明治三十二年一月三日に神戸の軍港までたどり着いたところで、運よく救出された。

じつはわがはいも、川上音二郎という名に惹かれて、これらの醜聞には注目していた。この男は、わがはいが散歩コースの一つにしていた増上寺の門前で、庭を掃いていた小僧だった。大風呂敷を広げるような話が愉快だったので、学僕として三田に住まわせたのだが、門番という仕事を利用して、金のある学生たちの使い走りや門限破りの手助けをして小金を稼ぐようになった。だが、規則破りの手助けをして小銭を稼ぐこすっからい姿勢が、わがはいの逆鱗《げきりん》に触れた、川上に永久破門を申し渡したのである。

わがはいも、緒方塾の書生時代にかなりの不品行をやらかした覚えはある。賑やかな大坂の街《まち》中《なか》で、わざと塾の仲間と大喧嘩を始めて、通行人を怖がらせたこともあったし、解剖実習で腑分けした熊の臓物を煮て食べたこともあった。夏は素っ裸で大の字に寝ているところを緒方夫人に見られたこともあった。だから、三田ではむしろガキ大将を贔屓にしてきたのだったが、どうして川上音二郎だけを学校から叩きだしたのか、ほんとうの理由は自分でも思いだせない。

わがはいは、自分が川上のどこに腹を立てたのか知りたくて、川上のその後を陰から注目していた。その川上がとうとう、日本に本格的な西洋演劇を導入して、芝居という文化に新風を吹きこんだとき、ようやく合点がいった。

「そうか、この男は我慢をせぬ人間なのだ。利用できるものは何でも利用する。金がないならむしり取ってくることも平気だ。それに引き換え、諭吉流は若い頃からその逆だった。金がなければ何もしない、借りてまでも金を欲しがらない。いつも得になることだけをするのではない。ときには進んで損もする。だが、待て……この気持ちは、川上への義憤なのか、それとも嫉妬なのか」

わがはいはためらった。自分は若い頃から芸事や色恋を求めなかった。錦と所帯を持つ前も後も、他の女人と交わったことはない。将棋は好きだが、芝居などを観に行ったことがない。自分はそれを美徳と思ってきたが、もしかすると痩せ我慢にすぎなかったのかもしれない。川上が日本初の洋式劇場を建てたとき、そのことが分かった。

そういう経緯の後、脳溢血を起こして生死をさまよったあとに、わがはいは生活の在り様を変えた。演劇界の名人たちとも付き合うようになった。そして演劇自体にも関心を抱いたのだった。

じっさい、葭町の奴が川上にほれこんだのも、そうしたおどろくべき無鉄砲さと突破力があったせいだろう。奴は初めて川上のオッペケペー節を見た瞬間から、この男に惚れたという話だ。

そう考えだしたころ、ひょんなことでわがはいを訪ねてきた中年の紳士がいた。九月ごろの、まだ日盛りが烈しい時間に、大汗をかきながら三田の丘を登ってきた人物であった。

顔色がたいそう青かった。聞けば胃腸の様子が悪く、暑い日には外出ができないという。それでもここへ来たのだから、不憫《ふびん》に思って面会を許した。

男は谷口喜作《たにぐちきさく》と名のった。川上一座の番頭をしているという。物腰が柔らかく、話す言葉にも巧みな鷹揚が感じられたが、自身は「たたき上げの学なし」だと謙遜した。富山で代々薬を売っている家柄らしいが、郷士の名士である安田善次郎《やすだぜんじろう》のかばん持ちとなって大阪に出、銀行に勤めたあと、『学問のすゝめ』を一読し、文明とやらに親しく接したいと思い、上京してきたという。

「あたくしにとり、福澤先生は恩師と思っておりますが、無学の丁稚でありましたため、不動尊を念じながらなんとかここまで生きてこられました」

わがはいは、不動尊という言葉に反応した。宗教嫌いではあったが、信心する人の気持ちには共鳴するものがあった。諸仏・諸神の教えには科学的にうなずける言説も多くあったからだった。

「谷口さんとおっしゃいましたな。わざわざ三田までご苦労でした。見ればまだ三十歳をいくつも超えておられぬようだが、川上一座の番頭をお務めとはおどろきました。昔、音二郎はうちの学校の学僕でした。見どころのある若者だったが、じゃじゃ馬すぎてわがはいの手に負えず、とうとう野に放ちましたが、さすがによく新聞をにぎわせてくれます。あなたもさぞや気苦労が絶えんことでしょう」

冗談を言ったつもりだったが、谷口はふっくらしているけれども色蒼ざめた顔のまま、用件を切りだした。

「あたくし、川上のつれあいである小山さだと同じく、芝居の人々がお参りする成田の不動様を信心して生きてまいりました。不動尊に願えばあらゆる煩悩から解き放たれ、心願が成就すると申します。あたくしはこの教えを守り、正直は最後の大勝利と念じて、一座と奴を精一杯守ってきました。と申しますのも、ちょうどあたくしが大阪で金融業の修業を終え、東京へ出て、川崎銀行に勤めだしましたとき、川上音二郎が壮士劇を東京に掛けたのでございます。あたくしはオッペケペー節を聞きまして、これは新しい宣伝方法だと思いました。目をおどろかす出で立ちであらわれ、おもしろい演歌を歌って客を喜ばせ、そのあとで商品を宣伝する。じつはあたくしも当時、銀行員の仕事にあきたらず、自由糖という名のお菓子——それもソラマメに砂糖をかけたものを作って売り歩いておりました。京橋の青年倶楽部にはいっておりましたから、中村座の前で売ることが許されました。掛け行灯《あんどん》にヤッツケロ節を書きつけて、変に妙な身振りをなし、大きな声で歌いながら、売っておりました。そしたら、これによく似たオッペケペー節なるものが出まして、人気がみんな向こうへ行ってしまいました」

わがはいはニコリと笑った。

「そうですか、あなたも壮士演歌をなさいましたか。ヤッツケロ節は、たしかに豆歌とも言って、豆を売るのに歌うものでしたな。えーと、たしか、尽くせや尽くせ国のため、尽くさにゃそのとき、ヤッツケローだったたか。日本に議院が生まれた頃によくはやった」

「はい、それです。でも、音二郎の演技には完敗しました。あたくしは早速、川上一座と付き合うようになり、旗揚げから番頭を務めました。さいわい、あたくしは福澤先生の簿記を学んでいましたので、帳面をつけられたのです。音二郎が初期に舞台に挙げたのは自由民権の芝居でして、たいていは主役の音二郎を捕まえる警官の役をやらされました。谷口はそれが一番似合うと、音二郎にいわれまして」

「なるほど、あなたは芝居もされるのですか、それはおもしろい」

「いえ、座長がなにしろ気まぐれでありますから、当たるときは大当たりいたしますが、外れるときはまるっきり客のはいらない舞台になり、そのうち音二郎が失踪したりいたします。その尻ぬぐいはすべてあたくしが引き受けねばなりませんので。いまも、尾崎紅葉《おざきこうよう》先生の『金色夜叉《こんじきやしゃ》』を舞台に挙げることになり、あたくしが略筋《りゃくすじ》を書いて出版までしましたが、最初のうち、わしはやがて代議士になるのだから主役の貫一《かんいち》なんぞできないと言っておきながら、選挙に落ちるや否や舞台に舞い戻ってきまして、貫一役を横取りです。あげくが、この九月十日に、妻の奴と姪と愛犬を連れて小舟に乗りこみ、川上が櫓を漕ぎ、奴が舵を取って南方の島へ出立してしまいました。番頭のあたくしが胃の病で入院していたのに、一言の断りもなく台風の中を船出してしまいました。あたくしは情けなくなって、ついに川上一座を見放したところです」

谷口喜作は話しながら震えた。わがはいは谷口をいたわるようにささやいた。

「谷口さんといったね。つまりあなたは、こんどの音二郎の海外逃亡によって、かれへの信頼をなくしたわけですな。耳が痛い話だ。わがはいも音二郎には同じ仕打ちをしましたから」

「いえ、別れた方がお互いのためだと悟ったというべきでしょうか。あたくしは家族が大事なのです。家族を泣かせてまで音二郎と夢を追いかけていくことができません。いままでは妻に店を任せ、川上一座のために働きました。でも、座主になったり人気役者になったりしたいのではありません。正直に小商売を営んで、妻と子どもと一つ家で仲良く暮らすことが性に合っています。が、まだ子どもも授かっておりません」

谷口はそう言うと、懐から何やら紙を取りだし、諭吉に渡した。

「お恥ずかしいことですが、あたくしは商売の他に文学がやってみたいのです。夢は慶應義塾の文学科に入ることでした。しかし、食うために仕事や商いをせねばならず、音二郎と奴夫婦や座員たちの面倒も見なければならなかったため、入学することもできませんでした。いまお渡ししたのは、あたくしが見よう見真似で書いた俳句の一つです。尾崎紅葉先生に褒められた唯一の句でして、

冬の夜や夫婦かせぎの細ともし

という取り止めのない愚作です。でも、あたくしにすれば、夫婦かせぎの細々とした暮らしではあっても、水いらずの、いつわりのない、二人で寄り添い合っていけるような暮らしこそが、理想境です。横浜の通りを実直そうな親仁《おやじ》さんが車をひき、その細君らしい人が後ろを押して行くさまなぞ見るにつけ、あたくしは感嘆して泪が出てくるほど幸福に感じるのです」

わがはいは黙って聞いていた。まだ暑い部屋の中を晩秋の風に似た涼風が吹き抜けていった。

「谷口さん、あなたは足りるということを知っておられる。わがはいは尊敬します。あなたが苦しまれているのは、ご自身の良心が音二郎と決別することを望まないからでしょう。だが、追え

ば情けは仇になるかもしれません。ここは思い切られて、音二郎を自由にしてやったほうがいい。なに、あっちにはたぐいまれなる女丈夫がついていますよ。あの濱田屋の奴は、幼いときに馬術を習い、伊藤博文に水泳を教わり、柔道も、木登りも、駆け足も達者です。おまけに今回は小さなボートを操って、東京から神戸までの航海をなしとげた。じつは、軍部までがおどろいておると聞きました。たった二人で荒波を乗り越えたのですからな。か弱い芸者ではまったくありません。きっと、欧米でも評判を勝ち取ることでしょう」

谷口はすこし表情をゆるめた。

「先生は奴のことをよくご存じで？　お噂では、座敷遊びなぞをなさらない高潔なお方と聞き及びますが」

わがはいはすこし照れながら答えた。

「正直に言いましょう。わがはいは奴が十四、五の小奴時代に会っているのです。わざわざ三田まで来て、校庭で大声をあげたことを忘れませんよ。あたしを救ってくれた岩崎っていう学生さんに会いに来ました、ってね。その岩崎は慶應のガキ大将ともいえる元気のよすぎる男でしたが、その学生が恥ずかしがったほどです。いや、おそれ入ったる娘でした」

「そのお話でしたら、奴から何度も聞かされました。ですが、慶應義塾の学生さんだとは、一言も言いませんでした。今、初めて伺いました」

「そうでしょう、芸者の娘と貧乏学生という取り合わせは、それこそ川上一座の新劇みたいな話ですからな」

「そうでしたか。あの日、奴は馬に乗って成田のお不動様にお参りに行った帰りに、馬が野犬に絡まれ大暴れしたそうで、あやうく振り落とされるところに、その学生さんが偶然に通りかかって、馬を止めてくれたそうです。小奴はお不動さんがその学生さんをあたしの元に遣わしてくだすった、なんて言ってました。亭主になった川上音二郎の前でも平気で言います、あたしは、お不動様に願いごとをした、かならずいつか、あたしを援けてくれた学生さんと一緒になるんだからね、と。あの顔でキッと言われると、暴れん坊の音二郎さえ縮み上がったほどです」

「なるほど、それはすこし怖い話ですな。それにしても、興行に携わる方々はお不動様を信心なさる人が多い。わがはいは信心にはまったく縁がないので伺うのだが、それはどういうわけです？」

するると谷口は片手で印を結んで、その指を口元に近づけ、小声で答えた。

「要するに、ノウマク・サンマンダ・バザラダン・センダマカロシャダですよ」

わがはいは首をかしげた。

「どういう意味です？」

「要するに呪文です。呪術に近い。不動明王は密教の大日如来みたようなものですから、呪文の力で迷い人の身を守り、願いをかなえます。もっと救いがたい煩悩を持つ迷い人さえも、力ずくで救ってくださいます」

「力ずくで……そこまで強力に？」

わがはいはすこし戦慄《わなな》いた。

「それは困った」

「え、どうなさいました？」

と、谷口が訊いた。わがはいは複雑な表情を見せた。

「その岩崎という学生は……いま、うちの娘の房と夫婦になっているからです。名前も、福澤桃介に変わっています」

ふたたびあたりが静まり返り、遅く鳴きだしたツクツクボウシの声が福澤邸の客間に染みわたった。谷口は頭を下げ、わがはいに詫びた。

「これはずいぶん失礼なことを申しました。昔、奴から聞いたものでしたから。じつはまだ、肝心な相談ごとを忘れておりました。あたくし自身の今後の身の振り方についてお教えいただきたいのです。あたくしは先生を師と仰いでおります。先生のご本を読んで、勉強いたすつもりですが、今後、あたくしは川上一座と一切の縁を切り、あたくし自身のための生活にはいりたいと思っています。この先どのような職種に就くべきか、ご忠告を頂きたく存じます」

すると今度はこっちも迷うことなく、明確に答えた。

「わがはいは易の占い師でも何でもないから、忠告などはできません。ほんとうに占ってもらいたいのなら、横浜の高島嘉右衛門《たかしまかえもん》のところへでもお行きなさい。あの御仁からは、横浜に学校を建ててくれと頼まれたことがある。商売もうまかったが、易《えき》の研究が深かった。世間は易で儲けた成金というが、それは偏見です。たしかに儲けたが、占いを商売にはしなかった。一種の信心にしていた。現に、嘉右衛門さんから易の話を聞いたときも、自分は易で商売をしないと言っておった。なぜなら、『易はウラナイだからです』と。ずいぶん洒落た答えをしましたよ」

「なるほど、占いだから、売らない、というわけですか？」

「そう、高尚な人ですよ。だが、わがはいは若い人達に新しい産業をどんどん開いてほしい。だから、様々な人の相談に乗るんだが、あなたのような欲のない人は珍しい。ただし、あなたはこれから堅実な家族をつくりたいとおっしゃった。それなら、生まれてくるお子さんたちに引き継いでもらえる店を建てなさい。職種はどんなものでもいいのです」

谷口喜作は何度も礼を述べ、吹っ切れたような笑顔を見せて三田を去った。ただ、顔色だけは最後まで青かった。長い間、川上一座を必死に守ってきた代償だろうか。その疲れはおそろしく深いのではないかと、わがはいは察した。だから、谷口の健康がいっそう気がかりだった。

明と暗の交差

わがはいは、川上一座に長年尽くしてきた谷口という男と面談してから、養子に迎えた桃介のことも気にかけるようになった。別に下司《げす》の勘繰りというのではない。濱田屋の奴こと、現在の川上音二郎の妻である川上さだが、桃介にほのかな恋心を抱いていたことを知っていたからだった。それに、岩崎桃介という埼玉出身の若者にも、自分の息子たちにはない才気と気質を見いだしていた。だからこそいち早く養子に迎える意向を固めたのだ。

そのきっかけは、ひょっとすると、まだおぼこも同然なのに伊藤博文を旦那にもつほどの葭町芸者が、桃介に会いたくて三田まで訪ねてきたことだったかもしれなかった。わがはいはさっそく、慶應義塾で始まった運動会に妻の錦と娘たちを招いて、それとなく桃介を紹介した。むろん、桃介の都合などは聞いていない。

その運動会は、おそらく日本の学校で初めて行われたものであったが、岩崎桃介の才気を前面に押しだす晴れ舞台としても最上のものとなった。かれは頭もよかったが、それにもまして運動能力に優れていた。背も高く、惚れ惚れするような美青年でもあった。当日、桃介は絵の達者な友人に描かせたライオンも勇ましい白衣をまとって、さっそうと運動場を駆けまわったのだった。この姿が福澤家の女性たちの目をくぎ付けにしたにちがいない。桃介に惚れこんだのは妻の錦だったというが、娘たちもまったく異存がなかった。わがはいも、次女のお房と娶《めあ》わせる心づもりになった。

ただ、福澤家の養子とする以上は、父親として果たさねばならぬ役目があった。まずは岩崎家の家柄である。入り婿の実家としてそれなりの格式が欲しかったのだ。

さいわい、岩崎家にはわがはい好みの勇敢で胆力のある母親のサダ（作者註：偶然にも小山さだこと貞奴と同名であった）と、教養があり穏やかな紀一という父親がいた。

当時、息子や娘を上の学校に行かせる家は非常にまれであったから、岩崎家が教育熱心だったことがわかる。それはまさしく、わがはい自身の家を彷彿させる特色であった。

わがはいは当時、桃介が小奴のさだと恋仲であったかどうかをしかと確かめなかった。しかし、桃介が福澤家の養子と決まれば、芸者は自分から身を引くだろうと計算ができていた。それが芸者の作法だからだ。

岩崎桃介は、敬愛してやまない父母が住む岩崎家を、心から愛していた。貧乏を引け目にも感じなかったので、まことに伸びやかな少年に育った。その意味では、桃介はわがはいの少年時代によく似ている。社会の理不尽や改革の機運が生まれにくい風土に怒りを覚えていた。こういう少年は世を鋳直《いなお》す力をもつが、跡形もなくつぶすほど乱暴な作り直しも好まない。明治維新以後の文明開化の手本となったわがはいの書物には、どこかにかならず古き良き日本の体質も温存されていたのである。

桃介も、じつはそういう人物の一員だったと思う。第二の福澤諭吉となるべき可能性を秘めた少年だったとも言える。わがはいだって、こうした才気ある塾生を見いだし支援することに大きな生き甲斐を感じていた。

ただし「見どころある少年」というものは、どこかに「異才」と呼ぶべき鋭角な要素を備えている。ふつうはやりにくい子といわれるが、わがはいの性格はそのようないたずらっ子を好む傾向がある。平たく言えばお気に入りは、優等生ではなく、何をしだすか分からない子のほうだった。しばしば掟破りをするが、その破り方に才能の片鱗も窺える。三田の丘から毎夜街へ繰りだすには、門番に融通をつけてもらえるかどうかが勝負となるけれども、そういう小細工ができるのが、いわばガキ大将の資格なのだ。わがはいを悩ませた集団カンニングの「音頭取り」はその一例だが、学問を本分とする学生にとってカンニングは悪徳そのものだが、門限破りなどはいわば肝試《きもだめ》しに近い。

株で大損し慶應を去ったという櫛引弓人のことはよくわからないが、川上音二郎の場合は少しわかる。かれは外へ出たがる仲間から通行料を取って出してやった。そこまでは多めに見てもらえたが、金の取り立てに熱中し株に手を出したり廓にまで通うようになってしまえば、もはや退校あるのみだ。異才はそこのところをよく心得ておるべきなのだ。

いっぽう、岩崎桃介の場合も秘密の抜け穴を作って、これを仲間に使わせて通行料を得ていたといわれる。そこまでは川上や櫛引と同じだが、桃介の場合は通行料の小遣い稼ぎが目的ではなかったらしい。そこにはある種の大義めいたもの、つまり俠気が備わっていた。もっとわかりやすいいたずらの例に、寮の食堂で鍋や釜や食器をひっくり返して暴れるイタズラがある。これには、料理人が寮生の食費の一部をピンハネするという悪い習慣が温存されていることへの抗議が込められていた。だから、悪戯の首謀者となった桃介は最後まで詫びを入れなかったし、処分も厳格にできなかったそうだ。（作者註：福澤桃介の論策集を解題した藤本尚子氏によれば、「無政府主義、快楽主義と見られかねない野良のように奔放な素裸の音二郎に対し、桃介はすでに義と礼で完全武装していた」とある）

たしかに、わがはいは、同じような不心得をしでかした音二郎と桃介に対し、正反対の処分を下した。桃介は養子に迎えたのに、音二郎は三田から追いだした。明と暗が対照的だ。けれども、これを単に幸不幸で分けることもできないところが、人生の不可思議といえる。

川上音二郎の方は措くとして、問題は桃介のその後である。人もうらやむ養子縁組であってよさそうだったが、そうはならなかったからだ。

明治十九年十二月九日にわがはいと妻の錦は連名で、岩崎家に向けて一通の約定書をしたためた。その内容はつぎのようであった――。


岩崎桃介を福澤諭吉の養子としてもらい受ける。

養子は福澤相続の養子ではなく、諭吉の次女お房へ配偶して別家する。

別家の上は福澤諭吉夫婦より、居家処世の心配りを忠告することはあっても、いわゆる舅・姑の関係をもってみだりに桃介・お房の家事に干渉しない。

養子の相談が整った上は、桃介は直ちに米国もしくは英国へ留学すること。

留学の費用はかねて福澤家にて、お房洋行のため用意しておいた資金があるので、その金を桃介の洋行学費に流用する。

外国留学の期限は、まず三ヵ年を約束する。

留学から帰ったのちは、直ちに婚姻すべきであるが、桃介が職業に就くまでは、福澤家より見苦しくない程度の生活資金を支給する。

桃介夫婦の間は男尊女卑の旧弊を改め、貴婦人紳士の資格を維持し、相互に礼を尽くし、もって一家の美をなすのみならず、広く世間の模範となるように努める。

おおよそ右のごとし。


これはいかにも堅苦しい約定書であり、桃介側の要望が無視された部分もあった。何よりも桃介がこだわったのは、養子になって福澤を名のる義務が生じることだった。別家にしてくれるというなら、名前の方も福澤と岩崎の両方を取って、岩澤でも福崎でもいいではないか、というのが桃介の提案だった。

しかし、そういった問題を些細なものにしてしまうほどの魅力が、わがはいの提案にはあったのだ。桃介が念願していた海外留学が福澤家の資金によって今すぐにでも実現できるのだから。妻となるお房が洋行するために蓄えられていた資金だった点だけはうしろめたかったが。

いま、養家の父母が新婚夫婦にみだりに干渉しないこと、両親とは別居で暮らすことといった好条件は新しい傾向と言える。だが、実際に入り婿になったところ、別家といってもわがはいからあてがわれた家であったし、留学先で勉強するものはおおかたわがはいがあらかじめ手配しておいた施設や会社であった。しかも給料や地位は新入社員としては破格の厚遇だ。こうした扱いはわがはいの根まわしであって、コネなしではいった人々に比べてゼロがひとつ多くついたのである。桃介はちょっと傷つけられた気分になったと思われる。

とはいえ、桃介から見れば養父の「要らぬお節介」と思える干渉も、それを簡単に吸収してしまえるだけの能力と体力が、このガキ大将養子には備わっていた。ただ不幸なことに、その安全弁がかれのアメリカ留学中に破壊されてしまうのだ。留学が終わらぬうちに、最愛の実父と実母が世を去ったからだ。かれはその悲しみに打ち勝てなかった。明治二十二年の末に留学を切り上げ、わがはいが投資している北海道炭礦鉄道会社に就職した。またもわがはいのてのひらの上に戻ったのである。すべて義父の敷いたレールの上だった。しかし桃介にも意地があった。かれは初任給百円という信じがたい高給を受けての入社だったが、いきなりこの高給に見合う仕事をやり遂げてしまった。

そもそも北海道や東北で採取する石炭は、交通網がまだ船舶輸送だけであった時期には、九州や西日本の石炭とは競争にならなかった。本州での販売先を、関西の石炭にすっかり押さえられていたからだ。輸送態勢が整い、鉄道も発達していた関西の炭鉱は、好条件で東京や大阪の企業に石炭を売ることができた。

この流れを北の石炭に向け直すには、大型の運搬船が大量に必要となる。けれども北炭には資金がない。そこでアメリカ帰りの桃介は途方もないアイデアをひねり出した。外資をいれて大型船を装備し、輸送力を強化するという秘策だった。英語を習得した桃介は外資導入の交渉から締結までを独力でやってのけた。北炭は、販売部門に特化した東京支社を開いて、桃介をそこの責任者に据えた。

これにはわがはいも度肝を抜かれた。当時日本は、外資を導入すれば国を奪われるという根拠の乏しい恐怖観念にとらわれていた。しかし同じくアメリカ留学を経験した慶應の先輩、井上角《かく》五郎《ごろう》が北炭の社長に就任してから、桃介に順風が吹いた。しかも同社には、のちに桃介の腹心となる松永安左ヱ門が入社し、桃介の活動を支援した。外資導入で実現した大型汽船の引き渡し式は、まさに桃介の檜舞台となるはずだった。ところが式に出席した桃介は、この大切な瞬間に、とつぜん喀血《かっけつ》してしまう。そのまま入院を余儀なくされたのだった。

病名は結核だった。無理がたたって発症したらしい。頑強そのものに思えた桃介の体でも耐えきれなくなって、悲鳴を上げたようだった。この時代、結核は不治の病とされており、死の宣告を受けたも同然であった。これにはわがはいも失望したが、桃介はその数倍も絶望したはずである。おそらく死すら予感したことであろう。

しかし、桃介はまだ見捨てられなかった。今度もまた、救い主はかれの守護天使であり魔王でもあるわがはい、養父・福澤諭吉だったことだけが、かれには皮肉めいていただろうが。

ただし、そこにもう一人、新たな守護天使も登場するのだ。ドイツ帰りで結核の研究者、北里《きたざと》柴三郎《しばさぶろう》である。桃介の診察治療に当たったこの医師もまた、魔王に見こまれた異才であったといえる。あまりにも先進すぎて、日本の医学界が手中に収めきれないほどの大物だった。細菌学の権威でありながら、官立の医学研究所を牛耳《ぎゅうじ》る東大閥の医師たちに疎《うと》んじられた。そして運命は繰り返す。ドイツ帰りのこの鬼才に、日本で活動できる場を与えたのは、またしてもわがはい、この福澤諭吉であった。

（第七話　了）

第八話　敵味方、それぞれの想い

現在のロベルト・コッホ研究所

夢の燠火《おきび》にともった灯

わがはいこと福澤諭吉が明治二十年代にもっとも力を注いだ事業がある。それは、東京に大規模な伝染病研究所と病院を築くことにあった。というのも、幕末からすでにその兆しがあったのだが、世界が交易の発展により伝染病の蔓延《まんえん》する巷《ちまた》と化し、都市部にあっては富裕層と貧者との雑居が都市衛生を著しく害した結果、とくに東京の中心部では伝染病の坩堝《るつぼ》ともいえる不衛生状況が出来《しゅつたい》したからであった。じつはわがはいは、我が塾を三田に定めて慶應義塾の看板を掲げたときから、すでにして独自の医学所を樹てる希望を抱いていたのである。

こう見えてもわがはいは蘭方医・緒方洪庵《こうあん》先生の適塾出身である。長らく日本の公衆衛生事業を指揮してきた長与専斎《ながよせんさい》とは、机を並べて修業した仲でもある。ただ、わがはいは血を見るのが苦手で解剖や手術の現場に立つことができなかった。それで医者になることは止めたんだが、公衆衛生、なかんずく健康増進と伝染病の撲滅は、どうしてもわがはいら洋学者が解決せねばならんことと自覚していた。だから、慶應では肉食を推奨し、運動会も開催した。

だが、医学だけは日進月歩、わがはいのようななんでもござれの学問では専門家に対抗できぬような発展を遂げた。それで紀州和歌山の松山棟庵《まつやまとうあん》を呼んだり、江戸の種痘所に莫大な金額の援助をした濱口梧陵大人《はまぐちごりょうたいじん》とも意を通じたわけなのだが、明治三年にわがはい自身が不覚にも発疹《はっしん》チフスにかかって死にかかったことは大きかった。まったくひでえ苦しみで、あのとき松平春嶽様のところにあった製氷機を借りて、頭に氷を載せたおかげで助かった。だから明治六年には棟庵に頼んで三田に医学所を創ったんだ。かれも奮闘してくれて、医者の卵をどんどん世に送った。さあ。三百人も出したろうかなあ。ところが明治十年代にはいってから、薩摩の西郷の反乱をきっかけに学生たちが一気に塾を辞めた。授業料が入らなくなって学校経営が危機に陥った。大隈も、伊藤も、そのほか財布を握っているお偉方を片っ端から回って借金を頼んだが、冷たいもんで誰もたすけてくれない。そしたら、小幡篤次郎ら門下生が声を掛け合って、寄付を集めてくれた。それが交詢社の始まりだよ。わがはいは廃塾も覚悟したんだが、いや、持つべきものは門下生だ。しかし、医学校は経営に金がかかる。それで、ここだけは廃校にせざるを得なかった。松山棟庵もさぞや悔しかったろうが、在校生をほかの医学校に受け入れてもらって、なんとか義塾の消滅を防いだんだ。

だが、わがはいは塾が新しい総合大学に生まれ変わり、理財だの法律だの政治だのの「科」ができ上がると、ふたたび昔の夢を見るようになった。ところが、具体的にどのような医学校を再建できるか、目当ても方策も思い浮かばなかった。

しかし、願えばかなわぬ夢はない。医学校の件だけはわがはいが死ぬまでに実現できないと思っていたところに、とんでもない人物が現れたんだ。ほんとうに、この老骨に鞭打ち、全資産を失くしてもかまわぬと思うほどの人物が、ある日とつぜん、三田にやってきた。

ベルリンから来たサムライ

わがはいは思う。もし一人の学者が目的の達成や立身出世を望むなら、政府官僚や帝大閥の実力者に反発しないことが肝要だ、と。いかにも凡人の考えそうなことだが、今の世の中はその損得を軸に回っている。なにごとも忖度《そんたく》が肝心なのだ。けれども、たとえば教育という仕事はちがうのだ。次の時代の人材を育てることを目的としておるゆえにだ。兵器を創ればもうかるが、人を創る仕事は大赤字だ。それでもやろうという痩せ我慢性《しょう》でないと、人を創れない。むかしの武士もその点だけは偉くて、多くの私塾は痩せ我慢の武士が建てた。また二君に仕えず、命を捧げる、なんていう武士道もまじめに励めば大赤字もいいところだが、徳川が二百五十年も保《も》ったのは、そんな生き方をするごく少数の侍に支えられていたおかげだ。

そして、忘れちゃいけない、他にもう一集団、ばかばかしく割のわるい仕事を任された連中がいることを。それが医者なんだ。病を撲滅するという目的のために、その命を捧げた。もちろん、世間には藪医者が多いから、そんな聖者は数えるほどかもしらん。しかし、ドイツ国から出て天然痘、ペスト菌、コレラ菌、チフス菌などの病因を次々に解明したコッホというお医者などは、その研究姿勢がまことにすさまじかった。

細菌学はこの人から始まったといわれるが、最新の治療薬としてコッホが世に出したものの一つに、ツベルクリン療法なるものがある。日本でも肺病は長らく病気死亡原因の一位に君臨し、誰もがおそれる死の病だった。最近は結核と呼ぶようになったが、木と紙でできた家は冬の寒さを防げないから、とくに肺病患者が多発するんだ。痰や血液などを介して伝染する。栄養状態が悪く、しかも人が密集するところで感染するから、軍隊や学校で発症しやすい。コッホ先生はこの病の解明に命をかけた。

コッホは明治二十三年に結核の新薬を創製した。結核の病原菌というのがまた非常に特殊なやつでね、基体で培養しようとしてもなかなか発育しないし、染色するのも大変な作業だったから、菌の純粋培養がむずかしかった。ところが北里柴三郎の頑張りなぞもあって、コッホのところで培養できるようになった。さあ、これで病原菌を動物実験に使えるようになった。すぐにモルモットで実験したら、感染させた実験動物は死んでしまうが、ツベルクリンで治療すると病気がよくなるものが出て、約一割が長生きした。しかも半年後には結核菌を注射しても発症しなくなる。いわゆる「免疫」を得たわけなんだ。

まあ、かんたんにいうなら、ジェンナーが自分の子を生体実験したとかいう種痘の場合と似ておる。感染した患者のかさぶたなどから病原体の抗体をとって血清をつくる。これを病人に植え、人工的に感染させたうえで、「免疫」を作りだすという方法だが、結核の場合はもっと複雑で、血清を作っても結核菌への効果はあまり大きくない。最終的にツベルクリン療法は治療の効果が明確でないという話になった。その代わり、この血清を打つとあらわれる副反応により、結核感染したかどうかを診断する検査薬としての役割に甘んじたのだった。本格的な治療薬の創製にはまだ多くの時間がかかると分かって、その完成は後世にもちこされたんだがね。

そういうわけで、世間は最初ツベルクリンの効能なんか信用しなかった。というよりも、免疫だの抗体だのという新しい概念の意味がわからなかった。だからコッホ先生は、しかたなくわが身に二十五倍も濃くしたツベルクリンを注射して、効果を立証しようとした。とたんに激烈な副反応をおこしたため、コッホは一時重篤な状態に陥ったそうだが、かろうじて回復し、ツベルクリン療法の安全性を立証した。まちがえば、副作用で死んでいたかも知れぬ。決死の人体実験だった。

学者という職業に就いた人達には、世事の忖度よりも科学的真実に忠実なほうを優先する変わり者、いや失礼、純粋な論理派が、たまに存在する。その説を受け入れ得るかどうかを決めるのは、世俗の権威ではなくて、そこにある論理の整合性だけだ。そしてね、コッホ先生に師事した北里柴三郎は、そういう一群に属する科学者だった。ベルリンに留学してコッホの下で教えを受けて足掛け六年ほど。そのあいだに北里は天下の細菌学者に成長した。

孤立した北里と福澤の出あい

で、ここからがわがはいの出番となる。

明治七年、北里は東京医学校に進んだときから、事実を究めるためには教授との論争も辞さない学生だった。また人道・人倫から見て筋の通らぬ決めごとにも正面から反発した。この北里を中心に、東京医学校の学生のあいだで反対同盟までできてしまった。それで学校側は始末にこまり、あろうことか私立学校のわがはいに泣きついてきた。福澤さん、貴殿ならば、どうにも手のつけられない反発学生たちを黙らせ秩序に従わせることができではないか、と。わがはいは根が世話好きだから、塾生のなかから腕っぷしが強くて厳格な教師を二名派遣してやった。だが、この猛者すらも北里に論破されたというから、尋常でない。

ところで明治の御世は、科学の分野でさえも、まだ封建体制がつづいておるのかと錯覚するほどの、理不尽きわまる権威がまかり通っていた。わがはいはこの実情を、理よりも情が尊重される世の中、と呼んでいる。これは誉め言葉というより、ある種の憎まれ口である。北里柴三郎は、最初からそういう理不尽と対決する理屈屋だったから、厳格なドイツへの留学が水に合って、ますます理論と実験に磨きをかけることとなり、留学中からみごとな功績を挙げた。したがって、北里の学問の基礎はほぼ最初からコッホの流れに乗っていたといえる。この二人が共同で細菌学を発展させたといっても過言ではないだろう。

明治十七年、最新の細菌学をコッホの弟子筋（直接本人からではない）から学んで帰国した緒方正規《まさのり》という人が、たまたま北里と同郷で、しかも同年齢だった。この緒方は熊本藩医の息子であり、熊本医学校では北里と机を並べる仲だった。ただし、学校を出たのが北里よりも三年早かったので、学歴がその分だけ早く進んだ。北里が内務省衛生局員になったときには、緒方は帝大でドイツ帰りの衛生学教授という具合に一足先んじていた。北里もこの同窓生から、コッホの細菌学というものを知らされたのだった。

このとき緒方は、同時に内務省衛生局衛生試験所も兼任していた。北里が緒方に遅れて帝大を卒業し、大坂適塾出身の長与専斎が所長をしている衛生試験所に入所したところ、緒方は上司におさまっていたのだった。同年齢同門の仲間が上役とは、あまりおもしろくない話だったが、しかし長与と緒方に推されてドイツ留学が実現したことも、事実だった。しかも、コッホの弟子に学んだ緒方の計らいにより、この大家の下で研究できる幸運をも得た。ちょうどコレラ菌の研究を仕上げるさなかにあったコッホ研究所で、北里自身も次々に大きな発見をおこなうことができたのだから、緒方には足を向けて寝られぬ立場だったと思う。コレラ菌については、北里も留学前に長崎のコレラ流行を調査し、その扱いにも手慣れていた。

じつはこの時期、コッホはミュンヘンの著名な衛生学者ペッテンコーファーを相手に、学術論争を繰りひろげていた。なんと、ペッテンコーファーは近代衛生学の開祖であり、留学してきた森鷗外《もりおうがい》を指導した恩師でもあった。ペッテンコーファーは細菌学者ではなく衛生学者であったから、コレラ流行は病原ではなく、人の排泄物や腐敗物が混じった不潔な土壌や下水を放置する都市環境の劣悪さにある、と信じた。実際にはコレラ菌に汚染された土やごみ溜めから生じる瘴気《しょうき》（ミアズマ＝一種の毒気）が発症の原因という説だったので、衛生の見地から都市環境の大改造が必要と提言し、下水道の整備やごみ類の一掃によってミュンヘンの伝染病を激減させようとした。しかし細菌学のコッホは、これら伝染病は多種の病原菌が直接体内にはいって発症させる例が多いので、コレラも菌が混入した飲み水などを介して伝染するのではないかと反論し、井戸の整備や飲み水を消毒する上水道整備を推奨した。いわば「下水道」対「上水道」の戦いである。

ここへ北里が登場し、コッホの側についた。そのあとさまざまな知見が出て不利になったペッテンコーファーは、コッホ説がまちがっていると証明するためにコレラ菌を混ぜた水を自分で飲む実験をおこなった。まさに自殺行為だったが、ふしぎなことにこの実験でかれはコレラを発症しなかった。事実の発見のためには自分の命も、学閥も政治も、世の権威さえも、問題にしなかったのだ。

したがって北里も同じである。細菌学の正しさを証明するうえでは、師匠とか上役とかといった義理人情は意味をもたなかった。

ところが、日本の医学界はすこしちがっていた。世間の義理や人情は、ときとして真実よりも重く忖度しておかないと、たいへんなことになるからだ。先輩同僚の学説を否定してしまう新学説がもしも真実と認められれば、そのときは世間も学界も新学説を祝福するのが、海外の作法である。しかし日本はまだそういうところが封建的だった。海外で大きな学術的成果を挙げても、日本国内ではむしろマイナスの作用を及ぼすのだ。

その好例が細菌問題だった。コッホが発表したツベルクリン療法が世界の話題になると、この病気の研究が立ち遅れていた日本の帝大は、新しい療法を伝授してもらうために、医学部教授と助教三名をベルリンに派遣することにした。ぜひ帝大教授の留学を受け入れてほしいと礼をつくして懇願したが、コッホはこう答えたという。

「わたしは多忙でその余裕はないが、ツベルクリンについてはその実験を担当し内容も熟知している同国人の北里がいるのだから、かれに教えを乞うべきである」

そういわれて追い返された帝大は、面目を失った。あわてて帝大閥でかためた伝染病研究所を創設し、北里が帰ってきたら飼い殺しにしてやる気になった。ところが、北里も独自に伝染病研究所を創設しようとしたため、二つの計画がぶつかりあい、帝大側にとってあり得ないことだったが、一私人にすぎない北里の計画の方が先に実現してしまったのである。伝染病研究所は北里の案のほうが採用され、ここでも帝大閥は敗れたのだから、怨み骨髄に徹したのにちがいない。北里許すまじという機運がひろがった。

その次がまた、日本人に多かった脚気《かっけ》の病因をめぐるぶつかり合いだった。帝国大学と陸海軍の医学部門が何よりも早い解明をもとめていた国家的な課題だった。一足早く細菌学の権威となった緒方は、この面でも先立って奮戦した。日本軍を悩ましつづけた脚気の病原と考えられる「脚気菌」なるものを、世界に先駆けて発見してしまうからだ。この大手柄に日本中が沸き返り、北里がドイツ留学へ発った明治十八年に、緒方の偉業をたたえる祝賀会さえ開催された。

だが、上司である緒方の栄誉は、皮肉な形で傷つけられることになる。ドイツ留学した北里も日本で次々に発表される新発見に注意をはらっていたが、ある日、オランダの学者が同じように「脚気菌」と称するものを発見したという知らせを受けた。北里はその論文を読み、実験の不備や論理だてを批判する論文を書いた。その反論自体はしかし、同時に緒方の発見をも否定する内容になってしまったのだ。これがまた帝大医科大学のエリート学者たちの機嫌をそこねた。

帝大勢が牛耳る日本の医学界で、帝大の権威を否定するような論文は、よほどの喧嘩好きでないと書けない時代であった。しかし北里はドイツで仕事をしていたから、その温度差がつかめなかったのかもしれない。本国日本では、北里を日本医学の面子をつぶす学敵とみなす空気が醸成され、逆風となった。しかも脚気菌の発見者は、親友であり恩師でもあった緒方正規だ。いくら本人同士が仲良くとも、帝大教授連がこの忘恩行為を許すわけがない。明治二十五年五月に北里が帰朝したとき、大学と文部省全体に北里を包囲する反撃態勢が整っていた。北里は古巣の内務省に復職できたが、本領を発揮できる場を与えられなかった。

いっぽう北里は、イギリスのケンブリッジ大学やアメリカのニューヨーク大学から破格の待遇で招聘を受けていた。しかし、コッホ研究所に匹敵する伝染病研究所を日本に建設する夢に燃えていたから、外国からの誘いをすべてことわり、帰国するほうを選んだ。そして、熱意をこめて作成した国立伝染病研究所の建設案には、その設置場所に帝国大学医科大学を希望しておいたにもかかわらず、帝大側に無視された。復讐である。

北里は、ドイツで留学中に、陸軍軍医の森鷗外こと森林太郎《りんたろう》とも交流をもっている。どちらも理の人であるところから、助け合ったこともある。森がミュンヘンで師事したのは、コッホの論敵だった衛生学者ペッテンコーファーだったけれど、森も大した人物である。陸軍の命により衛生学と兵食学の視点で研究をしにきたのだが、コッホの細菌学にも興味を持ち、北里にコッホを紹介してもらった。しかしながら、森はすでに陸軍に出仕していたので、陸軍への配慮や忖度は心得ていたし、大人の対応ができた。それゆえ、森も立場上はコッホと一線を画したのだった。明治二十二年に脚気菌問題でぶつかったときも、森としては、帝大や陸軍にひろがった感情的な北里嫌悪の風潮に対し、むしろ冷静な意見を発したつもりだったが、それすら逆効果に終わってしまった。じっさい、脚気菌問題において先輩の緒方博士に浴びせた北里の反論について、「憚《ハバカ》ルサマモナク、オノガ意見ヲ述ベシヲ恩少シトモ云ヒ、徳ニ負ケルトモ云フ人アレド、コハ必ズシモ然ラズ、北里ハ識《シキ》ヲ重ンゼントスル余リニ果テハ情《ジョウ》ヲ忘レシノミ」と書いたにすぎなかった。北里は真実を知りたい一心で、大恩ある上司への情を忘れたにすぎない、と評しただけなのである。

素直に読めば論駁《ろんばく》攻撃ではないとも感じるのだが、ベルリンから森に向けて発せられた北里の反論は、たしかに切れ味があった。北里はこう書いたのだ——緒方博士に対する自分の批判が「識を重んじるあまり、情を忘れた」とする森の意見は、一見ごもっともに聞こえるけれども、まだ「生《せい》」の深意を洞察するに至っていない、「生」とは情を忘れるのでなく、私情を抑えることなのである、と。「情には二種類あって、一つは公の情、もう一つが私の情である。私情としては忍びない場合でも、公の立場から見てこれを抑えざるを得ぬときがある。科学的事実をめぐる論争は、まさにそれに当たる」、というものだった。

よくあることだが、このような応酬が世間に独り歩きすると、たいていは大げさな尾ひれがつく。北里は恩師の顔に泥を塗った「学事至上主義者」であり、鬼のような人物である、と評判が立ち、いっぽう森のほうも帝大と陸軍の威光を笠に着て、北里追い落としの先鋒に立つ者だと誤解された。

そうでなくとも、欧米ではすでに科学者のこうした態度が嫌われ、非常識な表現をぶつける芸術家と並んで、隣人にしたくない職業の代表として挙げられていた時期である。その余波が日本にも及びはじめたのであった。

だが、世の中はうまくでき上がっているもので、こういう突出した後輩を好む先達も存在したのである。日本に衛生学をもたらし、この「衛生」なる日本語まで発案した長与専斎がそれだった。また内務省の衛生局には（北里の喧嘩相手でもあったが）後藤新平という変わり者の先輩もいた。緒方正規にしても、北里の古い友人であって私的には怨敵の関係ではないのだ。そして日本にはもう一人、そういう向こう気の強い学者を好んで支援する、この福澤も控えていた。

柴三郎、タヌキに騙されること

明治二十五年九月、帝大派との戦いに追い詰められた北里は、この国に絶望し、いっそ日本を捨てて海外の研究施設に職場をもとめようと考えた。そこで、公衆衛生を取り仕切る上司の長与専斎に相談すると、福澤諭吉という男がいるから会ってみろ、とその場で忠告された。

わがはいと長与は、むかし大坂の緒方塾で学んだ間柄だ。しかも、二人であらかじめ北里救済の手段を打ちあわせてある。だからあまり期待も抱かずに、慶應義塾の元締めに面会した北里には、おどろきが待っていた。わがはいは北里の身の上話を聞いたとたん、こう言い放ったからだ。

「北里君。今の君に何の働き場所も与えない役所と大学に、わがはいは絶望を感じました。日本にとってこれほど大きな損失が、あの人たちには分からんのですな。では、こうしたらどうですか。国を頼らず、自分たちの手で研究所を建てましょう。そして研究を始める。あとはどうにかなるでしょう」

資金は、わがはい自身と貿易商で塾友の森村市太郎《もりむらいちたろう》とで折半する、という即答をした。この森村という人物は、明治二十七年に改名して、森村市左衛門《いちざえもん》という商業界の大立者《おおだてもの》になった。わがはいは北里に対して、芝公園地に借りておいた土地を提供するから、設備と建物でいくら金がかかるか、さっそく見積もってくださいと聞かせたら、北里は我が耳を疑った。あれほど思い詰めていた日本での研究所設立が、明日の会食でも約束するかのように、いとも簡単に決定してしまったからである。

北里は最初、こんなのは空約束だと思った。しかし、少しずつ具体的な話し合いが進むと、その提案の緻密なことに二度おどろかされたという。

わがはいはていねいな口調で、教え諭すように細菌学の荒武者にこう説明した。

「研究所の経営には莫大な経費がいるでしょう。君が製造された薬液などが二つ、三つ売れるにしても、とても追いつかないはずです。それで、研究所の費用を稼ぎだせる施設も建てる必要があります。伝染病専門の病院、それもいま日本が困っている結核の専門病院を一緒につくるのです。治療費や入院費がはいるので、研究所の経費が賄えるし、医学卒業生に仕事を与える拠点ともなる」

この経営アイデアにも、北里はうなった。わがはいはさらに追いかけて、広尾のほうにある別荘の一角が空いているから、そこに結核専門の病院を建てることも提案した。

北里は腰を抜かしたらしい。あとでかれは訊き返している。

「待ってくださいませんか、福澤先生。研究所を建設するだけでも膨大な金が要ります。そのうえ病院まで建てるとなれば、金策のあてすら思いつきません」

そこでわがはいは、笑みを浮かべながら答えたのを憶えている。

「だから、わがはいの土地を提供しますよ。二千坪の土地だから、その一部におよそ五、六十床ほどの病院がつくれる。費用は一万円余りが必要でしょうが、わがはいと森村とで半分ずつ引き受けましょう。もちろん、北里君に貸すかたちになるので、安い利率ながら利息をいただきますけれどもね」と。

北里は信じがたいといいたそうに目を見開き、言った。

「先生、それはとてもありがたいご提案です。わたしは誠心誠意がんばって、先生からお借りした金を返済いたします」

けれどもわがはいは、すこし悪戯めいた仕草で、首を横に振った。

「いや、北里君、むかしから武家の商法と申します。君のようにすばらしい学者でも、研究所や病院を経営することはむずかしい。わがはいはね、いや、森村だって貿易商だから同感だと思いますが、学者に貸した金は返らぬものと覚悟しています。だから、今のお言葉は信用していませんよ。ただ、座して死を待つのも嫌ですから、わがはいなりに手を打たせてもらいます。帳合《ちょうあい》がしっかりできる男にこの病院の事務長をやらせます。この男なら、書類は作れるし、帳簿もできるし、なによりも字がきれいだ。それに堅実なること石のごとし！」

「はあ、それはどういうお方で？」

「田端重晟《たばたしげあき》という門下生です。いま、わたしが出資している北海道炭礦鉄道会社という会社の経理を見させている。かれならきっと君の力になれる。田端には電報を打って、東京へ戻ってもらう」

「このお方は、医術の心得がおありですか？」

「まったくないと思う」

「それでは、経理を見るといいましても……」

「むろん、賭けです。しかし、わがはいは田端に任せたいと思うのです。なぜなら、あの男は本気で人を援ける方策を持っています。わが義塾は奇癖のある学者も育てるが、それ以上に実践的な力を有する平凡な市民をも育てることを目標としています。あれはまったく優秀な平凡人です。ははは。それでも首尾よく行かなければ、わがはいに最後の考えがあります」

「え、最後のお考えですと？」

「はい、そのときは病院に火をかけて焼いてしまいます」

「なんですって、放火しろというんですか」

これには、おどろきなれた北里も飛び上がった。

「話は終わりまで聞きなさい。建築に使った費用に見合う火災保険をかけておけばよろしい。それで、わがはいらは首を括《くく》らずにすむはずです。明治火災保険会社に阿部泰蔵《あべたいぞう》という役員がいますから、この男に言って、保険をかけてください」

北里は気絶しかけた。実践的な知能というのは、こういうことか、と驚愕した。その瞬間、北里は確信した。自分だけでは不可能と考えた民間の伝染病研究所の建設が、今はけっして不可能ではなくなった、と。

北里柴三郎は、しばらくポカンと口をあけたままだったが、わがはいが怪訝な顔をしたので、あわてて口をひらいた。

「……まるで狐につままれたような思いです」

わがはいはそれを聞くと、また悪戯っぽい目をして、ささやきかけた。

「狐？　いや、むしろ狸に化かされているのかもしれませんよ。なにせ、病院を建てようとしている広尾の土地は、地元で狸蕎麦と呼ばれているあたりですからね。そうそう、だまされついでに、もう一つ。施設の名は養生園《ようじようえん》としましょう。都会のなかの田舎といえるほど自然が残っている」

北里はそこで姿勢をただし、あらためてわがはいに尋ねた。

「狸に化かされても本望です。だが、福澤先生、先生はなぜ、そのように大きな散財をしてまで、わたしを援けてくださるのです？　一面識もない、このわたしを？」

すると、わがはいは真顔で答えた。北里にはよく分からない回答だっただろうが。

「わがはいにもよく分からんのです。言ってみれば、道楽といったところでしょう。わがはいは骨董集めも、茶屋遊びも、芝居通いも、一切興味がない。ひょっとすると、困窮している学者を救いたくなるのは、そいつと同様の道楽なのでしょうな。何の見返りも期待しませんので、結構な散財ですがね、ははは」

むろんのことだが、わがはいの話はけっして嘘ではなかった。田端を事務長に据えた養生園は、明治二十六年九月十八日に開園すると非常な評判を呼び、ベッドの空きがなくなるほどの盛況となった。北里はひたすら結核患者の治療にかかり、いっぽう田端は金銭の出納《すいとう》を厳密に管理した。

その結果、わがはいと森村が用立てた一万円は、利息も含めて明治二十七年暮れまでに完済できてしまったのである。ただし、この繁盛にいちばんおどろいたのは、ほかならぬわがはい自身だった。

ベルリンにはじまる因縁

ここで時計を明治二十年四月に巻き戻させてもらいたい。ドイツの留学先での話が少し残っているからだ。このときベルリンには、日本でもっとも前途有望なドイツ留学生が結集していた。北里柴三郎にとって、のちに重大な論争相手になる面々も揃っていた。かれらはいずれも科学者であるから、細菌学や衛生学の面では相手との論争に手心を加えたりしない。だが、いずれは日本の医学発展を支える共通目的を持ち合っていたので、どこかで心の通う同志という認識もあった。そこがまた、かれらとの関係を複雑にしたのである。

ここに、かれらがベルリンで撮った記念写真がある。総勢十九人である。衛生学を学ぼうとする人が多かったのは、世界を挙げて伝染病を撲滅することに集中していたことの証だろうか。

この「ドイツ・ナインティーン」には、北里と森林太郎が加わっているが、他にも錚々《そうそう》たる顔が見える。まずはこの留学生を指揮する政府高官、陸軍軍医で森の上司でもある石黒忠悳《いしぐろただのり》である。

明治二十年九月、石黒はドイツを訪れた。表向きはバーデン国都カールスルーエで開催される第四回国際赤十字会議に政府委員として出席するためだったが、裏の仕事もあった。ドイツ各地に留学している学生たちの状況を視察し、その勉学状況を調べることである。

次に、この写真には、武島務《たけしまつとむ》の顔が見える。この人は森の友人だが学業不熱心のため研究留学を免ぜられたが、ドイツに残留することになった。しかし異国での自活は難しかったと見え、若くして病死した。森は『舞姫《まいひめ》』という小説を書いた際、この不運な武島を主人公・太田豊太郎《おおたとよたろう》のモデルに使ったといわれている。

が、もう一人、さらに因縁のある人物も写っている。中浜東一郎《なかはまとういちろう》である。わがはいが咸臨丸で渡米したときに力を合わせたジョン万次郎の息子であるが、安政四年に土佐藩の江戸中屋敷に生まれ、帝大医科大学を卒業した。明治十八年には内務省からドイツ留学を命じられて衛生学の研究にはいった。長与専斎が無理をして北里と一緒にドイツ留学させたが、内実は内務省部外の人を留学させたことになる。長与が北里同様に期待した秀才だったから、特別にゆるされたのだろう。また森林太郎も、この時期ミュンヘンからベルリンに移って、北里の口利きによりコッホ研究室で細菌学を学んでいる。ここへ日本政府の意向を伝達しに、軍医監の石黒が乗りこんできた。

石黒は、北里を含む留学生たちに対し生殺与奪の権を握っていた。森林太郎にかんしては、陸軍の部下であることから監視の目をとくに光らせていた。陸軍最大の衛生問題は脚気症を撲滅することにあったゆえ、森に兵食の栄養問題と病気との関係を研究させていた。そのとき森は細菌学にも関心を抱き、ちょうどコッホに師事していた北里に頼みこんで、石黒には報告せず、勝手にコッホの下で細菌学を研究しだしていた。そこで石黒は森を国際赤十字加盟のための交渉通訳にして、カールスルーエに帯同することを命じた。森をコッホから引き離そうという作戦だった。また、同じコッホ研究室でコレラ菌の培養実験をしていた北里にも、石黒は監視の目を向けた。

北里は森と違い、内務省からの派遣で、基礎研究を自由にやらせてもらっていたから、石黒には野放図な道楽研究に見えたかもしれない。ただ、石黒も赤十字会議の日本代表を引き受けるほどの医官である。コレラに関係する基礎実験に意欲を燃やす北里を、一方では評価した。気に食わないというだけの理由で日本に帰すことも躊躇したのだ。

そこで石黒は北里に命じた。なんと、コッホの論敵ペッテンコーファー教授に師事してミュンヘンで衛生学を研究している中浜東一郎との交換で、おまえはコッホ研究所からミュンヘンへ移れ、それに代わって中浜をコッホに師事させるから、というのだ。北里にはとても了承できぬ命令だった。コレラ菌の基礎研究をここで中断するくらいなら、国費留学を止めてコッホの私的な研究員に雇ってもらう覚悟を固めた。それで石黒も怒ったらしい。森も心配して石黒との間には いった。一説によると、石黒は日本でコレラ防疫を実施する相談役にコッホの就任を求める特命を負っていたので、コッホに気に入られている北里を奪うことをあきらめたともいう。

けれども、一方的に梯子を外された相手方の中浜こそ、いい面の皮だった。この一件で相当な迷惑をかけられたにちがいない。中浜は帰国した後、明治二十九年に内務省を辞し、やがて東京市の衛生局長に就任すると、防疫施策をひろめる任務を帯びて全国を駆けめぐった。その詳細な旅日記を眺めても、忙しさは尋常でない。誠実で賢明な官吏である。その間にも父親ジョン万次郎の伝記を書きあげたのであるから、超人的な勤勉さというべきだろう。北里のような檜舞台には恵まれなかったが、実地の防疫に貢献した興味深い人である。

ただし、そうした経験の中で公の仕事に徹してきた中浜にも、研究者としての矜持はあった。

北里が伝染病研究所を開設したのち、明治二十九年に、北里を有名にしたジフテリア血清やコレラの治療血清の不備を指摘する論文を、『衛生雑誌』に掲載しているからだ。これに対し、伝染病研究所を主宰する北里も引くことはできなかった。一つずつ徹底的に反論したため、北里はここでも先輩を誹謗《ひぼう》する冷血漢として世間の批判を受けた。

ベルリンでは、なお重大な論争が発生した。前述したように、日本細菌学の頂点に立つ帝大医科大学の衛生学教授、緒方正規への批判につながる北里論文が発表されたからである。

まずは経過から話そう。明治二十年十一月、石黒と森が絡んだ国際赤十字会議などの「雑事」からやっと解放された北里は、休む暇もなく、あらたな論争を開始した。こんどの相手はオランダのペーケルハーリングという病理系の学者であり、この人物が公表した「脚気菌の発見」に対する、批判だった。

この時代では、脚気がビタミンBの欠乏により発生するという「正解」がまだ明らかにされていない。論争といっても、段階としては仮説のつぶし合いだったわけだが、運の悪いことに脚気の病原体が菌であるという発表を日本の緒方博士もおこなっていた。したがって、ペーケルハーリングを批判することは、回りまわって北里の恩師である緒方博士の名誉を失墜させることにつながった。

だが、いくら何でも北里だって日本人である。恩師に泥をかけるようなことは避けたかったに違いない。かれはそのとき、コッホの研究所にいたが、たまたまそこにいい忠告者がいた。コッホの助手のフリードリヒ・レフラーという細菌学者がいて、かれは留学時代の緒方に細菌学を教授した因縁があった。

　レフラーは、板挟みになった北里に、こう忠告している。

「誤りを指摘するのは学者の義務だし、その指摘は相手にとっても有益な意見になるはずだ」と。

　この忠告に力をもらった北里は、脚気菌の発見を否定する論文を書きあげた。すると、反論されたペーケルハーリングが自身の不備を受け入れ、北里に礼を言いに来た。学者同士の義務や権利が共有された欧米では、恨みが残る余地がなかったのである。

　ところが、日本国内では様子がまるで違っていた。陸軍と海軍の間ですでに勃発していた「脚気論争」にも、北里は巻きこまれることになった。なぜ脚気が細菌によって引き起こされる伝染病と思われるようになったかといえば、他の主要伝染病が菌による疾病であったことが理由だった。そのため、細菌が次々に発見されだしたので、医学者の多くは、脚気患者からも病原菌が発見されるはずという希望を抱いた。ところが、脚気菌だけは明治三十年代にはいっても発見されなかった。森林太郎が陸軍軍医総監となり「臨時脚気病調査会」を立ち上げ、脚気の正体解明を組織的に実行する活動がはじまった明治四十年代になって、ようやくこれが菌でなくビタミンの問題（広くいえば兵食の問題）に起因すると分かるまで、日本陸軍はこの難病に苦しめられつづけた。

　けれども、何事もイギリス流を採用する海軍では事情が異なっていた。イギリス留学を経験した海軍軍医総監の高木《たかき》兼寛《かねひろ》は、留学先で欧州の軍隊に脚気がきわめて稀だという事実を知った。

　そこで米食、麦食、パン食と構成を変えた食糧を別々に食べさせてみて、脚気の発生状況がどうなるか、実験をおこなった。その結果、炭水化物が多く、たんぱく質が少ない食事をつづけると脚気になりやすい事実が確認され、海軍の食事を洋食に変更したところ、劇的な好結果を得たのだった。

いっぽう、陸軍のほうは軍制発足以来の伝統にしたがった白米中心の米食を、崩そうとしなかった。いわゆる白い飯に赤い梅干しという日の丸弁当方式が、庶民上がりの陸軍兵士には志気を高めるぜいたくな食事だったからである。その代わり、たんぱく質が多い「副食」にまでは金が回らなかった。そこで明治十七年、森林太郎はドイツへ留学したのを機に、この米食問題の解明に着手した。

森も高木と同じように兵食構成の詳しい実験調査をおこない、詳細な報告書を上司の石黒に送り届けた。海軍と陸軍は条件が違う。家畜や保存設備や調理具を常時船内に置ける海軍と異なり、陸軍は総ての荷物を陸送していかねばならない。また、肉がいいからといっても、家畜を戦場に連れ歩くことは不可能に近い。また、洋食の主体となる麦は、麦飯として出すと消化が非常に悪く、かえって栄養摂取の効率が米食に劣る。加えて、魚菜と豆腐などを増加すればたんぱく質不足を補えるので、軍隊にあっては米食を不都合とする評価が適当とも言えないのだった。いや、むしろ米食のほうが優れている、と森は結論を下した。

森の報告は科学的な内容だったが、帰国後に日本語で語った演説では、最後の部分だけに感情があらわに出た。講演した場所が大日本私立衛生会だったからかもしれない。そこで語った、「非日本食はまさにその根拠を失わんとす」という演説でも、海軍が流布した非日本食論を念頭に置いていたため、つい口が滑って高木批判が出てしまったのかもしれない。その口ぶりは次のようであったという。

「……しかしながら日本人はその試験結果を無視してローストビーフばかり食するイギリス流の偏狭学者の言うことに随って、非日本食論を唱えている。なぜ一人の権力者の説をすぐに認め教義と尊び、この偽物の通則から根拠のないおびただしい細則をつくるのだろうか」（森千里《ちさと》『鷗外と脚気』による）と。

経緯は以上のごとくだ。重要なのは、海軍が「脚気菌」をさがす必要がない栄養原因論で脚気の禍《わざわい》を防いだ事実にある。衛生学の面からいえば、実践面でしかも効果が挙がるかぎり、病原菌を特定しない理論でもよかったのだ。しかし、基礎医学の立場に立つ帝大では、その病因を発見できないことには最終解決にならなかった。そこで陸軍系の医学者は、名誉を回復するために、脚気菌の存在証明にこだわる方向に突き進んでいった。

そんなとき、帝大の緒方教授も発見していた「脚気菌」を否定する論文が、北里の手で発表されてしまう。火山の噴火があらたな火口で起きたといえる。

思いがけない反対論

こうした状況の中、北里伝染病研究所は、芝の御成門《おなりもん》近く、芝公園第五号三番地に建設されることになった。この段階では私立である。開所は明治二十五年十一月三十日。このあとにできる結核病院の養生園と同様に、わがはいがもっていた千坪ほどの地所を利用した施設である。だが一年もしないうちに手狭になってしまい、今度はわがはいや長与専斎らを擁する大日本私立衛生会に相談して、新たな土地と資金を財団が用意し管理するということに決まった。大日本私立衛生会の所有施設という名目ならば、すぐに利益を生みそうにない基礎研究にとってはその方が安心であろうと、わがはいも納得した。

そこでさっそく、新研究所本体が、芝から遠くない場所に建てはじめられた。元幕府側の蘭方医師で衆議院議員を務める長谷川泰《はせがわやすし》が熱心に活動してくれたおかげで、議院の審議も通過できた。けれどもわがはいがこの問題から手を引いたわけではない。念には念を入れ、研究所運営の資金をすこしでも自前で生みだせるよう、自分と森村市左衛門とで金を用立てて養生園を建て、これを私営の附属病院としたからである。こちらは私営にしておけば、いざというときに官や公に気兼ねなく機構改善や経費節減を実施できる。したがって、私営の方の養生園結核専門病院はとくに問題も起こさず、二十六年九月に完成を見た。

ところが衛生会の財政支援で内務省の用地に建つことになった新伝染病研究所のほうは、竣工の見こみが立たなくなった。わがはいや長与の予想もしない事態が発生したからだ。愛宕《あたご》町の町民から建設反対の運動が起こったのである。町民が建設反対の声を上げた理由は、きわめて単純だった。研究所が市街地にできれば町が伝染病に襲われると恐れたからだ。ここに感染者が担ぎこまれれば、一気に病気が街に広がり、住民が危険にさらされる。この反対運動は示威行動に発展し、民衆の先導役に民権運動崩れの壮士まで首を突っこんできた。芝区選出の衆議院議員末松《すえまつ》謙澄《けんちょう》や、反政府の論客で元『朝野新聞《ちょうやしんぶん》』編輯長を務めた末広鉄腸《すえひろてっちょう》ら、一騎当千の猛者たちも反対に回った。

末広と同じく、末松も明治初期には『東京日日新聞』で記者として鳴らし、そのとき『東日』の社長だった福地桜痴と組んで演劇改良にも乗りだし、明治天皇の歌舞伎座天覧を実現させた人物である。芝区市民がこうした人たちを巻きこんで反対運動を開始したこと自体は、わがはい的に考えれば、大政奉還、廃藩置県、議院設立という流れで大衆の意識が進化した証拠だといえた。つい昨日までお上の命令に服従するだけだった日本の民衆が、自力でお上に反旗を翻す姿は、わがはいがとなえた独立自尊の実現といえるだけに、なんとも皮肉な廻りあわせになった。

思えば、わがはいにとって末広鉄腸や末松謙澄は、部分的に自分の考え方に近い人々であり、なにより言論の同業者でもあったが、こんどだけははっきりと敵に回した。なぜかは、明白だ。この反対者たちは伝染病に対してまったく無知だったからだ。その無知が災いして、折から有力になっていた都市改正上の見解、すなわち密接し非衛生的な裏屋やスラムを介して伝染病は広がっていくという意見に、市民はすっかりと洗脳されてしまっていた。

とはいえ、伝染病の正体にかんしては、医師や学者のほうでも明確に無知を改めさせる「正解」を持っているわけではなかった。したがって、意見を異にする人々の間で論争が進行するばかりであった。その論争に深く分け入ったところに、北里と帝国大学派の対立も影を落としたのである。

北里も、あるいは帝国大学医科大学の主流派も、日本に伝染病研究所の建設が必要とする点で意見に違いはなかった。ただ、誰がその研究所を管掌するかで対立した。北里の立ち位置は、大きく分ければ内務省の長与専斎と後藤新平の衛生局側に近かった。それゆえ、北里が内務省の用地に内務省の資金で伝染病研究所を建設できたのである。

だが一方で、文部省主導による伝染病研究所開設の計画も、同時期に進行していた。こちらでも、ペストやコレラ、破傷風や脚気などの撲滅に面子をかけていた。北里に出鼻をくじかれた文部省と帝大の連合である。こちらも独自の研究所設立案を急いで議院に提出した。

だが、当時の衆議院には、内務省と通じた長谷川泰がいた。かれは北里の研究所設置案を通過させた本人である。そこへ、同内容の研究所設立案が帝大族から提案されたのだから、おだやかでなくなった。この議案を通過させれば、北里の研究所はなかば存在価値を失う恐れが出るからだった。そこで、長谷川は文部省案を握りつぶすことに決めた。

長谷川泰という人物は越後長岡藩の軍医であり、幕末のころ松本良順《まつもとりょうじゅん》と順天堂の佐藤尚中《さとうたかなか》に西洋医術を学んだ。北越戦争が起きると、官軍との戦闘を指揮した長岡藩の河井継之助《かわいつぐのすけ》に雇われたというから、これまた歴戦の兵《つわもの》である。越後に語り伝えられる長岡藩の奮戦に軍医として参加し、河合の最期を看取ったのも、長谷川だった。明治になって大学東校でドイツ医学を学び、西洋医学者を民間で養成するための済生学舎《さいせいがくしゃ》も開校させている。これが現在の日本医科大学である。長谷川はさらに東京府の疫病対策にも尽力し、病因が不明だった脚気を取り扱う脚気病院長を務めている。衆議院議員を三期務めて、明治三十一年以後は後藤新平を継いで内務省衛生局長に就任したので、当然ながら、北里を守る側の人間だった。

松山棟庵対森林太郎

　ここで注目しなければならない人を登場させる。わがはいの主治医でもあり北里の右腕ともなった松山棟庵と、脚気問題に海軍の側から光を投げかけた高木兼寛だ。貧しい市民が密になって暮らしているスラムを伝染病の温床と見た二人である。帝都の中央地区からスラムを取り払い、稠密《ちゅうみつ》な住環境をなくすことが解決策だと説いた。海軍の高木は強硬策を吐いた。スラムに住む人たちを武力で排除せよというのだ。いっぽうの松山は軍人ではないから、そこは穏健で、首都域を縮小して地価を上昇させれば貧しい市民は自然に地方へ出ていく、と唱えた。

　この意見が広く影響を与え、明治二十二年には東京の芳川顕正《よしかわあきまさ》知事の施策に取りこまれ、帝都中心部を縮小する市区改正案となった。近代化される都市には「便利さ」とともに「健康」という環境要件が加わり、芝区民が反対の声を上げる後押しをしたのである。しかも運命めいているのは、二人の「貧民駆逐案」が伝染病研究所の事業主である大日本私立衛生会の機関誌に掲載されたことだった。区民が衛生会の名を知って、「北里の伝染病研究所は、貧民の追い出し策だ」と早合点したのも無理はない。

　だが、さすがにスラムの強制立ち退きを実行できるような時代ではなかった。貧しい市民を守る人権意識が拡張し、それが反政府運動にも飛び火しかねなかった。そこで明治二十年代後半になると、市区改正は博覧会開催を名目とする手法でスラムを一掃する方策に傾いた。都市の近代化を進める博覧会の会場をスラム地区に当てはめ、裏屋群を解体せねばならぬ理由としたのである。明治の都市計画が、鉄道や道路を拡張して中心部の過密居住区を郊外へ移す方策がとられたおかげで、スラム地区に住む住人は郊外に移転しやすくなり、博覧会ブームと市区改正とが一体となって、スラム解消を推し進めたのだった。

しかし、この流れに反対する人物が立ち上がった。大都市を健康都市へと改造するのに、スラムを壊して住民を追いだすことがただしい施策なのか、と、その人物は疑問を投げかけた。ドイツで公衆衛生と都市計画を学んで明治二十一年に帰国した森林太郎である。

かれは帰国の翌年、自らの手で創刊した衛生学の啓蒙雑誌『衛生新誌』創刊号に、実弟の篤次郎が執筆した『市区改正痴人夢《しくかいせいちじんのゆめ》』という諷刺劇を、連載形式でスタートさせた。だが森はここで、学術論争でなく、市民に直接訴えるお芝居の形をとった。文部省側の雑誌が内務省側の雑誌に喧嘩を売った、と誤解されたくなかったのだ。

この戯曲のテーマは、あらためて書くまでもない。衛生学を学んだ鷗外は、文部省や帝大医科大学のかかわりをいったん棚上げし、科学的であろうとする姿勢を保とうとした。公衆衛生をめぐる輿論《よろん》の対決を脇目で観察する距離感を保った。孤高を貫きたいのだが、高い役職に就いている自分の発言が、火に油を注ぐことになると用心したせいだろうか。しかし、留学先で陸軍から与えられた兵食調査の結果を、市民に知らせたい気持ちもあった。棟庵や海軍の高木が唱える貧民追いだし策に、待ったを掛けなければならないのだ。

森は、伝染病がスラムのような裏屋から広がるという市区改正に絡んだ誤解を、野放しにできなかった。伝染病を解決する方策を市区改正にからめるのではなく、純粋に病理学的議論に戻そうと考えた。

そこで、鷗外の弟が本名を隠して三木竹二《みきたけじ》なる筆名で『市区改正痴人夢』を書き、兄の応援に回った。戯曲には、棟庵ないしは高木を彷彿させる人物たちも登場させた。この諷刺劇の内容を大まかに記せば、こうなる――。

ときは明治二十二年頃、所は銀座の牛鍋店「いろは」。おりしもその店で、印刷工、古着行商人ら「貧民」のグループが、「貧民駆逐の策」を提唱する衛生学士花田喬《はなだたかし》に与《くみ》する書生と口論の最中であった。しかし貧民グループは理論で花田に太刀打ちできない。かれらは、貧民駆逐に反対している東京府の開業医、民尾匡《たみおただす》とドイツ留学中の息子、民尾安国《やすくに》に反論を頼みこんだが、どうしても旗色が悪い。駆逐策もまもなく議院に提案される気配である。そこで、俗間の議論を専門家が引き取り、演説館において専門的な討論会がおこなわれることになった。だが、この弁論でも民尾の側は気圧《けお》されてしまう。

ここで弁論の中心的話題が市区改正に集中する。貧民駆逐派は、道路の改良をはじめとする市民側の都市改善要求に対して、何よりもまず都市から伝染病の病原を一掃せねばならぬと抗弁する。近年の研究の結果「主なる病原菌は貧民たち自身であると判ったから、かれらを駆逐することが先決」と、ずいぶんひどい主張である。そこで貧民グループはふたたび「いろは」に集まり、賄賂《わいろ》を贈って議員どもを抱きこむか、あるいはテロに訴えて花田を暗殺するか、最終的な行動を相談する。

じつは、鷗外が貧民駆逐に反対する最大の理由は、そんな施策を実行したら市民の大反発が起こり、治安も衛生も一気に損なわれるというところにあった。その意図が、都市暴動と要人暗殺の不安を持ちだした理由だったと思われる。戯曲はその後、場面を内国勧業博覧会など市区改正へと転換し、本題から外れてしまう。貧民駆逐論が議院を通過しそうになったのを見た民尾は、急ぎドイツ留学中の息子（安国）に、すぐ帰ってきて最新の衛生学で敵を論破してくれと電報を打つ。この役どころは、森鷗外その人をモデルにしている。さあ、どうなるかだが、残念ながら戯曲はここで急に終わってしまう。

結局はあやふやな戯曲になったけれども、鷗外が示した庶民決起という予想が、まさに芝での反対運動で実証されることになるわけだ。現実に発生した反対運動では、伝染病研究所を都市に建てようとする北里柴三郎が悪役に見えたのである。

一方、北里も、議論でなく実力行使で建設をつぶそうとする反対派に屈しなかった。それも当然の話で、すでに森鷗外と北里とは、脚気の本質論をめぐって辛辣《しんらつ》な応酬をし合っていたのであるから。

諭吉、喧嘩を買ってでる

明治二十六年夏、新伝染病研究所の建設に危機が迫った。地元民の反対がさらに激しくなり、これを見過ごせなくなった東京府知事からも、住民の不安を抑えるために研究所の看板から「伝染病」という文言を外してもらいたいという要求が出された。

北里は、伝染病を撲滅する研究所の看板からこれを削ることに、まったく同意しなかった。姑息な手を使って研究所を建てても、そんなごまかしは事態を悪化させるだけなのだ。すると、

「北里の体をばらばらにしてやる」という脅迫状が送られるようになった。とうとうテロが表面化した。

そして、同じ脅迫状がわがはいにも届くようになった。またもや北里が不利な立場に立たされたと知ったわがはいは、この喧嘩を自分が買ってでる決意を固めるほかなくなった。

長年欠かさずつづけてきた米搗きと居合抜きを、ここで役立たせることはできたかもしれないが、わがはいは痩せても枯れても言論で日本を動かす教育者である。このテロ予告に対して、言論で対抗するほかないのだが、命をかける覚悟に変わりはなかった。頼りは言論の公器、『時事新報』の影響力しかない。

明治二十六年七月五日から七日まで、同紙に「伝染病研究所に就て」と題された記事が掲載された。恐るべき伝染病から市民を守る研究所が、根拠のないうわさのために建設できないという現状に絶望したわがはいが、日本国中に発した意見書というべき文章である。

「北里医学博士は昨年ドイツより帰朝後、伝染病の学理を研究する目的をもって、芝公園地の傍に些末なる研究所を設けてこれに従事したところ、昨年開会した第四帝国議会は国費をもってその事業を補助する議を決した。政府は芝区愛宕下町の官有地を貸し渡して、研究所ならびに附属病院を建設する便に供し、まさに建築に着手するということになった。しかるに芝区住人は苦情を唱えてこれに反対し、研究所立ち退きをその筋に請願した。だが請願は却下されたため、昨今さらに示威運動が激化されている。

そこで住民の反対理由を聞いてみると、伝染病の患者が病院に集まってきて菌をまき散らすことになるため、危険きわまりない、また近隣では商売もできなくなる、と云う。これは住民の無知無学無識のしからしむ処であり、教育に乏しき市民の情を察するとしても、今の文明世界の進展に合わせて考えを広くすることこそ経世第一の必要である。まず、世俗において伝染病とは、コレラ、腸チフス、ジフテリアなど激烈に感染する病を指すといわれているが、この研究所はまず肺結核を研究するものである。その訳は、昨今の研究進展により、従来遺伝性と信じられていた肺結核もまた伝染病であることが明らかになったがゆえである。しかるに住民は古い伝染病の概念にとらわれ、学理上伝染性を認められた結核の研究をもこれに混同して、危険であるとの認識により建設を排撃する挙に出たのであるが、まったく理解し難き話である。なぜなら、結核は現状でも市内の病院で治療が行われ、患者も市内に住んでいるからである」

わがはいはこの意見書で、結核がコレラなど従来の激烈な伝染病とは異なる事実を説いて聞かせた。肺結核は当時、百万の住民が住む東京に、五万人ほどの患者がいると考えられていたが、そうした患者でも市内にふつうに暮らし、また伝染病をまき散らすと排斥されることもない。結核の感染力は過激でなく、市中に患者が五万人ほどいると見積もることができる。これは、どこの町内にも一人二人の患者が存在していると言い換えられる数字だ。しかも結核については、市内の病院、本郷の帝大病院はじめどこでも診療を受け入れている。つまり、都市は結核とうまく共存しているわけだ。ならばなぜ、同じ結核を研究しようとしている伝染病研究所の設置が危険だと反対されるのか。もしそうであるなら、帝大病院も陸海軍の病院も、すぐに東京府内から追いださねばならぬ話になってしまうではないか。おまけに、そうした反対運動は芝区以外には起こされていないのである、と。

　わがはいはさらにこうも書いた。

「……そこで実際のところ、区民に一人残らず研究所建設反対の意向があるかどうか調べるに、教養ある家庭などでは肺結核患者を扱う病院を嫌悪する風も見られない。もしもこの区においてそのような心配を理由に病院施設の新築を許さぬという判断が下されるならば、無知の住民の研究所排撃に口実を与え、多くの病院もまた診療が禁じられる危険が現れよう。いま芝公園地にある研究所は、あれでも極めて手狭であって、肺結核の治療を乞う者を大抵《たいてい》謝絶せねばならぬ状態にある。よって、病院の施設を大拡張するために緊急の移転すら要するのである。北里博士が力を注いでおられる破傷風の治療に有効な薬液の場合も、馬を飼ってそれを得る場所が必要になっておる。また、ジフテリアの治療でも近年山羊より得た薬液が結果良好であって、山羊の飼育場を確保する必要がある。これらは早急に必要とされる治療用の薬であるが、広い飼育場を確保しようにも今の場所では空きがない。それゆえ伝染病研究所を別の広い場所へ移転させねばならないのであるが、いまは当座の方法として、区民が恐れる病院建設を後回しにしてもよいから、研究所の建設だけははじめさせてもらいたい。区民反対のため建設できぬというのであれば、眼前にいる救い得るはずの病人をみすみす死なせることとなり、わがはいはこれを忍ぶことができない。研究の実があがり区民も徐々に研究所への理解が進むことは、火を見るより明らかであるから、わがはいは場所の如何を問わず、ただその設置の一日も早からんことを切望するものである」

以上の説明で、区の教養層は納得したようだった。しかし、納得しない人々もなお存在した。これだけ実証的な意見を載せたにもかかわらず、区民の意識が変わったとは言えない。それほど、街中に伝染病関係の施設を建てることを非とする「迷信」が、強かったのだ。したがって、わがはいはさらに、新たな説得の方法を考えねばいけなくなった。

わがはいは喧嘩の仕方に秀でていた。なおも批判にさらされつづける北里を、自邸へ呼びつけた。ぜひとも君に承諾してもらいたい議がある、と言って、北里の来訪を待ったのである。

北里はこの騒ぎのあいだ、手狭な芝公園地の研究所にいたが、研究もままならなくなっていたので、きわめて機嫌が悪かった。憮然とした表情で訪問してきた北里を見て、わがはいも覚悟を決めた。ここで北里さえも仰天させる奇策を切りだしたのである。

「北里君、どうだ、研究は進んでいるか？」

むろん、北里の返事はそっけない。

「進むわけがありません。毎日、抗議団を相手にせねばならぬのです。わたしもずいぶん学者たちと言い争いをしてきましたが、相手が壮士や、医学に素人の庶民では、話が通じぬのです。しまいには怒鳴り合いになり、こちらも胃の具合が悪くなります」

「そうだろう、雷《ドンネル》を落とすので有名な君でも、俗人相手では勝手がちがう。そこでだ、わがはいはもう、君にそうした俗事を任せるに忍びなくなった。君の研究時間を潰したくないのだ。ただし、俗は俗で、彼らを説得する妙法がないわけではない。君は、わがはいの頼みを一つ聞いてくれるだけでよい」

わがはいがそう問いかけると、北里の表情がさらに険しくなった。

「わたしに何をせよと言われます？　腹切りですか、大立ち回りですか？」

北里も肥後もっこすである。わがはいは、そのいかつい顔をまっすぐに見つめて、こう答えた。

「君、伝染病研究所の所長を辞任してくれぬか？」

その一言に北里は気色《けしき》ばんだ。わがはいらは古風な侍のように睨みあった。

「なんですと！」

と、北里が椅子から立ち上がった。その勢いを、わがはいも正面から受け止めた。

「二度と言わせないでくれ。君に所長を辞めてもらいたい」

と、わがはいが答えた。そのとたん、北里は顔に朱を帯び、握りこぶしで机を叩いた。

「何を言いだすんです！　天下の福澤が聞いてあきれましょう。区民の理不尽な反対に、降参しろというのですか」

「バカをいうな。わがはいは一人になっても引き下がらんよ。先日、『時事新報』に意見記事を書いた。おかげで少しは理解してくれた区民がいる。その有志が大日本私立衛生会にやってきて、交渉になった。伝染病研究所の安全性や意義は少し理解できたが、一般の区民は感情的に反対しており、勢いを抑えられない、と。大日本私立衛生会が、ならばどうせよと言うのだ、と尋ねたところ、有志諸君はこう言った。移転費用は区で持つから、区内の別の場所へ研究所を移してくれないか、と。衛生会は、それを許すと他所の土地が第二の愛宕町と同じことになって、示しがつかぬから要求を吞むわけにゆかぬ、とことわった。それでせっかくの交渉も流れてしまった。

で、わがはいは考えた。区の有志が研究所の意義を理解してくれたことで、つけめが生まれたではないか、と」

「つけめ？　どこにつけめが生まれたんですか？」と、北里が詰め寄った。

「つまり、教養層は納得した。残るは壮士と、普通の住民ばかりだ。こういう無理解な層を納得させるには、かれらの気持ちに合った手段をとるに如《し》くはない、ということだ。かれらがほしがっているのは、北里の首だ。これを差しだせば、向こうも情を感じて事態を収めるのではないか」

聞いていた北里が、思わず大口をあけて、喧嘩腰になった。

「奴らにわたしの首をですって？」

わがはいはうなずいた。

「さよう。君が騒動の責任を取って辞任する。それで向こうの気持ちが収まる」

とつぜん、北里が激しく首を振った。

「それはできません。できるわけがない！　この機を失えば、研究所は文部省や陸海軍の所有に帰します。もうわたしは研究所を持てなくなります！」

だが、わがはいは相手を一喝した。

「まあ、聞きなさい！　あんたは辞任して、無理解な連中と口論するような無駄からは、すっぱりと縁を切りなさい。しばらくは今ある研究所で研鑽に励むことだ。一時も研究を切らせてはならん。あんたの仕事はそれなんだ。喧嘩のほうは、この諭吉が引き受ける」

そのことばで、北里は気抜けした。思ってもみなかった奇策だった。しかし、理は通っていた。自分が所長を辞めても、だれか同志の一人が所長を引き受けてくれれば、研究所建設には漕ぎつけられるかもしれなかったからだ。研究所が建てば、研究だってできる道理だ。

「しかし、所長には誰がなってくれますか？」

その問いを聞いて、わがはいは元の柔らかな口調に戻った。

「君は、誰にやってほしいね？　あんたが尊敬する長与専斎かい？　それとも議員の長谷川泰か？　東京府の衛生事務まで独りで引き受けて飛びまわっている中浜東一郎でもよろしいな。あんた、彼にはベルリンで迷惑をかけたろうから」

しかし北里は首を振った。

「そうおっしゃるなら、わたしは福澤先生にこそ所長を務めていただきたい。先生は緒方洪庵の家塾で蘭方医学を修められたのですから」

わがはいは微笑した。

「はは、分かっておられんなァ。言ったでしょ、これは喧嘩だと。最後にあんたが所長になればこっちの勝ちですよ。それまでは、要するに布石です。あんたが辞めて、区内の分からず屋の気が済んで、無事に研究所が新築できたら、あとは所長を大日本私立衛生会の会合で決め直す。そういう決まりを創ってね。そして、晴れてあんたが会則によって所長に選ばれる。それでこっちの勝ちじゃないですか。衛生会は長与さん、高木さん、それにわがはいも会員だからね」

「え！　そんな……」

絶句するほかになかった。北里は直立し、身震いした。だが、わがはいにはまだ言うことがあった。

「ついでに、止めの一撃も用意してある。我々がいくら、研究所は安全だと言っても、馬の耳に念仏という人達もいるから、最後はその人達の眼に訴えるのです。ここは安全だということを、実際に」

「え？　どんな方法で、見せればいいんですか？」

「ちょっとばかり、息子夫婦に泣いてもらうことにしましたよ。結婚したばかりの捨次郎を、新研究所の傍に住まわせる。嫁さんも一緒に。それで健康に何事もなく暮らしてくれれば、これ以上のエヴィデンスはないでしょう。区民は、ぐうの音《ね》も出なくなります」

冗談のような計略だったが、この奇策もほんとうに実行された。捨次郎夫婦には家を芝区愛宕町に新築してもらって、新研究所の傍に住んでもらった。この奇策は評判となり、区民がこぞって新婚の家庭を眺めに来た。さらに北里が所長を辞任するという大ニュースも、わがはいの筆で『時事新報』に報じられた。

万事はわがはいの思惑通りに進行した。わがはいが喧嘩に勝ったのである。

桃介のベッドにて

さて、こうしてでき上がった伝染病施設のうち、結核専門病院として開業した養生園での、ある日の話である。じつは、その主人公は、わが養子の桃介だ。彼も激務が祟《たた》ったのか、肺結核を発症したので、ここの入院患者となった。しかし、わがはいはどうもこの養子の考えることがよくわからないので、その心中をおもんぱかる語り方ができない。そこで、諭吉の一人語りではなく、三人称の語りを以て桃介の気持ちを語ることにした。近代文学はまことに便利にできていて、じつにありがたい。

「桃さん、本日も勉強中ですか」

と、養生園医療室の戸口から声がした。ようやく開所を迎えたばかりの伝染病研究所附属病院内である。伝染病研究所のごたごたが解決してから数えると、一年近く経っている。ときは明治二十七年も末の小春日和めいた日だった。

結核患者が五十名ほど入院している養生園で、北里柴三郎の親身な治療を受けている福澤桃介は、熱心に眺めていた北海道炭礦鉄道会社の経理計表から眼を離し、近づいてくる白衣の男に注意を向けた。伝染病研究所の病院部門として建設された土筆ヶ《つくしが》岡《おか》養生園の事務長、田端重晟である。

「君に電報が届いた。あの、何とかいう仲買人だ。待ち人来たる、ってとこかな?」

と言いながら、田端は福澤桃介のベッドに近づくと、手にした電報紙を見せた。

桃介は片手をすばやく伸ばし、電報紙をかすめ取ろうとしたが、田端は紙をたくみに翻して、からかった。

「言っとくがね、この一件を北里先生には内緒にしてやっているんだ。結核の患者が入院先で株の取引なんぞに熱中していると知れたら、先生は雷《ドンネル》を落とすからね。わがはいの養子は病気の養生もせずに金儲けに熱中しておるだと、なんたることか、と福澤先生にも一喝されるだろうさ」

「おい、しげさん、見損なっちゃいけないよ。おれはそんな脅かしに屈するようなヤワじゃない。見ろ、この電報を。おれが三日前に買い注文を出した株がバカ値上がりだ。ざまァみやがれ！三千円あった貯金のうちから保証金に千円出してみたんだが、当たりつづきさ。この調子じゃ来年は十万円の利益が出るかもしれないぞ」

「そんなバカな。日清戦争が終われば好景気も悪くなるとかいわれてるじゃないか」

「ヘン、景気が悪くなれば、そこにも相場の変動が起こるんだよ。そこが狙いさ」

桃介はベッドの上で胸を張った。田端もそれを見て、親友にしか許されない辛辣な合いの手をいれた。

「おまえ、福澤先生をこれ以上立腹させてみろ。きっと勘当されるぞ。養子の取り消しだ。先生は、株で儲けた金は、きたない金だとおっしゃってるんだからな」

すると桃介は開き直り、田端に反論した。

「さあ、そこが矛盾なのさ。養父《おやじ》は商業界に卒業生を送りこみ、あちこちに新会社を設立させ、自分だって投資と称して株を買っている。つまり、株の売買はちゃんとした経済行為なんだ。きれいもきたないも、ないさ」

「よくもそういう屁理屈が言えるね。株みたいに紙切れを一回動かしただけで何百円も稼ぐ手法は、あまり好ましいことじゃない。博徒と変わりがないよ。それにおまえ、株を高値で売り抜けた日に、仲買人をおおぜい連れて、葭町あたりへ芸者遊びに出かけたろう。奥方が心配してここまで来たんだぞ。ぼくがなんとかお帰りねがったから事なきを得たが、いいかげんにするがいい」

「おい、余計なことは言わんでくれよ。芸者遊びでおれが養父に怒鳴られるのなら、北里先生はどうなんだ。最近は新橋の何とかいう芸者と仲良くなってると、赤新聞に書かれてるぞ」

「ばか、黙れ。北里先生は新聞を縁切りにしている！　寝た子を起こすようなことは言うんじゃないよ、桃さん」

田端重晟という男は、元治元年、武蔵国比企《ひき》郡小川町の生まれである。明治十三年に義塾の生徒となり、二十一年に別科を卒業した。その同期に、本科生だが桃介もいて、塾内の規則や制度に反抗するガキ大将の中心人物だった。

だが、その桃介が、あろうことか福澤家の次女と婚約し、アメリカへの留学を終え、華燭《かしょく》の典《てん》をあげると、月給百円という破格の待遇で北海道炭礦鉄道会社に入社したのが、明治二十三年六月であった。その一か月後に、田端も同じ会社に入社してきた。まあ、悪縁に近い。もっとも、初任給こそだいぶん違っていたが、二人をその会社に入れたのは、出資者に名を連ねた福澤なのである。

そもそも北炭という会社は、官営だった幌内《ほろない》の炭坑とその運輸部門である鉄道を民間に払い下げた際にできた会社だった。北海道に炭鉱と鉄道の大産業を開くというアイデアは、言うまでもないが福澤の考えたものである。動力の源である石炭と、それを活用して大輸送を可能にする鉄道とを合体させた企業は、日本にまだほとんどない。どちらも未来経済の中心を占める会社同士の合体だった。

が、それだけに大きな難問も抱えていた。その難問とは、両方の業態をもっとも親密に協働させる制度を構築することだ。だが、血液をうっかり混ぜ合わせると凝固が起こるように、無計画な合体は会社自体を殺すことになる。

当時の北炭は石炭を道内で売り捌《さば》く力がなく、業績が上がらなかった。売れ残りが大量に出る。これでは鉄道も活躍の場がなく、石炭の活用にもつながらない。株は乱高下するだけであって、企業全体の力を結集できる体制づくりなぞは思いもよらないのだ。

そこで福澤を筆頭とする投資家たちは、社内改革に着手することにした。人事一新の一環として、入社間もない桃介に、新設された東京支社への転属を申し渡した。さらに明治二十五年には、横浜の大商人として知られた高島嘉右衛門を社長に送りこむことにした。建築から港湾工事、鉄道敷設まで、経験豊かな商人であるばかりか、後進を育てるために語学学校まで開こうとした男である。高島は明治四年にこの語学学校を開校するにあたり、福澤に校長就任を要請したことで、縁が生じたのだった。

高島嘉右衛門は江戸で木材および建築業を営んでいたが、ご禁制の小判密売に手を染め、一時は入獄したこともあった。しかし牢屋内でみつけた易経《えききょう》を読みふけった結果、的中率の高い易断術を習得した。その後、江戸処払いとなり、横浜に移り住んでからは、ことあるごとに易を活用した。とりわけ社会の異変を占うのが得意で、伊藤博文の暗殺を的中させたという話も伝わっている。

高島は、製鉄などの基軸産業を盛岡藩の要請で取り仕切ったことがあった。けれども、維新にあたり盛岡藩は賊軍の汚名を着せられ、七十万両の献金を命じられた。同様の危機については、庄内藩の場合をこの自伝の第二話でも語ったが、高島は義侠心から盛岡藩に力を貸して、窮状を切り抜けた。そうした商人魂と俠気を具えた高島が、明治二十五年に北炭の社長に就任したのである。

高島はさっそく人心一新、緊縮財政を掲げて事業の立て直しにかかった。桃介も東京支社で留学の成果を一気に爆発させる気でいたところ、高島社長は易断で会社の方針や人事を決めつづけた。たとえば易断の結果、社員の給料を一斉に引き下げる政策を実行したときは、桃介の給料も二割引かれて八十円になり、さらに桃介はじめ多くの人材に免職を言い渡している。

すると当然ながら、この「易断人事」は社内外に紛争を引き起こした。そこで松方《まつかた》蔵相が、福澤らと語らって高島の社長降格を決めた。後任に選ばれたのは、福澤の信頼がきわめて篤い門弟、井上角五郎《いのうえかくごろう》だった。表向きは専務待遇だったが、北炭改革の陣頭指揮をとる事実上の社長である。

井上は、東京支社を退いていた桃介を参謀に選んで、ふたたび北炭に呼び寄せた。代わって、役に立たない薩長系の役員などを一掃し、鉄道部門を改組して北海道の石炭を関西へ運んで売る近代経営に着手した。これは企業の両輪をうまくかみ合わせて力を倍増させる最初の挑戦となった。このとき井上は政治家と社長の二足の草鞋《わらじ》を履いており、福澤の門下でも波瀾万丈《はらんばんじょう》の生涯を送っていた。韓国の近代化を図る役を福澤から依頼されたので、半島へ渡って漢字ハングル混合の表記法を用いた新聞を刊行した。そのせいか、韓国独立派と関係した廉《かど》で投獄される羽目にもなった。後にはアメリカ移民の世話人などを経て、帝国議会の衆議院議員に当選している。しかしこんどは政敵たちに命を狙われ、仕こみ杖をつねに携行する日々を送ったという猛者だ。

幼いころに罹った天然痘の痕が残ったので「カニ面」と綽名《あだな》されたこの豪傑は、桃介の才能を引きだす最初の上司になった。かねがね桃介は、北炭不振の解決策を思案していたのだが、その思案は、東京支社に転属させる際に井上から課された輸送調査から生まれている。

そもそも北海道の石炭が関西で売れないのは、輸送費がべらぼうに高くつき、おまけに輸送の手間が複雑だったせいでもある。まず運送費だが、鉄道で関西まで出荷するには、鉄道路線を何本も経由しなければならず、また鉄道貨物は生産地から積み出し駅まで、そして到着駅から購入先までの間を、荷主が自腹を切って輸送しなければならなかった。

ところが関西には、そうした鉄道をつないで産地からの輸送や管理を引き受ける仲介業者が多数存在した。三井や三菱といった大手商社だ。荷造りを済ませ、書類をつくり、受け取り先の玄関まで貨物を運んでくるサーヴィス業が、残念ながら北海道にはまだ存在しなかった。

そこで桃介はまことに荒っぽい方法を二つ考えだした。第一に北海道の石炭を関西まで運ぶ仕組みづくりにかかる膨大な費用を、外債発行により工面したのだった。それまで、ちっぽけな日本企業が外債を募集するなどという話は夢物語だった。政府のような大きな母体でも、外債を募集すれば外国人に国を奪われると信じられていた時代である。だが、洋行帰りの桃介にはそれができた。井上社長もこの方策を支持してくれた。

もうひとつ、北海道の石炭を大量に本土へ輸送するのに大型の快速船を外国からチャーターした。桃介は入社早々の身ながら、この二つの手段を実行に移し、これが大成功して北炭の株価を上げた。しかし、好事魔多しとはよく言ったもので、明治二十七年四月、青天の霹靂《へきれき》のごときできごとが起きてしまった。アメリカから購入した汽船カーディガンシャー号を受け取る船上で、桃介は喀血して倒れたのだ。診察の結果、病名は結核であった。

桃介は八月に東京の養生園に入院することとなった。

養生園で見た「未来」

土筆ヶ岡養生園は、民間の経営でありながら日本一の病院だと評判が高く、桃介が入院したときも空きベッドがあまりなかった。福澤の後ろ盾があって入院できたのであろう。その敷地、施設、そして資金を提供していたのは、福澤だったからだ。もっとも桃介には、このような病院施設に義父がなにゆえ大金を投ずるのか、その真意がよくつかめなかった。そんなに余裕があるなら、慶應義塾の経営のほうへも、もっと資金を投じられないのか、といいたかったにちがいない。

それで福澤は、あるとき桃介にこう言った。

「わがはいがなぜ北里に投資するのかって？　答えは簡単だ。わがはいは才能あふれる学者の不遇を援けるのを道楽にしているからだ」と。

福澤が投資している理由が想像外の動機によっていることに、養子も気づいたらしい。けれども桃介には野生の勘とでもいうべき見通しがあった。ここに入院した当初から、北里という桁外れな人物のすることに新鮮なおどろきを感じたらしい。かれが最初に気づいたのは、ここの飲み水が清潔でじつにおいしかったことだ。それも、病院の薬臭さがない。まるで深山に湧く名水のように自然な味だった。北海道の川から手に掬《すく》って飲んだ水と同じ味がした。訊いてみると、この病院では自力で自然水を濾過《ろか》し、清潔で無害にしてから養生園内で飲料水などに使っているという。近くの三田用水もふくめて、アメリカの水道と同じ仕掛けがめざされていることを、桃介は知った。

それから、病院内も診察室も、手洗いやホールまでもが非常に明るいことである。銀座の電灯のような色付きの人工光でなく、日中のあたたかな光に似ていた。明るさは生活の快適さの源泉になっていたのだ。これも感銘を受けたので、田端に尋ねると、三田用水の流れを改良して水力で発電の実験をしているという。自前の水力発電設備は、近くにある芝浦製作所（作者註：からくり儀右衛門《ぎえもん》こと田中久重《たなかひさしげ》の養子が開いた田中製造所の後進、後の東芝）の力を借りようとしていた。また、あとで知ったが、新伝染病研究所のほうでも、近くにあった東京瓦斯工場のガスを活用していた。いち早く近代のエネルギー開発を意図していたのだ。

また、入院患者は毎日新鮮な「ミルク」が飲める。これは馬や羊や牛から血清を取るために飼育している家畜からの副産物だ。豚などは生物学的な特徴が人間に近く、実験用に飼育していたので、養生園内は家畜園のような趣すらあった。

これには、さすがの桃介も絶句した。飲み水と電力とが、水という共通項で水車を利用して活用できないかと、いつも空想していたからだ。想像を絶した未来の文明生活を先ぶれする、水と電気の組み合わせによる大飛躍を、いったい誰が構想したのだろうか。まあ、桃介はすぐに、その発想が義父のものだったと知ったはずだけれども。

かれが五年ほど前まで留学していたアメリカでは、水道システムも水力電気も、将来の文明生活を最大限に幸福にする「未来の力」と称されて、大きな期待をされていた。とくに水力発電は、ナイヤガラの滝のように壮大な規模の水量がある場所に建つならば、地域を跨《また》いだ広範囲の電力供給ができる。

この「大規模」というところが未来の経済の鍵だ、と桃介も考えていた。各地方で細々と水力発電をおこなっていては、いつまで経っても日本をつなぐ中央産業帯はできないだろうし、全国を一元的に管理できる大企業も生まれまい。だいいち、国の文明化が不均等になってしまう危険がある。全地方に同時で豊富な電力を供給するには大規模水力発電が必須であり、そのためには安定的に運営する大企業がなければならない。

そんな大規模な動力生産業は日本にまだ存在していなかった。しかし、河川が多い日本で、水力発電だけには、全国に電気を供給できる大会社を生みだす素地がある。問題はその資金をどうするか。国策事業でもいいが、もっと合理的なのは、小さな同業者が株式を持ち合って合同し、民間の大会社をたてるほうがおもしろかろう。

桃介はそこまで考えて、ハッとした。伝染病研究所がなぜ純粋な国有を嫌い、民間の投資と、大日本私立衛生会のような政府出資の財団を糾合し、公共でなおかつ民有的でもあるという複雑な組織にしたのか。それは、国民すべてを救う事業体に望ましい巨大規模の総合会社をつくろうとするためではないか、と。この伝染病研究所は医学の革命をおこすだけでなく、暮らしの革命、企業体の革命、そして科学自体の革命までを模索する試みになるべきなのだ。

それを義父は「道楽」と言い切ったのである。桃介は義父の肚の深さにめまいのようなものを感じた。義父はつねに未来の実験をしていたのだから。それが楽しくて、もう叙勲とか爵位とか、大臣とか名誉教授といった俗っぽい勲章だとかには、まったく興味を感じなくなったにちがいない、と。

巨大電気供給会社は全国を網羅できる大会社であってほしい。日本中にある急流すべてに電力生産の施設を装備させれば、この大会社はやっていける。資源のない日本がいちやく資源大国となる道を開ける。伝染病研究所の建設という大事業に参加しながらも、そこに「次の産業」の芽までも植えつけようというのだ。

もちろん、ここはまだ規模が十分でない小さな実験室に過ぎない。でも桃介は、この水力発電事業を自分の手で大産業に育て上げる夢につなげたように見えた。この夢の完成は、もしかすると自分の仕事ではないのか、とも感じた。それには大資金が入用になるはずだが、それを解決する方法も、桃介は電撃的に思いついた。「ひょっとすると、株式売買が活用できるのではないか」と。

その夢が、この結核病院で現実に膨れはじめた。それで桃介は田端に、こう尋ねずにいられなくなった。

「おい、田端。こういう近代技術をこの病院に導入させたのは、誰なんだ?」

田端はおどろいて、真剣な桃介の顔を見た。

「誰って、決まってるだろう。おまえの養父《とう》さんだ。発案は、おまえが留学する前から浮かんでおられたらしいがね。詳しいことは、たしか先生が『時事新報』に載せたと思う」

桃介は、そのとき一瞬躍り上がったそうだ。礼も言わずに病室を抜けると、新聞閲覧室に駆けこんだ。あとになって、明治二十六年五月十三日付『時事新報』に、〈水力利用〉と題された記事をみつけた。そこに、こう書いてあった。

「いま顧みて我国の地勢を視るに、四面みな海にして、海浜より少しく内に入れば何処もみな山ならざるは無く、山には必ず四時《しじ》水を絶たざる河あり海あり、その水力を巧に利用したらんには、何万馬力を得るもただ我が欲するままならんのみ。天の我日本国に幸するや特に大なりと云うべし。世間の実業家はこの天与を空しゅうせずして所在に製造工業を興し、もって国家を利し、また一身を利するの謀《たくらみ》を為さんこと、我輩の切に勧告する所なり」

なんてとんでもない夢なんだ、と桃介は震えた。

挫折した夢と株券

さあ、厄介なわが養子の心境を伝えるところを切り抜けたぞ。ここから元の独白に戻ろう。

あけて明治二十八年。わがはいの身辺にようやく静けさが戻り、すっかり恒例となった毎朝の散歩を楽しむ余裕が生まれた。その行き先に、新しい大日本私立衛生会所属の伝染病研究所の周辺が加えられた。真新しい建物を眺めながら、芝区愛宕町から広尾あたりを巡る道筋である。この順路に、わがはいの別邸がある「狸蕎麦」界隈も組みこんだ。

その日、正月の儀礼や挨拶もようやく終わり、日清戦争が進行するなかにも初春を言祝《ことほ》ぐような穏やかな午下《ひる》がりであった。わがはいは松山楝庵と盤を囲んだ。寒い日には、ストーブで暖めた部屋がよい。二人の趣味は将棋である。わがはいは将棋の師匠を雇うほど熱心だったが、楝庵も独学ながらに仲々の腕前だ。義太夫《ぎだゆう》にも興味があったが、そっちのほうは落語の外題《げだい》にもあるように、付き合ったら最後、眠れなくなるからわがはいは逃げ回った。しかし将棋はちょうど技量が拮抗《きっこう》していたので、なかなかおもしろいことになる場合が多いんだ。

盤面が押し気味になったと見た楝庵は、一息いれるつもりでぽつんとしゃべりだした。

「……ところで、先生は桃介君をどうなさるおつもりですかな。さいわい、北里の手当てが効いて結核は快方にむかってますが、暇を持て余したせいで、株式をいじる味を覚えてしまいました。今では毎日仲買人に連絡をいれるそうです。それを叱る奥方の房さんにも、冷たく当たるらしい。他人ながら気がかりです。いっそ、勘当にでもしますか?」

するとわがはいは、迷惑そうにこう応じた。

「桃介は福澤家に養子入りしたことを悔やんでいるようだね。わがはいが憎らしいようです。堅苦しく束縛されてる気がするらしい。福澤の家風に馴染めないとも言ったらしい。だが、わがはいに隠れて株の売り買いをしだしたことは、不問に付すことができませんぞ。言語道断です」

わがはいは怒りを再燃させ、思わず将棋の駒を盤面に強く打ちつけてしまった。楝庵はその怒

りを有めるように、好々爺《こうこうや》じみた口調に変えて、

「福澤先生、あなたは家族のことになると熱がはいりすぎる。今回も、そうですよ。桃介君が結核にかかったといえば、有無を言わさず北里の養生園に入院させ、事務長の田端にその監視を命じられた。桃介君みたいなワンパク坊主は、他から束縛されない、自由な暮らしが望みなのではないですかな。株も自由にやらせてみればどうです？」

それでわがはいも正直に答えた。

「いやいや、投資と株相場の出し入れとは、まったくちがうことだ。投資はね、株を買うこと自体もそうだけれども、その会社を育てるのが目的です。だから長く持っているのです。会社が伸びれば配当がもらえる。株式は、民間人にとってありがたい資金導入の方法に違いない。棟庵さんはお医者だから、欲がないよねえ。でも商業界はそんなきれいな世界じゃないんだ。株で儲けた金は、場合によると、その発行会社を買い叩き、せっかくの事業をつぶすためにも使われるんですよ。だからわがはいは、投資をするが、相場には手出ししないと決めている」

棟庵は茶をすすってから、わがはいをいちどみつめなおした。それから、咳払いすると、

「ですが、福澤先生、桃介君によると、株の売買は賭博や占いじゃなくて、アメリカあたりじゃ今や〈科学〉なんだそうですよ。気候変動とか新技術の開発状況とかを読んだり」

「科学？　しかし高島嘉右衛門などは易を研究して財を成したとか成さなかったとか、ご本人はいたって真面目だが、ああいうのも科学だといえるのですかな？」

と、わがはいは尋ねた。

高島嘉右衛門は実際に「高島易」と呼ぶべき手法を創始したといわれる。しかし、占いを「売らない」の意味だとして、占いで金をもうけたことはなく、また金儲けの相談には決して加担しなかったらしい。ただし、本来の職業が材木商であったから、材木の相場に関心を持たざるを得なかったときもあったろう。事実、安政の大地震を易で予知し、材木を買い付けて財を成した。が、相場の占いは断じてしなかったそうなのだ。暦として出された高島暦の内容が為替の変動予測にも活用できるとする噂があって、相場師の参考にされた時代もあったらしいが。

（作者註：ついでに言うと、大正期にはいってからであるが、帝大で数学を教えた隈本有尚《くまもとありたか》という数学教師がいた。この人は、官費留学でドイツに赴いた際に、神秘学者として名声を得ていたルドルフ・シュタイナーなる思想家に出会い、かれが編みだした独特の宇宙哲学「人智学」とやらを、また霊能者ブラヴァツキーが提唱した「神智学」の門徒でもあったアラン・レオにより広められた近代占星術を、熱心に習得した。日本に帰ったのち、占星術による地球気象の変化を読み解いて株の相場予測にも応用したことがあったそうだ）

するとか棟庵が、わがはいの質問に答えて、こう告げた。

「わたしなら、そんな易だか科学だか分からん相場でなく、三田に新しい学部を建てますよ。日本中の人達に福音を届けられるような研究をする学部です」

言われて、わがはいも駒を拾う手を止めた。棟庵の顔をみつめた。それから、低い声で、

「君、まさか……？」

しかし、わがはいの想像は当たっていた。棟庵はこんな話を語りだした。

「福澤先生。数日前に三田で一人の学生に会いましてな。真面目な学生で、医学が志望だというんです。それで覚悟を決めて、りっぱな医者になるために塾を退学したいというんです」

「え？　慶應を退学するって？　それは一大事だ、ここで医学は学べませんか？　理学も医学もちゃんとイギリスから教科書を買い入れてある。外科でも、内科でも、なんでも……」

「わたしも不思議に思ったから、わけを訊いてみたのです。そしたらドイツ語の医学書を取りだして、こう言うのです。日本では、医学はドイツ流が主軸です。なぜなら、ペストやコレラのような細菌学で扱う病原体を研究するといったような基礎医学は、ドイツでないと学べませんから。ところがイギリスの医学は臨床医学です。実践的で、簡単に言えば手当てや治療を重んじる現場医者の医学です。たとえばジェンナーは種痘という実践的な方法を発見しましたが、これは臨床的な手法と言えます。ですが、日本にはイギリスの医学をまなべる学校がありません。それでも、ドイツ医学なら帝大で学べます。ですが帝大の学生でないと、医師の資格も取れません。留学すれば道は開けるかもしれませんが、その場合、ドイツ語の研鑽と、ドイツ留学の便宜を図ってくれる大学は、やっぱり帝大の医学部しかないのです。ですので、慶應を辞めて帝大に入学しなおそうと思うのです、と言われましてね」

　わがはいは額に汗を浮かべた。棟庵が静かに先をつづけた。

「この学生は、さすがに実践的な思考を身につけた塾生だと思いましたよ。言うことに裏付けがあります。しかも、例の脚気の問題まで意識していたのには驚愕しました。ちょっと、桃介君じみた賢さがありました。わたしは降参して、君の言う通りかもしれない、と答えました。なんだか、とても悔しい思いがして、この老骨すら胸が熱くなりました。こんな学生にこそ医学を教えたいと思いましたよ」

棟庵が今度は黙りこんだ。わがはいもその沈黙に耐えられなくなって、声を上げた。

「松山君、君の言いたいことがわかりましたよ。つまり……慶應に医学科がなぜないのか、ということでしょう？」

棟庵がゆっくりとうなずいた。

「お察しの通りです。福澤先生、覚えておいでではありませんか、明治六年のころを？」

もちろんだった。忘れようとしても忘れられるわけがない。慶應義塾には明治六年に医学所があったのだ。わがはいはもともと緒方洪庵に蘭方医学を学び、解剖から化学までの基礎修練をおさめた経歴を持つ。ある日三田の食堂で棟庵と四方山《よもやま》話に興じていたとき、話が医学に飛んで、「われわれも本来は蘭方医学を志した書生だったではないか。実践教育というからには、医学教練ができる塾にしなければならんだろう。おい、棟庵、わがはいが医学所を建てるから、あんたは教授をやれ」と話が盛り上がったことがあった。棟庵が教授を引き受けると明言したとき、たまたま、傍に塾生が一人いて、いきなり、「でしたら、自分が生徒になります」と手を挙げた。すかさずわがはいは「ここに教授がいて、生徒がいるなら、建てようじゃないか、医学所を」と発言して、ほんとうに医学所ができあがったのだった。

慶應義塾医学所は、松山棟庵と、棟庵の師匠筋にあたる新宮涼庭《しんぐうりょうてい》らを教師に据えて、とりあえずアメリカ式の医学教育をおこなうことにした。しかし、藩制が崩壊し士族が貧乏暮らしにはいった時期であり、瞬く間に資金不足に陥り、明治十三年四月に廃止を余儀なくされた。それでも約三百名の入学者があったのだが、すでに中央政府がドイツ式医学を国策として採用しており、アメリカ仕こみの医学知識ではまったく太刀打ちができなかった。わがはいはアメリカ医学に活用の道がないと知らされ、涙を飲んで廃校にするほかなかった。

わがはいはあの痛恨事を懐かしく思いだした。

「松山君、あのとき建てた医学所はまことに不本意でした。君はいま、あのときのように医科技術を教える大学をつくりたいとお思いかね？」

棟庵は笑った。

「じつはそうなのです。懲りないやつだと思わんでいただきたい。北里君が伝染病研究所と養生園を軌道に乗せたいま、今度こそは大学にも医学科を設置する機会だと感じております。福澤先生にはそのおつもりがございませんか。慶應を辞めると言いだしたあの学生を引き留める気はありませぬか？」

わがはいはさらに思案した。それから吹っ切れた表情になって、棟庵に問いかけた。

「では訊くが、わがはいが医学部をつくったら、君は教授をやってくれるのか？」

「いや、わたしはもう歳をとりすぎ、技術も古すぎます。先生の主治医をさせてもらっていることすら申し訳ないと思っています」

「ならば、教授はおらんじゃないですか？」

「いや、いますよ。広尾のほうに。北里柴三郎博士の御一統が。もう明治六年の轍《てつ》は踏まんでしょう」

「なるほど、では、学生はいるのですか？」

「それならいます。まずはあの学生も引き留めましょう」

「ははは、それは上策だ。で、金を出してくれる者は？」

「たぶん、いるでしょう。交詢社には、また迷惑をかけそうですが」

棟庵が自信ありげに答えた。わがはいは笑みを取り戻した。

「ならば決まりだ。北里君には、わがはいが掛け合ってみよう」

「おう、それはすばらしい。基礎医学でも帝大を相手に戦える陣容がそろいましたな」

と言った棟庵の眼に力がみなぎった。

しかし、こっちはまだ逡巡している。めずらしいことだった。

「どうなさいました？　他に何か問題でも？」

わがはいは暗い声で答えた。

「戦争だよ。清国との。今回は文と野の戦争と思っている。文明と野蛮の衝突ですよ。あの腐敗政府に駆りだされる無辜《むこ》の人民が気の毒だが、清国の政体を変えるには日本が勝たねばならんでしょう」

「しかし、あの勝安房は日清の戦争に大反対しとりますな。同じ東洋の隣同士、いわば兄弟喧嘩して何になるという意見です」

「勝はああいう男ですよ。天邪鬼《あまのじやく》に近いが、ただ現実を見透かすことに長けている。日本が清国に勝てば、神秘の東洋大国はあんな程度かと列強にばれて、たちまち欧米の食い物になる。それがおそろしい、と。なんにしても、兵隊に死者や傷者が出る。医学科の独立経営ができるかどうか」

棟庵はうなずき、立ち上がった拍子に、隅の机に置いてあった錦絵を見つけた。

「あれは？」

と問われたので、わがはいは眼を錦絵の方へ向け、浮かぬ顔で答えた。

「具合の悪いものを見られてしまった。あれは、こんど横浜の港座にかかる川上音二郎の芝居だ。日清戦争が勃発するとすぐ、『壮絶快絶日清戦争』を舞台に挙げた。それから今度は例の、川上が朝鮮までわたって戦地の状況を見分して作ったという『川上音二郎戦地見聞日記』なんかもすごい評判でしょう？　年末に浅草が大入りで見損なったから、横浜まで行こうと思うのですよ」

「ほう、芸者屋も芝居小屋も行ったことがなかったはずの先生が、最近はどうも主義がお変わりになりましたな。新劇ですか？　ちょっと品がなくはありませんか？」

わがはいはすこし顔を赤らめた。

「いや、気品なんてもんは後からついてくるもんだよ。茶道だって能だって、最初は好奇なもんだったじゃないかね。じつは川上音二郎の芝居が観たくなってね」

「いや、最近は書生劇とか壮士劇などと揶揄《やゆ》する声もなくなり、いっぱしの劇と認められたようで、民衆の人気もすごいものだと聞いてます。やがて歌舞伎座にも上がりましょうよ」

「うん、あの『壮絶快絶日清戦争』はみごとな芝居だったそうだね。軍服も何も本物のようで、言葉遣いも軍隊用語だ。大砲の音響も、爆発の閃光も、火薬を仕掛けてやるので客席から悲鳴が上がった。兵士の戦闘場面は演技じゃなく、ほんとの殺し合いだ。あんなものは歌舞伎の役者にゃできんことだよ、パリーの演劇を学んだだけのことはある」

「しかし、こんどの出し物は戦闘場面の迫力だけじゃなく、悲壮で、しかも胸を打つ筋書きだそうです。川上が陸軍に許可をとって実際の戦場を取材したから、兵士の苦しみや悲しみが真にせまっていて、息子を戦地に送りだした家族は、みな肉親を思いだして涙にくれるという噂です。戦争劇も、いよいよ情を描き始めましたか。川上音二郎といえば、つい昨日まで反政府の壮士を気取っていたのに、今はてのひらを返したように政府支持の愛国者です。世の中も様変わりしましたなぁ」

しかし、わがはいは棟庵の話を聞いていなかった。相手の口が止まるのを待って、つぶやいた。

「正直に言いましょう。じつはその錦絵は、田端が持ってきてくれた。桃介のベッドに置き忘れていたというのさ。早く始末する方がいいと思って、わがはいのところへ持参してくれた」

とたんに棟庵が顔色を変えた。

「すると……」

と言いかけた言葉を制して、わがはいは言った。

「お察しのとおりです。たぶん、桃介が芝居小屋に出向いたときに手に入れたのでしょう」

「つまり、奴《やっこ》とも会ったということですか？」

棟庵が小声でささやいた。わがはいはコクリとうなずき、こう答えた。

「まだ切れていない証拠というわけです。葭町の芸者と……もっとも今は音二郎の妻になったから、川上さだと呼ぶべきだろうが」

わがはいはそれっきり目を将棋盤に戻し、熟考をはじめた。傍目《はため》には、福澤が柄にもなく、指し手に詰まって長考にはいったと見えたかもしれなかった。

（第八話　了）

第九話　以て瞑すべし

8 Septembre 1900　　　　　　　L'ILLUSTRATION　　　　　　　N° 322 — 153

EXPOSITION UNIVERSELLE. — La troupe japonaise au Théâtre de la Loïe Fuller : La mort de la Geisha. — (Voir l'article, page 156)

「パリ万博の貞奴」

『リリュストラシオン』誌 1900 年 9 月 8 日号

撮影＝荒俣宏

清水湊《しみずみなと》を通過する車内で

明治三十三年十二月末のことである。福澤桃介は陽がまだ高いうちに、車中の人となった。東海道本線で西へ向かい、車窓から富士を見たいと思った。ひょっとすると自分は二度と富士を眺めることがないかもしれないとも感じていた。

ここからは、わがはい福澤諭吉が万感の思いをこめて、わが養子の気持ちを代弁していこう。養父として、子どもの気持ちが理解できていたとは思えないが、少なくとも、いちど地獄を見た亡者にはひとの心の底が多少とも見透かせる力がついたと信じたい。

それは年末の雑用をすべて断っての旅であった。というよりも、倒産した自分の商事会社の後始末を終え、いよいよ身の置き所がなくなったための一時避難というべきか。女房の房にも行き先は告げず、ただ、大阪で正月を迎えたいからと、養生園事務長の田端重晟に伝言を頼んで、そのまま汽車に飛び乗った。

桃介は、富士がよく見える側に一等の座席を取った。せめてもの見栄である。冬晴れの景色が美しかった。横浜を過ぎるころから、風景に海の気配が強くなっていくのも慰めになった。ただぼんやりと景色を眺めるうちに、広大な裾野をひろげる富士が現れた。

富士の霊峰を眺めながら、列車は夢のように広い裾野を走りつづける。ふと、この六月以来、立てつづけに起きた悪い出来事が思いだされた。ほんとうに悪夢のような日々だった。義父のわがはいが最初の脳溢血に倒れたときから、桃介は自主独立という処世法を自分なりに模索した結果、株取引で得た収益を事業に投じることにした。株屋ではなく、事業家に転身したといってよい。

きっかけの一つは、王子製紙の取締役に就任したことだ。たしかに諭吉の養子という看板は、ビジネスの上で何かと都合がよかったが、すぐにこれが重い足かせでもあるという現実を知った。どこへ行っても、みんなが諭吉の養子として監視の目を光らせる。桃介の後ろにいる諭吉の方ばかりを気にするのだった。わがはいと因縁ある人々のあいだにいると、孤独すら感じたらしい。それだけではない。世間にはわがはいを危険視する人も多い。政府のお偉方である井上馨が王子製紙へ視察に訪れたときも、「君の親父さんにはずいぶん世話を焼かされたよ」とか何とか、高飛車にものを言われたので、桃介は、福澤の父とはビジネスの上でいっさい無関係です、と言い返したそうだ。井上が無礼な奴だったから、寸鉄を食らわせて懲らしめてやろうとしたらしい。すると間髪をいれず政府筋から、あの取締役はじつにけしからんと警告が発せられて、間接的ながらわがはいの耳にも届いたのだった。

桃介は井上のネチネチとした横槍にブチ切れして、わがはいの監視が及ばない自営業に転じることを決意した。明治三十二年になると、王子製紙在職のままではあったが、塾の仲間だった益田英次という人物とともに、丸三商会なる商事会社を創業した。自前の創業というのは気分がちがう。その勢いを駆って、日銀の神戸支店にいた慶應後輩の松永安左ヱ門を引き抜いている。「おまえは日銀なんぞにいる柄じゃない。さっさと辞めておれのところに来い」と、半ば強引にひっぱった。今回の独立事業に自信が生まれたからだった。

桃介は、北海道の経済事情に精通する自分の利点を生かした。北海道の樹木資源を日本全国に売るだけでなく外国にも輸出することに、狙いを絞った。外国との商売で渡りをつけ、いずれは外債を導入し、自己の会社の足腰を強くする計画もあったようだ。アメリカとの交渉がさっそく実を結んで、鉄道用の枕木の大口契約がまとまった。金繰りのほうは親戚筋にあたる中上川彦次郎がいる三井に頼んだ。すべて諭吉の門下であるが、昔からの友人だったから、自分個人を信用しての融資が受けられると期待した。しかし、その三井が桃介にそっぽを向いたのである。輸出先の米国企業が興信所を通じて信用調査をしてみたところ、桃介の丸三商会は「信用絶無、資産僅少」という評価だった。しかも、その情報の出どころが中上川ら諭吉門下であったことを知って、桃介は愕然とした。

この一件では、わがはいに責があったかもしれない。かれら門下生を前にして、桃介を厳しく叱責した憶えがあるからだ。相場の天才、花柳界《かりゅうかい》の放蕩児として名を上げたことが、わがはいの逆鱗に触れたためだった。このとき慶應一門は忖度をはたらかせ、桃介を諭吉の敵であるとみなすようになったのだろう。桃介は自前の会社との取引を拒絶されたことで、そういう空気が本物になったことを知らされた。

身内から受けた予想外の仕打ちは、桃介の事業に致命傷を負わせた。丸三商会の経営が継続不能になり、日銀を辞めさせてまで入社させた松永安左ェ門にも、あわせる顔がなくなった。夏のあいだに商会を閉め、手元に残った五百円ほどをそっくり松永にわたして、再起の資金にさせた。あとは何も残らない。このまま死ぬのもいいかな、とすら思ったというのが、半年まえの夏であった。

桃介はそのときにも、なぜか大阪方面へ一人旅に出ている。だが、前回の旅は汽車に飛び乗ったところまでは同じでも、大阪まで行けずに、大津で行き止まりになった。うわさに聞けば、そのときはなんでも、途中の名古屋で下車し、馴染みの芸者を訪ねて、心中しようと誘ったのだそうな。それがケチの付き始めだった。心中に付き合わされそうになった芸者にとっても大迷惑に決まっている。桃介は即座に叩きだされた。それでしかたなく、松永がいる神戸へ向けて、列車に乗りなおしたのだが、大津あたりに差し掛かった車中で、またしても喀血した。応急手当をしてもらい、こんどは京都で下ろされて同志社病院に担ぎこまれた。結核の再発だった。

わがはいは東京から義兄弟の捨次郎を迎えに行かせたが、素直に帰京しなかった。そこへ、松永がおどろいて病院に駆けつけてくれたので、桃介はとりあえずこの〝直弟子〟に身を委ねた。自分も一巻の終わりと見切りがついたらしい。桃介は帰京したけれども、「福澤の名を返上して岩崎に戻る決心をしたから、福澤家に談判に行ってくれ」と、松永に頼んだ。ところが、福澤家での家族会議で、桃介を離縁することに反対したのは、なんと、妻のお房だった。父の意見に従わず、桃介との暮らしを望んだので、わがはいも家族もびっくりさせられた。夫婦は七月に福澤家を出て、大森の静かな家に引っ越した。お房が一緒に新居へ付いてきてくれたから、桃介のほうも、わがはいの目が光っていた王子製紙の取締役をきっぱりと辞任できたようだ。養父が激怒したところで、こんどは気にもかけなかった。

そんな苦難の一年が終わろうとする明治三十三年の暮れ方になって、桃介は何を思ってか、もう一度汽車に乗って、大阪へ一人旅に出た。こんどは、倒産直後の心中旅とはことなり、かすかな気迫がよみがえっていた。結核の再発で一時は死を覚悟したけれど、同志社病院で手厚い看護を受け、容態が回復したことが、背中を押してくれた。もう養父には頼らない、独立独歩の痩せ我慢に徹してみせると、決意が固まった。

……そうして今、一年と少し前から連続的に起きた最悪のできごとを回想しているうちに、汽車がちょうど、富士の裾野を通過して、清水湊あたりへ差しかかったのだった。ここは、明治二十四年だったか、桃介がアメリカ留学を切り上げて帰国し、房と結婚したときに、わがはい一家とともに夫婦で旅行した思い出の場所なのである。

桃介はまた車窓へ目を移し、清水の街並みが近づいてくるその眺めに見入った。

ある石碑と、咸臨丸の悲劇

車窓の景色の流れに心奪われているうち、亡霊のような記憶が次々に現れてきた。自分が福澤家の養子になり、留学も経験して、いよいよ日本で事業を興そうとした頃のことが、病院で飲まされたヨード液のように甘苦く思いだされた。まだ天才相場師でもなく、花柳界の放蕩児でもなかった。妻の房にも隠しごとはなかったし、養父のわがはいが常々口にしている「自主独立」という教えにも共感していた。炭鉱と鉄道の仕事から始めて、やがてはアメリカで見た大規模水力発電を日本で事業化する夢が、心に燃え滾《たぎ》っていた。桃介が見たアメリカは、わがはいが見たそれとは比較にならぬほど急進歩を遂げていたはずだ。だから桃介は、わがはいを凌駕する産業人になれるとも信じていた。

そんな幸福な時代の記憶が、車窓に映る桃介の顔を微笑ませた。列車は清水駅に近づいていく。ところが、興津《おきつ》を過ぎ、線路わきから遠くに松林が見えるあたりで、忘れていたもう一つの記憶が閃光のようにひらめいた。こちらは、消毒液のように刺激的だった。

わがはいが桃介夫婦ら一統を引き連れて清水を訪れたその日は、春の陽が最も美しい晴朗の朝であった。わがはいがみんなの前で、「今日は天気がたいそう良いから清水湊の浜へでも降りてみようじゃないか。清見寺《せいけんじ》というりっぱなお寺もあるので見物しよう」と提案した。興津の停車場から海の方へ降りていくと、目の前に三保《みほ》の松原《まつばら》が見え、左に八面玲瓏《れいろう》たる富士を仰ぎ見る浜が広がっていた。松林の先が清水湾である。

わがはいはじつに機嫌がよく、家族一同で鴨の離みたいな列をつくって、寺のまわりを散策した。寺の前に石碑があるのをみつけた。何の石碑かと思い、みんなで碑文を読んでみたら、咸臨丸殉難者の碑であった。咸臨丸の文字を見て、わがはいは深い興味を示し、碑文を熱心に読みはじめた……。

だが、その文章がわがはいを凍りつかせた。

かつて幕府海軍の所有だった咸臨丸は、じつのところ、帰国後のほうがもっと数奇な運命をたどっていたのだった。この船は、アメリカ渡航のあと小笠原見分と同島への開拓団派遣に駆りだされた。そののち、幕府海軍の持ち船の半分が官軍に引き渡される際に、幕府の手に残された軍艦の一つとなった。ところが幕府海軍自体も解散を命じられ、あらたに官軍側の指揮下に組み入れられることとなったから、勝安芳《やすよし》も木村摂津守もこれに反対して、いさぎよく職を辞したのである。余談だが、将軍慶喜が官軍参謀に対し詫び状を書かされる恥辱も受けたので、これを知った元幕臣の川路聖謨《かわじとしあきら》は、将軍を守れなかった責任を痛感し、自刃して詫びている。

川路のように元の幕臣たる人々のなかには、徳川から受けた恩を忘れないものもいた。あの榎本武揚も幕府に残されたすべての軍艦を官軍へ引き渡すことを拒んだ。そして江戸湾に集結していた軍艦を奪うと、上野戦争に敗れて逃走してきた幕臣たちを江戸から脱出させるという挙に出ている。咸臨丸は多くの脱出者を乗せて、いったんは北へ向かおうとしたのだが、折悪《あ》しく台風に遭遇してしまった。他の軍艦の曳航《えいこう》を受けたけれども、つなぎ索を切られて大破し、漂流状態となって清水港へ逃げこんだのだった。

だが、咸臨丸が清水港で修理を開始したことが、官軍に気づかれた。官軍は自前の艦隊を清水湊へ向かわせ、入港していた咸臨丸めがけて砲弾を撃ちこんだ。ここに不運が重なった。咸臨丸では大砲を陸揚げし、船長以下おもだった乗組員が船を離れていたからである。そこへ官軍艦隊がいきなり近づいてきて、やにわに大砲を撃ってきたからたまらない。船内に留まっていた脱出者たちは、白旗を掲げて降伏した。だが、砲撃は止まなかった。咸臨丸の甲板でも斬り合いが発生し、無援の幕府軍側に十数人の戦死者が出た。死者は見せしめに腹を割かれ、首を飛ばされて海へ投げこまれた。しかも無情なことに、賊軍の死体を荼毘《だび》にふす者を厳罰に処するとの触れまで出された。七日間にわたり清水湊に放置された二十名近くの死骸は悪臭を放ち、漁民にも大きな迷惑が及んだ。いっぽう、咸臨丸は官軍側に拿捕《だほ》され、生き残った幕臣とともに江戸へ回航されていった。

「碧血《へきけつ》」と侠客《きょうかく》

だが、この清水湊にも、官軍の威光に屈しない「痩せ我慢」の男がいた。地元の侠客、清水次郎長こと山本長五郎《やまもとちょうごろう》である。湾内に浮かぶ死骸が腐乱すると、漁業にも舟の航行にも支障をきたす。それに、戦死した人々の遺体を海に浮かべておくことは、人として忍べるものではない。次郎長は意を決すると、夜中に遺体をすべて回収し、浜に埋葬した。

官軍からの厳命に逆らった次郎長は、清水の港湾奉行や旧幕府側の目付から呼びだされ、きつい尋問を受けた。一説に、江戸から山岡鉄太郎《やまおかてつたろう》が駆けつけて、この一件を吟味したという。のちに岡本綺堂《おかもときどう》が次郎長と山岡の対面を戯曲にしたけれども、それが事実だったかどうかはわからない。しかし、幕府の目付や官軍参謀のほうにも、日本の将来に心を配れる「人物」がいたことが救いであった。次郎長が「戦死した壮士には官軍も賊軍もありゃあしねえ。亡くなった人たちはみな仏だ」と啖呵を切ったので、官軍の「人物」たちは彼の気迫に納得して次郎長を助命したというのだ。

次郎長が発したその一言は、すぐに伝説となった。いや、鳥羽・伏見の戦いからこっち、賊軍の死者を葬るという命がけの仕事は、痩せ我慢を生きざまとする俠客たちに委ねられたことを、忘れてはいけないだろう。それに加えて、死者を成仏させるのが本業の僧侶たちも覚悟を決めて、埋葬の場所を用意した。鳥羽・伏見では、黒谷に陣取った会津《あいづ》藩の御用を引き受けていた会津の小鉄《こてつ》が、新選組隊士の遺体を含めて幕府の戦死者を葬ったという。上野戦争では二百人もの彰義《しょうぎ》隊士《たい》が屍《しかばね》と化したが、やはり埋葬が許されず、さらしものにされた。これを見かねた南千住円《えん》通寺《つうじ》の仏磨《ぶつま》和尚《おしょう》（二十三世）が、上野寛永寺《かんえいじ》に出入りする商人、三河屋《みかわや》幸三郎《こうざぶろう》とともに官軍からの厳命を破って遺体を回収した。三河屋は商人であったようだが、その精神が俠客そのものだったので、いまは俠客と呼ばれることが多い。明治十四年には上野の戦場跡にも、山岡鉄舟《てっしゅう》が題字を書いた「戦死之墓」が建てられた。

さらに箱館の五稜郭戦争でも、市中にさらされた箱館政府軍の死体を埋葬した俠客が登場している。浅草の新門辰五郎《しんもんたつごろう》の身内だったといわれる柳川熊吉《やながわくまきち》が、実行寺《じつぎょうじ》の松尾《まつお》日隆《にちりゅう》住職らと語らい、夜中に大八車を引いて遺体を集めた。しかし命令に反した罪により死罪を言いわたされた際、熊吉は「わし一人でやったことだ、死人に官軍も賊軍もない。みな仏にございます」と弁明して、関係者全員の罪をひとりで被った。それを聞いた薩摩の軍監、田島圭蔵《たじまけいぞう》が熊吉を助命したという。命拾いした熊吉は遺体を箱館山などに埋葬し、土方歳三《ひじかたとしぞう》をはじめとする約八百名の死者を悼む碧血碑というものを建立している。この碑は現在も残る。碧血とは、『荘子』にある言葉で、忠義を全うして死んだ武人の血が三年を経て碧玉《へきぎょく》に変じたという故事をあらわす。題字は大鳥圭介《おおとりけいすけ》の手によったと伝えられる。

若い頃に北海道で働いた桃介は、箱館山の一角に立つ大きな碑を見たことがあった。だから、ふいに、「そうだ！」と、小さく叫んで現実《うつつ》にかえった。箱館で、柳川熊吉の命を救った官軍の田島圭蔵は、自分が最初に就職した北海道炭礦鉄道のオーナーだったのだ。まさに奇縁だった。この田島から、箱館戦争のことを聞かされていた。熊吉の口から「死んだ人間には官軍も賊軍もない、みんな仏だ」と言われたときに、官軍の方には返す言葉もなかったと聞かされた。桃介はいま、やっと清水次郎長から柳川熊吉にまでつながる「痩せ我慢」の系譜を自覚した。

「日本の国が割れることなく明治維新を迎えられたのは、薩長でも徳川の力でもない。俠客や僧侶といった民間の痩せ我慢たちがいたからだったのか……」

と、桃介はつぶやいたかもしれぬ。

わがはいも、そういった俠客の一人を、清水湊で偶然に見つけたわけである。しかし、清見寺の石碑にあった碑文を順に読んでいき、碑の裏側にも別の文章があるのを見て、何の気もなしに読み始めた途端、わがはいが表情を一変させたのを、桃介はよく覚えていた。桃介から見てさえ、凍りつくほどの恐ろしい形相だったらしい。わがはいは碑文を読み終わると、拳をわなわなと震わせたという。

「何ごとだ、これは！」

そう怒鳴って、今度は唇まで震わせ、握りこぶしをいきなり石碑に叩きつけた。

「何だこれは！　なんだ！　なんだ！　なんなのだ！」

石碑に罵詈を浴びせたわがはいは、そのまま絶句した。

家族も一瞬、蒼ざめてその場に立ちすくんだ。みんな言葉が出なかったそうだ。桃介がかろうじて冷静を保ち、碑の裏側を覗いた。そこに、こんな漢文が刻まれていた。

「食人之食者死人之事、従二位榎本武揚」

書いたのは、咸臨丸以下海軍の全軍艦を奪って蝦夷へ脱出した指揮官、榎本武揚その人だった。わざわざ自分の名に、従二位と書き加えているが、殉死したのは、咸臨丸に逃げこんだ彰義隊の生き残りたち、すなわちかつての同志であったはずだ。いわば、従二位を榎本に授けたお方の軍隊に斬殺されたも同然の、あわれな壮士たちなのである。

「人の食《しょく》を食《は》んだ者、人のことに死す……従二位榎本武揚……」

誰だか、漢文の読める人の声が、その文章を読みくだした。女性のか細い声だったから、錦だったかもしれない。そのお錦さんが、震え声で、わがはいに耳打ちした。それでわがはいの怒りもやや鎮まった。お錦さんはそっとわがはいの肩を抱いたようだった。偉丈夫《いじょうぶ》の大男が、か細い妻に抱きかかえられるとは情けない話だが。

はじめは桃介にも、ことの真相がつかめなかったようだ。しかし、幼年の頃に漢学を学んでいたことが、思いがけず役立ったという。碑文を何度も見返すうちに意味が呑みこめた。人の食にあずかった者は、その人のために死ぬ、ということである。そう理解できたとたん、桃介はわがはいの激怒のわけを納得した。

そのとき、わがはいも黙って砂浜を走りおり、清水湾の海に向かって、吠えるように叫んだらしいのだ。

「榎本武揚は偽君子《にせ》じゃ。人の風上にも置けぬやつじゃ！　あやつに、この碑文を刻む資格はないぞ。断じてない！　わがはいがあやつの面の皮を引っ剝がす。そうせずば、咸臨丸の殉死者に申し訳が立たぬじゃぁないか！」

わがはいはそう叫んでから、海を見つめてふたたび肩を震わせた。家族はそれを見守るしかなかったらしい。こわいような光景だったと、女性たちは回顧している。

やがてわがはいは振り返り、独りごとを言いながら興津のほうへ戻っていった。すれ違いざまだったが、「書かねばならん、この諭吉が、釜次郎《かまじろう》にも、麟太郎《りんたろう》にも。咸臨丸に乗った縁のあるこの諭吉が……」と女性方には聞こえたらしい。

当然のことに、たのしいはずの家族旅行は暗転した。わがはいは寡黙になり、憑かれたように書状を書きだした。結局、なにを書いたかわからなかったが、それは真摯な、まるで死者を悼むかのような仕事ぶりだったという。ときおり、わがはいは涙ぐんでいたらしい。

福澤桃介は、そのときと同じ清水の街中を、走り抜ける列車の車窓に寄りかかりながら、眺めた。義父であるわがはいの想いを、あらためて想像しながら。偶然だが、今回だけはわがはいの怒りが身に沁みたと、桃介はあとで語っている。わがはいがそのとき書いた文章を、彼は知っていたらしいのだ。

じつは、箱館で降伏した榎本も死罪判決を受けたのだが、その助命を嘆願したのは、ほかならぬわがはい自身だった。榎本がまだ釜次郎と呼ばれていた時分からの友人だったし、榎本の姉とも親しかったので、助命嘆願にひと肌脱いだのだ。榎本が薩摩軍にとらえられ、東京へ護送されてきたとき、姉がわが屋敷を訪ねてきて、どうかして弟を救ってくださらぬか、と懇願したものだから、こっちも親身になって榎本を助ける工作をおこなった。榎本所有のオランダ書に、委《くわ》しい築塁術や攻撃術を説《と》く一冊があったので、これをあらあら翻訳し、薩摩の黒田清隆に助命を頼みこんだ。黒田はその粗訳を読み、敵とはいえ優れた素養をもつ人物と認めて、罪を減じ、のちに政府海軍の指揮官に登用したのである。

だが、ここで殺された面々は咸臨丸の殉死者なのだ。罪を許されることなく殺害された榎本の部下たちであった。その中にだって、榎本以上に有用な才をもった者はいたはずだ。であるならば、殉難の碑に題字を請われた榎本は、徳川家の恩顧に浴した者として、徳川を守るために一命を賭した部下たちの名誉を、まず真っ先に顕彰しなければならなかった。この心境を、わがはいは「瘠我慢《やせがまん》」と表記したのだが、榎本も勝も、維新後は栄達の道を捨て、陋巷《ろうこう》に身を沈め、しずかに死者たちの冥福を祈るのが道であったはずなんだ。

しかし、榎本は手のひらを返して栄達を望み、あの石碑にまでも誇らしく、従二位と刻ませた。勝も同罪だ。おなじく官位をいただき、伯爵の身分となって恥じることもない。

けれども、何よりわがはいを激怒させたのは、咸臨丸とともに命を絶った人々への慰霊碑に、あのような碑文を捧げた無神経さだった。命ながらえて栄達の極みに上《のぼ》った男が、どの面さげて、食を食んだ人のために命を捨てた人々の前へしゃしゃり出られたのであるか。

その怒りを公にするために、わがはいはそのあとやつらに質問状を叩きつけた。そしたら勝と榎本は、何の反論も言ってこなかった。勝は世評になぞ耳を貸さないから勝手に公表でもなんでもするがよいと知らん顔だし、榎本は逃げ回って返事も寄こさなかった。それで、かのやつらとは反対に幕臣たる矜持を貫いた同志といえる徳川頼倫《よりみち》、木村芥舟《かいしゅう》、そして栗本鋤雲《くりもとじょうん》の三人にも、写しを開示して意見を求めたのだが、明快な反応は得られなかった。

ただし、この檄文《げきぶん》は長らく公開されなかった。私的な文章でもあったゆえ、これを筐底《きょうてい》に秘しつづけた。わがはいがこれを書き上げたのは、明治二十四年十一月二十七日だった。しかし、この文章は栗本鋤雲の手から世間に漏れ、榎本、勝の実名を伏せられて新聞種にされた。そこでわがはいは明治三十三年十二月、すなわち桃介が列車に乗って大阪に向かった頃、世の誤解を解くために『時事新報』に全文掲載する決意を固めた。そういう気になったのは、『時事新報』主筆の石河《いしかわ》に強く勧められたせいなのだが、それを翌三十四年一月一日号に実名入りで発表することになった。題名は「瘠我慢の説」としてやった。が、今にして思えば、まるで虫が知らせたとでもいうのだろうか。なぜなら、わがはいはその公表に踏み切った翌月、二度目の発作をおこしてこの世を去ってしまうからである。

　きっと、桃介も大阪行きの汽車に乗ってわがはいから逃げだす直前に、この一件を耳にしていたのだろう。だから汽車が清水湊に差しかかった瞬間、痩せ我慢という言葉が頭に浮かんだのではなかろうか。

　もっとも、桃介のほうは、去り行く清水と富士の山を背にしながら、車窓に映る自身の顔と対面しているうちに、ふと、痩せ我慢とはなんと古臭い言葉よと、ばかばかしくなって噴きだしたかもしらんな。その証拠に、桃介め、そんな感想をぬけぬけとわがはいに明かしたことがあったのだ。それも、わがはいが第二の発作を起こすちょっと前にだ。

「おい、おい、おまえも碧血の士になり損ねた口じゃないのか？　福澤の食を食んだのに、今その人と絶縁しようとしておるのだからな。おまえも、勝と榎本の一味だったというわけか」

　と、わがはいも言い返してやったけれどもな。

　桃介が碧血になり損ねたことはたしかだろう。だが、その桃介だって痩せ我慢を貫いているじゃないか。まあ、義父《おやじ》に恥じることは一点もない、と豪語するところだけは見上げたものだがね。

　とはいえ、今こうして娑婆《しゃば》を去ったわがはいの知るところでは、あのとき桃介は、わがはいの呪縛から逃げたい一心で旅に出たわけではなかったらしいのだ。桃介め、背広の裏ポケットに、乱雑に破り取ってきた新聞記事をしまいこんでいたからだ。あとで分かったが、あの旅には桃介の子分だった松永がかかわっていた。大阪の新聞に出た記事の切れ端を、わざわざ桃介に送ってよこしたのは、松永だったのだよ。松永安左ェ門は神戸で仕事をしていたから、あの記事に気づけた。そこにこんな文章が載っていた。

「苦節三年、ついに文明の国欧米の演劇界に日本の新演劇を認めさせた川上音二郎、貞奴一座が凱旋帰国！　来年元旦に神戸帰着、空前絶後の漫遊記を上演へ！」

福澤桃介はそれを見て蘇ったのかもしらん。絶望の淵に落ちた今、まだこの世に生きる甲斐があることを、おぼろげに確認して。つまり、今度の列車の行き先は、貞奴が到着するその神戸だったにちがいないのだ。

元旦に載った記事

明けて明治三十四年一月二十五日。この日、『時事新報』社に泊まりこんだ石河幹明《かんめい》が、今朝刷りあがったばかりの新聞を持参して、わがはいの屋敷にやってきた。時刻は午前十一時を過ぎたころだ。

いつも団欒《だんらん》の場所になっている奥の間には、新年の祝《いわい》がまだ終わっていないかのように、おせち料理と思《おぼ》しい重箱が用意されていた。石河が居間にはいると、わがはいは相手をしていた子らを膝から下ろした。すると子らは奥方のお錦にうながされ、不満そうに頬を膨らませて、部屋を出ていった。卓の上がすばやく片づけられると、石河は刷りたての新聞を差しだした。わがはいはさっそく紙面に目を通し、「瘠我慢の説に対する評論に就て」と題した自作の文章を速読したあと、満足げにこう告げた。

「石河君、拙文をさっそく載せてくれて、ありがたい。これで榎本も本気で反論する気になれば、もっとおもしろくなる」

「はい、本日の目玉記事になりそうです。この十三日に『国民新聞』が、我が方で元日号に載せた『瘠我慢の説』に反論してきたのですから、あれくらいお書きになってくださって結構。亡くなった勝はともあれ、まだ存命の榎本にはよい薬になりましょう」

「しかし、我が方もつい本気になりすぎたかもしらんな。二十世紀の幕があいたとたん、正月気分を吹っ飛ばして申しわけないことをしたかな」

と、わがはいは謝罪した。明治三十四年は、西暦にして一九〇一年、すなわち二十世紀の第一年目である。

石河は首を振ってから、答えた。

「いや、正月気分など吹っ飛んだところで、かまいやしません。なにせ、天下の勝安芳と榎本武揚を叱り飛ばす論説を、正月三が日に公開なさったわけですから、これはむしろ一服の清涼剤と称すべきでしょうよ、ははは」

石河は胸を張って、豪傑笑いすると、こうつづけた。

「新世紀の幕開け、人心いまだ目覚めずというところへ、大きな刺激になった。ただ、大阪では下世話ですが、別の話題も一面をにぎわしておりますがね」

「というと？」

「年明け早々、欧州で評判を得た川上音二郎一座が神戸に帰着したというのです。日本の芝居を欧州人に認めさせた連中の凱旋だそうです。まあ、あちらは正月らしい暢気《のんき》なもんですな」

「それは仕方がないよ。二十世紀最初の正月は特別なんだからさ。わが家でも年始の挨拶にやってくる人の列が、いまだに途絶えぬありさまだ」

「まさに！　このわたしも迷惑者の一人でしたな。申しわけありません。で、木村芥舟氏は何時ごろお越しになりましょうか？」

わがはいはかるく手を振って、答えた。

「間もなくお越しだと思いますよ。芥舟先生も古希になられたわけだから、すこし陽が昇って寒さがゆるんでからのお出ましだろうね」

三年前に脳溢血で倒れたわがはいは、もう早口ではしゃべらない。ゆっくりと噛んで含めるような話し方だ。健康を完全に回復したようには見えるが、石河には一抹の不安があった。

「そうですか。先生方には積もるお話がおありでしょうが、こんな機会はめったにない。木村摂津守様と福澤先生の歓談となれば、いやでも咸臨丸の話で盛り上がるはず。ひとつ、幕末秘話が飛びだす対談ということで、取材させていただけませんか」

わがはいはうなずいた。

「むろん、そのつもりで、あんたに来てもらいました。芥舟先生は目下、幕末の記録を熱心にお集めだ。ただし、言っておくが、取材時間は三十分ほどにしてくれんかね。芥舟先生もご老体ゆえ、長居は禁物だ」

わがはいは、木村芥舟の健康を気遣って、そう釘をさした。

「承知しました。時間は守らせていただきます」

と、石河が返事するそばから、待ち望んだ客が三田の小邸に現れた。時刻は午《ひる》にかかっていた。

木村摂津守様は、今は隠居して芥舟と名のっておられる。芥舟氏は西洋椅子に座ると、開口一番、『時事新報』の主筆が同席していることを皮肉った。

「やあ、石河君、今朝の『時事新報』の記事、おもしろくて、つい読みふけってしまいました。福澤先生も常々おっしゃるように、近頃幕末のことが忘れられかけております。二十世紀が来た今、史実もいいように誤解されて、まことに困ります」

石河は照れながら、礼を述べた。

「芥舟先生、ありがたいお言葉ですが、あの『瘠我慢の説』に『国民新聞』が批評をぶつけ、その批評に今度は福澤先生が意見を表明された。りっぱな学術論争ともいえます。そこで芥舟先生にも、御存念を聞かせていただければ、ありがたく存じます。つまり、幕末の真実を福澤先生とご歓談いただきたくて、ぜひにも取材をお願い申し上げる次第です」

わがはいは笑顔で芥舟様の手を握りしめながら、石河に言った。

「おいおい、石河君。それは失礼だろう。芥舟先生は新聞のために来られたのではない。諭吉と久しぶりに四方山話でも、とお誘い申し上げたのだからな」

そこで、直《す》ぐに二人の歓談が始まった。口火を切ったのは、司会役の石河だった。

「ご承知のごとく、この十三日に『国民新聞』に載った批評は、福澤先生のお作『瘠我慢の説』を、とんだ思い違いだと書いております。おそらくは、社主の徳富蘇峰《とくとみそほう》あたりが書き上げた文章かと思われますが、勝海舟を讃えて、江戸を火の海にせず、講和によって徳川将軍も殺されずに天下を交代させた立役者だと論じております。これは内戦を回避させ幕臣としての道を貫いた偉大な業績であり、その真意は、日本の主権を奪おうとして内戦を仕掛けてくる欧米列強の陰謀を阻止するためのやむを得ない策であったというのです。勝さんが維新後に新政府に取り立てられ、爵位まで受けた点は、ひろい目で見れば日本国を守った功績への栄誉といえる、つまり当然のことではないか、というわけです。この批判に関し、芥舟先生の御存念からお伺いしたく存じますが」

と、名指しされた木村芥舟様は、控えめではあるが厳しい声で答えた。

「むろん、この老体も、勝伯や榎本大臣の生き方に一言ないではありません。まして、咸臨丸殉難者の記念碑に、人の禄《ろく》を食んだ者は、その人のことに死するが道である、と書いておきながら、ご自分だけはぬくぬくと生き長らえたこと、まことに言語道断と言えましょう。ただし、老体はここで御両人の悪口を言い重ねるつもりはありません。なぜなら、我らはみな幕府の禄を食んだもの同士、仲間のけなし合いを潔《いさぎよ》しとしないからです。そこで感情的なことはあとまわしにし、事実関係から申し上げましょう」

二つの誤解が生んだ「列強侵略説」

「まずは勝安房守については、この老体も福澤先生と同じ程度に親しいかかわりがございます。世に知られたことではありませぬが、この芥舟が余命をかけて旧幕府の歴史文献を集めておりますように、じつは勝伯も幕末の政治に関する幕府側の史料を熱心に収集しておられた。すでに幕府海軍史の真相を記した一著がありますし、他の著書の数もおびただしい。つまり、勝伯とても、証拠によって歴史の事実をただす努力を尽くしてのち、亡くなられている。この芥舟がいま手がけていることも、勝伯に学んだゆえと申せます。勝伯には江戸城の歴史を成り立ちから調べ上げた『府城沿革』と申す膨大な著がありますが、三十巻はございましたか。かく申す芥舟も、その著の校閲や照合などを手がけましたから、よく存じています。この書にしても、今は非常に得難い史料とされております。芥舟は、いわばその真似ごとをさせてもらっておるのです。先年に福澤先生の序文をいただき、交詢社より『三十年史』と題する幕末事情に関する一著を公にできましたが、あれも勝伯に啓発された仕事でありました。それでも大政奉還までの文書を集めるのが精一杯でした。そのあとの記録は、いまだ調べが行き届きません」

「でも、多くは読み解かれたでしょうから、ご一新の実情も明白にされたのでは？」

「むろん、そうした史料からでも、当時の外国勢力が抱いた日本に対する感情は、ある程度うかがえます。一言にして申さば、列強は国論として日本を占領するというごとき策謀を所有しておらなかった。政治的な緊張状態を現出させた要因の多くは、いわば現場での感情的な突発事故であり、国家的な他国侵略の謀略ではなかったといえます。だいいち、他国の武力制圧などという無法は、万国公法のもとではできませんし、そもそも欧州本国は日本という国の実情を正確に把握ができていなかったのです。たとえば、隣国の支那についても、欧州各国の対応に足並みがそろわなかった。それで、現地にいた英国軍が各自勝手な情報に動かされ、行動に出てしまったのです。早い話が、万延元年十二月に米国公使館のヒュースケンという館員が赤羽で殺害された事件も、その実例です。あのとき公使のハリスと安藤対馬守《あんどうつしまのかみ》がこの事件の解決法について交渉したね。安藤は、この一件は偶発的なものであって、幕府も大いに困惑しているので、どうか両国の交誼が損なわれぬよう配慮ねがいたいと申し入れ、ヒュースケンの母親への弔慰金をはじめ多くの償いを示しました。するとハリスも、日本国の困難な事情を理解し、むしろ好意的にこの一件を処理してくれました。攘夷派の過激な動向を知っていたからです。ですから幕府には提示以上の賠償を求めませんでした。たしかに、他の欧州勢が幕府に責任を取らせようと手を組みましたけれども、肝心の米国がそれに不承知だったので、やがて日本への詰問も沙汰止みになりました」

木村芥舟がそこで一息入れると、今度はわがはいが話を引き取った。

「幕末の騒動のとき、わがはいは幕府の蕃書調所《ばんしょしらべしょ》で文書翻訳をしておりましたから、逐一、関係文書に目を通しておりましたよ。列強が発した秘密文書もたくさんあって、中には外に漏れたのもありましたが、日本を植民地にしようという策謀だけは見あたりませんでした。ただ、外に漏らしてはいけない文書は、秘密にせねばならなかったのです。ある日、脇屋《わきや》某という翻訳方がどうもはっきりせぬ理由で切腹させられました。口惜しいのは、我らとともに文書翻訳に携わっていた仲間が責任を取らされたことです。わがはいもその処分に震え上がって、文書の多くを焼いてしまいました。あれは今でも悔やんでいますよ。

それで、いま芥舟先生は米国の例を引かれましたから、わがはいは英国と仏国の例を引きましょう。英国が他国侵略国家と恐れられるにいたったのは、軍が北京に侵攻し、名所旧跡までも焼いた事件から後のことです。たしかにアジアを植民地に仕立てる策謀はありましたが、それも現場が本国との連絡を切らし、私情で動いた結果であるように見えます。どこまで政府の見解と一致していたかと言えば、まことに頼りないものがありました。しかし、わがはいが日清戦争の際にも感じたことですが、英国人の多くはこれらの戦争で中立の論評をおこなったと考えています。その気になれば、このような機会を利用して、支那なり日本なりをつぶすこともできたはずです。政商たちも横浜で見る限り、正直な交易を心がけ、しばしば日本に欠けていた問題点を指摘してくれた。したがって信用を置いてもよい国と考えるべきです。なぜかならば、英国人は公に示された国是、すなわち議会政治の優越や国王の内政不干渉といった規則が、国民の私的な主義や考え方にまで浸透しているからです。つまり、こうした私的な自立思想が集まって、その上に一国の独立堅持という思潮になる。立国の心は〈私〉の心に礎を持つと思います。

ところが、徳富蘇峰と思しき『国民新聞』の筆者は、たとえば内戦により人が殺され財が散じるという悲劇が引き起こされるけれども、それは眼前の不幸に過ぎず、真の禍は外国勢がこの混乱を利して一気に干渉してくることにある、と断じました。これこそが間違いです。幕臣の進歩派である小栗上野《おぐりこうずけ》のごときは仏国と手を結び、他方の薩長は英国に助けを求めた。すると露国や米国もその機に乗じて虚を衝《つ》かんとする。これを放置すれば国が奪われると察知した勝が、江戸を明け渡して内戦をおさめたのである、とのことですが、これは事実を知らぬ者の言にすぎません。

要するに日本人は、この時期に集まってきた外国船を、二つの意味で誤解しました。その一、従来かれらが未開国に対し武器によって国土を蹂躙《じゅうりん》してきた強奪手法を、そのまま日本に対しても用いてくると考え、おびえたこと。その二、当時の列強があらたに形成した、〈貿易〉という経済互恵の方法を、まったく理解できなかったこと。この二つによる誤解です」

石河は、二つの誤解を聞いて、少しがっかりしたのか、大きなため息をついた。

「結局のところ、幕末のあの大騒ぎは、日本と列強を巻きこんだ誤解合戦だったんですか。何という愚かな」

「がっかりしたか、石河君。歴史の本質なんてものは、こんなもんだよ。調べてみれば、誤解と偶然の合わせ鏡というわけだ」

と、わがはいが新聞記者をなぐさめたとき、石河は無意識に、

「世界はまさに、〈漫画〉ですな」

と言い捨てた。

新たな説得術、〈漫画〉の出現

石河が思わず口走った一語だったが、妙にわがはいを感心させた。漫画といえば、『時事新報』が他社に先駆けて新聞漫画を重視し、絵で読ませる社会記事として我が国に普及させようとしている報道の新形式だったからだ。

とりわけ、新世紀がはじまった今年こそは、漫画形式による伝達を本格的に強化しようと思って、「漫画部（仮称）」を社内に置いたところだった。

わがはいは、目の前にいる二人の関係者を見わたし、こう言った。

「おい、石河君、いい言葉を吐いてくれた。世界に惹起している出来事は、まさに〈漫画〉だよ！　誤解と偶然、それに裏と表、本音と建前が分かちがたく絡まっている。諷刺画の力は、そのゆがみを拡大強調することにある。アメリカの新聞が、いまや漫画を売り上げ増強の切り札にしていることは、周知の事実だろう？」

石河はうなずきながらも、すこし戸惑いを見せた。

「ええ、漫画なら字が読めなくても理解しやすい。むずかしい言葉を考える必要がない。現に、アメリカは各国から来た移民がイングリッシュに不慣れなこともあり、文字の報道に限界を感じています。そこでキャラクターと呼ばれる子どもの主人公を設定して、その子に大活躍させる。悪いことも、いたずらも、いじめも、なんでも他愛なくやる姿を通じて、新聞を読めない読者にも共感を伝える。いわば、情を伝える」

「お、それもいい言葉だな。情を伝えるとは。なるほど、つまり漫画の力は〈情報〉か。日本語としても広がりそうだな」

「あ、それ、すでに軍隊用語じゃ使われているんですね。森林太郎氏あたりが、クラウゼヴィッツの『戦争論』を翻訳する際に、Nachrichtというドイツ語を〈敵情報知〉と訳したんだそうです。これを縮めて〈情報〉と」

「鷗外先生が軍隊用語に使っていてもいいじゃないか。こっちはそれをもっとひろい意味に使おう。ここは民間用語として、心情や事情を世に伝えること、という意味を与えてはどうか」

「なるほど、新語にするんですね」

「そうだよ、言葉は生きものさ。時代によって意味も使い方も変化する。イギリスやフランスでは、こういう諷刺絵をカトゥーンと呼んでる。ほとんどが一枚絵で、タブロー画みたいに、立ったままじっと眺められるものだ。むかし、落書と言ってた張り紙や引き札みたいなものだ。最近のアメリカじゃあ、新聞漫画として毎日連載されるつづきものがコミック・ストリップと呼ばれておる。毎日、同じ主人公がいろいろ活動するのを、たくさんの画面を次々に流して読ませる。いわば動いていく絵だ。ひとコマずつをつなげて動きや舞台の変化を絵巻みたいに展開していくのだね。だから、動きやら、そのつどの表情が描ける。物語も絵で読める。こういう情を伝える絵を、我が新聞は〈漫画〉と呼ぶことにしている。むかし、新聞漫画の先駆けと言われることもある『北京夢枕』という錦絵仕立ての諷刺絵すなわちカトゥーンを、わがはいの甥で画才のあった今泉秀太郎《いまいずみひでたろう》という子に描かせて、『時事新報』の付録に付けた。でぶでぶと太りすぎて巨大になったはいいが、阿片にはまって惰眠をむさぼっておる支那人の後ろで、中国を植民地にしようと密談する列強の小人どもがウロウロしてるという諷刺画だ。わがはいは最初、ポンチ絵と呼ぼうとしたんだが、これはイギリスやフランスの諷刺画として日本でもすでに出まわっており、新鮮でない。そしたら、今泉が、アメリカのカトゥーンを見て、自由気ままなおもしろい絵というところが共通するから、カトゥーンという外国語を〈漫画〉と訳したらどうか、と言ってきた。

わがはいはピンと来た。そうだ、この言葉をポンチ絵の代わりにしようと思った。『北京夢枕』の評判がよかったので、わがはいはすぐに、今泉をアメリカに留学させて、コミック・ストリップの修業をさせた。石版印刷術も一緒にな」

　すると、木村芥舟も興味を示してくださった。

「なるほど、森鷗外の情報に対抗して、福澤先生は漫画ですか。どちらも古い日本語に新しい意味を持たせて、新語としてよみがえらせた。それにしても、ご回復後の先生はほんとうに生まれ変わられましたな。お若いころの先生は歌舞音曲、芝居見物、廓通いなどという俗っぽいものは、一切受け付けませんでしたよ。でも、最近は歌舞伎も相撲も落語も、三田にまで掛かりますよね。芸能好きも板につかれて、こんどはいよいよ漫画ですか」

「いや、お察しのとおりです、芥舟先生。わがはいも近頃、俗な芸能が気になってきました。いや、民衆の趣味こそが日本の宝だったのではないかと気づきました。西洋でも、美術館の貴重品とは別に、用の美といいますか、俗の好みにも関心が向きだし、茶碗や壁掛けや引き札のようなものを大事にする気運が生まれています。日本の錦絵が評価されたのも、その流れです。漫画はその最先端でしょう。結局、新聞に載せる記事というのも、世界史の誤解と偶然と雑多な表現ででき上がっているんですよ。真実もあれば大嘘もある。いや、むしろ、誤解と偶然を材料にした雑報形態こそ、世界を映す鑑《かがみ》ということです。だとすれば、それを表現するのにいちばんいい方法は、官報みたいな漢文で書かれた官許の情報ではなく、自由で大仰に描かれた漫画かもしれない。ただし、日本でいま〈オドケ絵〉とか呼んでいるみだらな絵までも、ほめるわけにはいかない。〈妓《ぎ》を見て為《な》さざるは男なきなり〉などと下品極まりない台詞を掲げて芸妓にいたずらする助平どもの淫乱な絵を掲げて、読者を釣ろうとする小《こ》新聞なぞは、まさしく言語道断だ。民衆の文化と呼べるような知的な諷刺絵を育てねばならんと思うて、我が『時事新報』はアメリカの新聞を手本とし、コミック・ストリップの精神を大胆に活用するようにしたところ、評判を呼んだ。その証拠に、日本の新聞も今や漫画だらけ、漫画の競争でしょう」

ところが、石河の表情が逆に暗くなった。

「そのとおり、わたしも今年は漫画を重視したい気持ちなのです。が、大問題なのは、福澤先生、正月早々うかがいにくいのですが、肝心の今泉一瓢《いっぴょう》氏のご体調の件です。漫画部の恃《たの》みは彼なんですが、お加減のほうは？」

とたんにわがはいの顔も曇った。

「ウーム、それなんじゃ、頭が痛いのは。今朝も、秀太郎の容態を妻の錦に訊いてもらったんだ。秀太郎は妻の姉の子どもだからな」

「で、一瓢さんの具合はどうなんです？」

わがはいはさらに暗い顔となり、つぶやいた。

「もともと体が弱かったので、ちょっといけないかもしらん。日本に漫画を根づかせる役割は、秀太郎しか引き受けられないからな。アメリカで修業した本場の漫画術を、なんとか発揮してもらいたいと願っているのだが」

今泉一瓢こと本名今泉秀太郎は、わがはいの妻のほうの家系に連なる甥である。生まれついて

早川書房の新刊案内 2023 12

〒101-0046 東京都千代田区神田多町2-2 電話03-3252-3111

https://www.hayakawa-online.co.jp ●表示の価格は税込価格です。

eb と表記のある作品は電子書籍版も発売。Kindle／楽天 kobo/Reader™ Store ほかにて配信

＊発売日は地域によって変わる場合があります。 ＊価格は変更になる場合があります。

二〇二一年本屋大賞翻訳小説部門第1位
全世界2200万部突破の
ベストセラー長篇が待望の文庫化!

ザリガニの鳴くところ

ディーリア・オーエンズ／友廣 純訳

eb12月

三浦しをんさん推薦!

ノース・カロライナ州の湿地で青年の遺体が見つかる。家族に見捨てられ、たった一人湿地で生き抜いてきた少女は果たして犯人なのか?

ハヤカワ文庫NV1519
定価1430円[絶賛発売中]

しゃべる犬と子ども二人の探偵団結成!
スペインで大人気の児童向けミステリ

シャードッグ・ホームズ
1 ふたりといっぴき探偵団／2 キャンディ工場のひみつ

イサック・パルミオラ／轟 志津香訳

eb12月

フリアとディエゴは連れ子どうしの「半分きょうだい」。二人のもとに、人の心を読めるエスパー犬〝シャードッグ・ホームズ〟がやってきた。ある日シャードッグが、お散歩中に攫われてしまう。きょうだいで力を合わせて救い出せ! 総ルビ、小学校低学年～

四六判並製　定価各1540円[絶賛発売中]

ハリケーンの季節

ブッカー国際賞、全米図書賞翻訳部門、国際IMPACダブリン文学賞……。名だたる国際的文学賞候補となったメキシコの新星による傑作長篇

eb12月

とある村で、〈魔女〉の死体が見つかる。彼女は村の女たちに薬草を処方し、堕胎もしてやっていた。彼女を殺したのは一体誰か——。暴力と貧困がはびこる現代メキシコの田舎を舞台に狂気と悲哀を描き、

画才があったので、明治十八年春にサンフランシスコへ新聞漫画の修業に出した。明治二十三年に帰国したので、『時事新報』に入社させ、すこしずつ漫画を描かせるうちに頭角をあらわした。だが、これから漫画家として名を売ろうという矢先に、大病にかかったのだった。そのかん、『時事新報』は漫画の人気を実感して、ときおり付録に漫画の紙面をはさむようになった。ゆくゆくはアメリカの新聞にならって、毎週日曜に新聞一ページの漫画を添付して、豪華色刷りの付録にしようという話になり、その題名まで『時事漫画』とすることに決めていた。

ところが、主役の一瓢が病に倒れ、『時事漫画』の刊行も滞っていたのである。

「なんとかなりませんか、福澤先生？」

わがはいは腕組みしたまま、しばらく立ち往生した。それから、全身の力をふっと抜いて、両手を下げた。

「わがはいに案がないことはない」

「え？　ホントですか、先生」

「ウソはいわぬ。ほら、二年ほど前に漫画部に入社した若いのがいただろう？」

「え〜と、あれは……北澤《きたざわ》君ですか？　北澤保次《やすじ》君」

「そうそう、彼だ！　いまは漫画記者になって修業しているが、あの子なら秀太郎の後釜になれるかもしらん。センスがある。さすがに若いころ横浜の英字新聞社に勤めて、本物の漫画家に手ほどきを受けただけのことはある。諷刺のしかたも堂に入っている。とくに顔の表情を描き分けられるところがすばらしい。修業すれば、一瓢を継げると見たがどうだ？」

と、わがはいは答えた。北澤保次とは、のちの北澤楽天《らくてん》である。明治三十年に我が新聞社に入社したが、病身の一瓢に代わって取材や漫画の執筆を担当している。北澤は神田駿河台の名家の出であり、父親も日本画を能《よ》くした。しかし洋画の師を得て、十代のうちに横浜の英字週刊新聞「ボックス・オブ・キュリオス」に入社し、同社に在籍した外人漫画家フランク・ナンキベルに漫画のイロハから指導を受けた。北澤君は今泉よりだいぶん若いから、もう欧州的なカトゥーンじゃなく、アメリカ式のコミック・ストリップの世代だ。連載を引っぱれるおもしろいキャラクターもどんどん提案してくれている。洋行帰りの気障《きざ》なやつは灰殻木戸郎《はいからきどろう》、いたずら坊主は凸坊《でこぼう》なんて、な。もう、このセンスはお上品な欧州じゃないよ。

（本書の作者註：この新人が、一瓢のあとを受けて人気者になったのは、明治三十五年一月からはじまった毎日曜刊行の付録漫画『時事漫画』からだった。『時事漫画』は大正十二年には四ページ建ての別冊付録になり、北沢楽天の筆名を日本中に響かせることになる。それでピンとこない人には、大判色刷り漫画誌『東京パック』の主筆だった、と紹介すればいいかもしれない）

来日した外国人の本音

漫画話が盛り上がりすぎた。勘のよい石河は、途中まで行きかけた話題、すなわち幕府が犯した「二つの理解不足」に決着をつけようとした。

「先生方、漫画の話はよいとしまして、この二つの理解不足は、洒落にもならない大罪をもたらしましたね。国を二つに割った元凶ともいえる攘夷派が活気づき、また経済的には開国を拒んで文明開化を遅らせた。もっとも、それまでは列強も、大砲で脅かす未開国向けの外交手段を用いてはいましたがね。しかし、日本に派遣された公使たちは腕の立つ外交官であり、軍力を笠に着た武官ではなかった。たとえば仏国のロッシュは、他の公使と異なり、横浜でなく熱海に住まうことを好みまして、医者は小栗上野に紹介された浅田《あさだ》宗伯《そうはく》という名医を招いて診察を請うたりしておりました。なぜそうしたかと言えば、小栗が宗伯を信頼し親しくしていたからであって、この宗伯にさまざまな政治的忠告を聞かせ、それを宗伯の口から小栗に伝えさせたのです。すると、自然に幕府のほうも軍艦を仕立てて熱海に面会に参るようになり、他国を交えずにロッシュと語り合い、横須賀造船所に関する仏国の建策をも採用するに至ったのです」

と、石河はまくしたてた。わがはいも賛同できる意見だったから、その話題をひろげた。

「たしかに、当時の外交官は知恵があった。が、その一方では、仏国にさえも私利を貪る化け物みたいな御仁がいたこともたしかでね。メルメ・カションなどは金貨交換の裏技によって利ザヤを稼ぐ細工をした手合いです。それが失敗し、どういうわけか後には目を傷めて盲目になったと言います。因果応報というところでしょう。咸臨丸にわがはいらと乗り組んで支援してくれたカピテン・ブルックのように高潔な人物でも、〈私《し》の陰謀〉というものはあったようですよ。彼は南北戦争のとき南軍に属し、一種の新弾丸を発明しましたが、敗戦となってからはその才を活かせる目利きに恵まれず、暇をかこったと言います。折柄、ある渡米日本人に対して、『もしも日本政府が余を雇い入れ、若年寄の屋敷の如き邸宅を貸し与えるなら、金は要らない、日本で政府のために尽力したいものである。西国の大名などは、これを粉砕すること、いとも容易である』

と語ったと言いますから。

以上のことは、米公使タウンゼント・ハリスや仏公使レオン・ロッシュが日本に赴任し、小栗上野や安藤対馬のような幕臣と親しく付き合いだしてから分かったことです。言い換えれば、列強が日本を、外交の相手国と認識したことを意味します。もはや野蛮国の侵略ではない。ロッシュは小栗とともに横須賀造船所を建設しました。それらの建策は、いわば互恵の精神から発したもので、実際に現在も日本の利益になっておる。

勝安芳にしても、外交手腕があったことを認めるにやぶさかでない。あの御仁は外交ができた。海軍という武力を握ってはいたが、それ以上に外交に長けていた。だから、内戦を利用して軍事的に日本の主権を握ろうという考えが列強の共通目的だったという話はあり得ない。勝も、そうではないことをとっくに承知していたはずです。それだから江戸開城にあたって、世間に対し内戦の不毛を訴え、西郷と談判に及んだときも、〈外交〉を活用したのです。そういう講和方法に聞く耳持たぬ、愚かな攘夷派の暴走を食い止めるために吹いた、あれは大法螺《おおぼら》だったと思いますよ。いわば西郷に講和を受け入れてもらうための脅しだったといえます。実際、外交力があれば、我が国が諸外国の餌食になる恐れはなく、また諸外国にもそこまでの謀略をめぐらせることもないわけですから。したがって、勝が外国に乗っ取られると西郷に訴え、講和を申し入れたという話を歴史的事実であるかのように語ることは、間違っているというほかありません」

芥舟先生はわがはいの説明にうなずいた。

「福澤先生も、勝伯の性格をご存じでおいでだ。それがしも同感です。けれども、あのとき唯一《ただ》つ、諸外国が狙いを付けた場所がありました。言うまでもない、小笠原の島々です。列強五国がそこを狙いに行った。それも無理からぬ話で、島の領有権が日本にあるという証拠が不明確で、そのうえに島には日本人が住んでおらず、サンドウィッチ等の島人まで含んだ外国開拓団がすでに定住していたからでした」

そのとき、わがはいは不意に大声を発した。

「さよう！　勝も小笠原のことが気にかかっていた。だれか、小笠原の記録文書を調べるものがおらぬのですかな。おっと、忘れるところでした、芥舟先生。それをやってくれそうな人がみつかったんですよ。じつは先だって、元咸臨丸の乗員であったという人が我が家に参りました。わがはいも当時を懐かしむ気持ちが尋常でありませんでしたから、彼と長いこと歓談し、乗組員たちのその後をいろいろと聞きただしました。じつに珍しいお客でしたので、芥舟先生のところへも顔を見せてやりなさいと言って別れました。さて、その人の名はたしか……ウーム、脳溢血を患《わずら》ってから、どうも物忘れがひどくなりました。おーい、お錦さんや」

そう呼ばれて、妻の錦が部屋に現れた。

「おい、先だって訪ねてきた咸臨丸のお方は、名をなんと申されたかな。ほら十六歳で咸臨丸に乗船したという……」

「はい、たしか、森田《もりた》留蔵《とめぞう》様と」

お錦が答えかけると、芥舟先生は先手を打った。

「森田留蔵！　よく覚えておりますよ」

「さすがです、芥舟先生。その留蔵が先生のことを今でも感謝しておりましたぞ。あのような大業を果たした者ですのに、従者の身分にすぎませぬから、幕府からは褒賞はおろか、慰労金も出ておりません。しかし、木村奉行が自腹を切られて、自分のような小者にまで手厚い慰労金と記念の品物をくださったと。おかげで故郷に錦《にしき》を飾れたそうです。それから奥方様からも伺いましたよ。芥舟先生は帰朝なさったあと、渡航時に持ち出された金子《きんす》をほとんど使い果たされたそうですね」

「家内がそういうことを他人様《ひとさま》に漏らしてはいけませんな。お恥ずかしいことに、全財産を咸臨丸乗員の慰労に費やしてしまい、以後は暮らしにまで窮し、家内はもちろんのこと、福澤先生にまで金のお世話を頂いてしまいました。どんなに感謝申し上げているか、言葉に表せぬほどです」

芥舟先生は頭を下げて、しばらく沈黙した。涙があふれるのをこらえているようだった。静寂が領した。石河も無言で老人の言葉を待った。芥舟先生は、少し赤くなった目をしばたたき、言葉を取り戻した。

「そうでした。こちらからもご報告がありました。咸臨丸の調査を引き受けてもらえそうな人物なら、それがしにも心当たりがあります。ちょうど、勝伯が亡くなられる直前でしたが、サンフランシスコから、文倉平次郎というお方が手紙を送ってきました。なんと、もはや忘れ去られた咸臨丸の事績を研究しておいでだというのです。なんでも、咸臨丸乗船者のうち異国で亡くなった方の墓を発見されて、これをきっかけに咸臨丸の歴史を掘り起こそうと思い立たれたそうなのです。そのお方が、サンフランシスコに残っている文書、新聞記事、そして写真などを収集され、不明なところが出たので教示いただきたい、と書いてこられた。おどろきました。こちらもまさに渡りに船でした。当時乗船した者を従者にいたるまで調べ上げ、写真やその経歴をすべてあきらかにしたいと思いまして、ただちに動きました。勝伯にも同じ主旨の手紙が来ましたので、すぐさまそれがしに相談くださり、送られてきた資料の吟味と質問への答えを認《したた》めました。勝伯はそれがしに言いました。咸臨丸の記録をもっと残しておくべきだった、この件はぜひ文倉に委ね、われらも精一杯の支援を提供したい、と」

　わがはいも、おもわず膝を叩いた。この一件だけは勝に同感だったからだ。

「おお、文倉！　これはおどろいた。じつはたった今、その人のことをお知らせしようと思ったところでしたから。留蔵さんが訪ねてこられたときに、その話が出たんです。文倉氏は、すでに様々な関係者に連絡をいれており、わがはいのところへも問い合わせがありました。じつは先年、義塾の門野幾之進に海外出張を命じた際、サンフランシスコで帰り船を待つ間に世話を焼いてくれたのが、その文倉氏でありました。門野は学問好きですから、歴史に置き去りにされた幕府軍艦咸臨丸の事績を研究しているこの人物に、いたく感心したそうです。こちらにも質問状が届いたので、門野に命じて、できる限りの資料提供をおこなわせています」

　芥舟は涙目で笑って見せたあとに、ささやいた。

「そうでしたか、それは心強い。文倉氏の熱心さには、勝伯もたいへん感動されましてな、できるだけの資料を提供しようと、それがしにまで声をかけてくれました。あれは明治三十一年の秋ですから、勝伯が亡くなるわずか数か月まえのことですよ。まさに天佑《てんゆう》とでも申せましょうか。勝伯も文倉氏に長文の礼状をしたためたそうです。こちらでの調査結果を伝えましたが、あまりに昔のことで、ろくな資料がありません。文書類も、岩倉《いわくら》使節団の記録や写真がいちばんの古物《こぶつ》という始末でしたから、文倉氏に出した手紙は、いわば長い詫び状でした。それで文倉氏に、ぜひとも日本へ来られよ、と要請したとのことです。勝伯も気づかれたのです。亡くなる直前にそれがしへ、こんな申し送りがありました――『自分は晩節を汚したと福澤にののしられたが、それでよいと思っている。自分は汚名を着ても、徳川の士族、遺族にはなんとしても食うていける道を残したかった。また、徳川家の存続が未来永劫かなえられるよう、政府内部から運動をしてきたのである。さいわい、明治三十一年に慶喜さまが聖上陛下に拝謁されたので、その願いは叶った。自分が伊藤博文に食らいつき、ぜひにと願いつづけた大望が、ついに実現できた。その席で聖上は、慶喜さまと酒を酌み交わされた。そして、公武合体がここに完結したとも仰せになられた。あとで伊藤から、聖上がそう言われたと聞きだしたから、間違いはない。朕《ちん》は徳川から天下を取ったが、これで罪滅ぼしができた、とも仰せになられたそうだ。慶喜様は聖上陛下と何度も盃を酌み交わされたのちに、これも浮世のことゆえ、致し方ないことでありましたと聖上に返事されたとも。そこで木村摂津にだけ、我が心情について一言伝えておきたい。われ、以て瞑すべし、と』……そういう次第でした」

わがはいは息を止めた。茶舟先生をじっとみつめ、つぶやかずにいられなくなった。

「……以て瞑すべし、と勝が言いましたか？　以て瞑すべし、と」

「はい、この芥舟、思いますに、勝伯は公武合体のような野合じみた講和を好まなかったのでしょう。薩長の元老らはどう思っておるか存じませぬが、明治維新は野合に近かった。朝廷側も幕府側も、我が身かわいいという御仁が多すぎて、結局は野合したのです。ただ、聖上は、ひょっとすると、西郷の遺訓を受けて、もっと視点のたかい臣民像を描かれておられたやもしれませぬな。ですから、勝も慶喜様の謁見を実現させることに命をかけた。そのために汚名を着ることを辞さなかった。そう思います」

「つまり……聖上も『死者に官軍も賊軍もない、みんな仏だ』と喝破した清水の侠客と同じように……」

「そうでしょうな。聖上はおそらく、国中の臣民に対しても、『みな国民である』というお考えにたどり着かれたのでしょう。酒盃を交わして、慶喜様と聖上陛下の気持ちが一致されたのです。これこそが浮世である、恨みっこなしだ、というお気持ちでしょう。だから、勝伯は言い残した。以て瞑すべしという想いは、『忠臣蔵』の名台詞にこと寄せて、自分はこれで思い残すことなく死ねる、といったものだったのでしょう。ある意味で言えば、先生の御持論である痩せ我慢を、勝自身も密かに貫いて見せたというわけですかな」

　わがはいは両腕を組み、直立した。しばらく瞑想してから、こうつぶやいた。

「勝は、あの世でわがはいを笑っているかもしれませんな」

　芥舟先生は静かに言葉を返した。

「たぶん……苦笑いでしょうな。福澤にだけは、痩せ我慢が足りぬやつだ、と言われたくなかった、とか」

「ははは」

と、わがはいも応え終わると、計算していたかのように錦が入室して、こう告げた。

「石河さん、お時間がもう一時間も過ぎてましてよ。今日はここでお開きにしてよろしいですわね。お料理に箸を付けていただかないと」

奥方の命令は絶対である。三人とも我に返って、会食に同意した。

川上音二郎、欧米大立ち回りの巻

そういうわけで、痩せ我慢の一件はおさまったが、ここで残された話がもう一つある。時期は十日ほどさかのぼる。読者には明治三十四年一月十五日のことと承知されたい。

その日、福澤桃介が何を思ってか、ふだん送ってきたこともない大阪土産を、わがはいの許へ送ってきた。「じつにばかばかしくも痛快な漫遊記、お目汚し。桃介」と、走り書きが添えられていた。

少し気味が悪かったので封を開けずにおいたが、時間ができたときに思いだして、封を切り中身を取りだしてみた。

なんだか印刷に使われた原稿らしく、ところどころに朱が入れてある。一ページめを開くと、「川上音二郎米欧漫遊記」としてある。どこぞの物書きが音二郎と妻の貞奴から取材した海外公演記のようである。わがはいはふと、自分が若い頃に海外を漫遊した日々のことを想起した。

そういえば一度、桃介が、パリーで評判をとった貞奴の舞台について、交詢社の茶会で閑話したことがあった。わがはいにすれば、そういう風流じみた振舞いが、娘の房の手前もあって大いに不満であった。けれども読み始めると、この草稿に引きこまれた。まるで、自分が初めてアメリカに出向いた体験のように波瀾万丈だったからだ。中身はおおむね、金尾《かなお》種次郎《たねじろう》という人物が話し言葉のままに書き綴ったものである。しかも、ときどき太字で見出しを入れているので、読みやすいし、わかりやすい。こんな途方もない話だった……。

「ではお話しいたしましょう」、と川上音二郎は、自慢げに妻のさだを見やり、金尾種次郎という大阪心斎橋《しんさいばし》の文芸書版元に目を向けた。版元の店主みずから話を聞きに来ることは、珍しい。金尾も売る気満々で、会見を申し入れたようだ。まだ二十歳を出たばかりの青年だが、名高い仏教書の店に生まれ、十六歳で店を継いでから新しい文学書や俳句集を刊行しだし、やがて文学者好みの凝った装幀に惜しみなく金を費やす版元となった。だが、凝りすぎて散財することも多く、本人の身なりは極めて地味だった。その損失分を、この本で一気に埋め合わせてしまおうという目算であるらしい。そんな版元の前で川上は胸を張り、前代未聞の漫遊記を語りだした。

「……明治三十一年八月、東京歌舞伎座で日本新演劇の興行があったのです。狂言は好評でありました。大当たりの『又意外《またいがい》』に加え、長田秋濤《おさだしゅうとう》というお方に書いてもらった『三恐悦《さんきょうえつ》』を出し物にしましたが、後者のほうは科白《せりふ》ばかりで一向におもしろくないというので評判があがりません。わたしはこの興行中に政治的失敗と演劇界の腐敗とに憤慨して、失踪を企《くわだ》てることにしたのであります。病気で立つこともできぬ番頭の谷口喜作へはまったく了承なしの、雲隠れでありました。

この川上がついに人生の幕引きをせねばならなくなったと申しますは、まず政治でありますわたしは東京の大森に居を構えまして、そこから議会選挙に打って出たのですが、新聞や雑誌が、やれ役者の分際で身の程知らぬ奴と、寄ってたかって妨害しましたから、落選しました。次に演劇界の腐敗です。われら新派劇の役者までが旧演劇界の幇間《ほうかん》芸に染まって、長いすそを引きずりながら媚《こび》を売るようになりまして、見切りをつけました。

それでわたしは絶望し、かくなる上は、もう一度欧米に逃亡して、西洋演劇を勉強しようと考えたのです。妻は男勝りの葭町芸者ですから、すぐ同意してくれました。それで短艇を買いこみ、十三になる姪のおしげと愛犬フクを乗せて、わたしが舵を取り、さだが櫓を漕いで、まず横須賀をめざし出航したのでした」

するとそこで、川上さだが夫の袖を引き、

「かっこつけちゃいけないわよ。あのときは、あんたをさんざ叩いた『萬朝報』の黒岩周六って奴をピストルで撃ち殺す気だったのが、失敗して自分のほうが死にそうな目にあったんじゃないのさ。だからあたしが、それならいっそ西洋でも南極でも、どこへでも逃げて、借金取りに一泡吹かせてやりゃいいじゃないか、と言ったのよ。あたしは死ぬ気だったから、沖へ沖へと漕いでいきたいけれど、あんたは臆病だから、沖へ出たら危ないって、しがみついてたわよね」

金尾が笑い声を立てた。川上は顔を赤くして妻を黙らせると、また、しわぶきして話をつづけた。

「いや、その、エヘン、船といっても十三尺しかないヨットでしたから、横須賀で軍部に捕まり、しげと犬は連れて行くのをやめましたが、わたしら夫婦だけ死ぬ覚悟でまた海へ出て、相州、遠州、紀州の灘を乗り越えたところで力尽きたのです。この無謀な船旅を始めたのは、よりによって九月、台風で大荒れの海上でしたからたまりません。わたしは体がぶよぶよになり鼻血が止まらず、無理に抑えると口から血があふれ出るというありさまです。わたしどもは神戸に上陸し、半死半生の状態で入院いたしました。

さあ、そこからが大変です。日本から逃げそびれ、残った一座の連中も泣きついてきて、どうしようかというときにサンフランシスコで公演しないかというありがたい話が舞いこみました。否も応もありませんや。一座十五人、そこへ姪のしげの妹でツルという十一歳の娘と、こいつもわたしの弟に当たる磯二郎《いそじろう》という十四歳の子など四名をくわえた一行をこしらえ、アメリカ行きの客船に飛び乗った次第でした。これが明治三十二年五月のことなんですな」

ふたたび、さだがくちばしを入れてきた。

「サンフランシスコについたら仰天しましたねえ。あたしの顔を大きく引き伸ばした広告ビラが街中に貼ってありましたもの。それで劇場主に、あたしは舞台に出ませんよ。役者はうちの亭のほうですって言ったら、いや、米国では女優でなければ客がはいらぬそうで、どうにもあたしを引っ張りだすと譲りません。すると、日本の芝居を贔屓になさるお方が心配してくれまして、おまえは名を何という、と聞くので、川上さだです、芸者をしてたころは奴でしたと答えましたら、『それじゃおもしろくないから、名前と座敷名を合わせて貞奴にするといい』、と教えてくれました。あたしはこのときから女優貞奴にさせられたんです」

音二郎も話に熱がはいってきた。

「で、ここからが地獄の毎日となります。サンフランシスコで一座十九人を迎えるはずだった興行師の櫛引という男が、事業に失敗したとかで来られなくなり、代わりに代言人の光瀬耕作《こうさく》なる男が待っていました。もう、この男の言うがまま、宿を取り、カリフォルニア座という劇場を借りて、日本芝居を打ったところ、運よく四日間大入りになりました。

ところが五日目のこと、今日も一稼ぎしようと楽屋へ行ってみたらば、入口が釘付けになってはいれません。私物もいろいろ残しておいたが、出すこともできません。いったいどうしたんだと劇場主に掛けあったところ、光瀬という男が興行収益の二千弗《ドル》を全部ふところに入れ、劇場の借り賃も踏み倒して逐電したというじゃありませんか。わたしらは持ち物を差し押さえられ、宿も追いだされまして、このときほど苦境に立たされたことはありませんでした。十九人そろって公園へ行き、ベンチに並んで陣取って、空腹に耐えました。それでも命が持ちませんから、時計を売ってパンを買い、みなで分け合って露命をつなぎました。

それにしても同胞とは有り難いもので、とある日本のお方が口添えしてくださって、一週間だけ義捐《ぎえん》公演を開いてくださり、差し押さえられた衣装や道具類を取り返すことができました。その後、同胞諸氏が早く帰国したほうが身のためだと勧めますので、座員の中にもハワイまで戻って、そこで旅費を調達し、帰国したいと分離を申してる者がおりましたが、わたしは、ここまで来たのだから行けるところまで行ってみようじゃないか、皆の命をおれに預けてくれ、と頼みこみまして、太平洋岸沿いにシアトルという小都市まで行きました。これには何か期待があったわけではありません。いわば、死地を求めて北をめざした幕府軍みたいなもんです。ですが、子どもまで巻き添えにしては相済まない。姪のツルをサンフランシスコの画工青木年雄《あおきとしお》という人に養女同然に預けまして、弟の磯二郎も西洋人の学僕に入れてしまったのです。

これで姪と弟の始末がつきましたので、いよいよ死地に向かいました。するとまた運が向いて、割と日本人がたくさんいたシアトルの公演が好結果となり、勢いづいて南にあるタコマ市というところで二日間の公演をしたところ、仕こんだ金が三倍になる大入りになりました。そこでみんながやっと希望を持ち、ポートランドを経ていよいよアメリカ有数の大都会、シカゴへ繰りこむことにしました。

なぜ東海岸に方向を変えたかといいますと、当時その方角には炭鉱がたくさんありましたから、まかり間違って全財産を失っても、炭鉱夫になって命をつなげるだろうと思ったからです。でも、東へ行く大陸横断鉄道に乗ったわけじゃありませんでね。とにかく一文無しだから、山岳地帯だけは汽車を使ったが、あとは歩いてシカゴへ行ったのです。その上に衣装や小道具の大荷物を背負うわけですから、俳優だか人足《にんそく》だか見分けもつきませんや。その間、街を見つけると芝居を打ち、また歩くという旅です。

だが、ああ、大都会は難敵でありました。大きな劇場だけでも十以上あり、名優や女優が揃っているところですから、日本の芝居なんかは洟《はな》もひっかけてくれません。どこへ行っても門前払いにございまする。食う金もなくなり、一座は餓死の瀬戸際にまで追い詰められました。やっと借りた四畳半ダブルベッドの部屋に十五人がはいりこんで寝たこともあります。朝に喫茶店へ行ってコーヒーとハムエッグを食べれば一日の食事も終わりです。これが何日もつづきましたから、みな病人のように痩せこけました。西洋人に言わせれば、乞食以下の生活ですよ。劇場との交渉ですか。通弁なんぞ雇えませんので、半分は日本語と身振りで押し通しました。え？　日本領事館に救いをもとめなかったか、ですと？　とんでもない、わたしらはお上にすがることはしません。独立独歩です。ですが、このときばかりは困り果て、日本の茶屋があるところを訊くため領事に面会を申しこみましたが、藤田《ふじた》とかいう領事が出てきて、『ここらへ流れてくる日本人はロクでもない奴ぞろいだ。おれの迷惑になるから、領事館から出ていけ』と言われました」

聞いていた金尾が、ウーンと唸った後に、こう問いかけてきた。

「よくまあ、餓死せずにすみましたな」

「バカいっちゃいけませんよ。実際、座員二人が死んだのですよ。こうなれば自分でライラック座という劇場に座りこみ、どうでも座主をブロークン・イングリッシュで説き伏せるほかない、と覚悟を決め、丸一日も立ちつづけました。そうしたら、根負けしたのかホットンという座主がやっと出てきましたから、わたしは必死で頼みこみましたよ。どこの劇場も芝居を打たせてくれないので、餓死するほかない。あなたが最後の恃みだ、と平身低頭しました。すると、ここで天《てん》佑神助《ゆうしんじょ》に巡りあえたのです。あんたらはどこの国の俳優か、と訊くので、日本である、と答えたとたん、『オー、ジャパン！　うちの娘は日本が大好きなのですよ』と答えが返ってきました。

座主は態度を変え、親身になって、一日だけだが劇場を貸してくれました。『もし、お客がこなければ、わたしが娘と二人で芝居を観ましょう』とまで言ってくれた言葉を、わが身が骨になっても忘れられませんなあ。

そういうわけで興行ができることになりましたけれど、公演日まで五日を待たねばなりませんでしょ。そのころわたしたちは一文もありませんでしたから、公演日まで水を飲むだけの暮らしだったんです。全員が幽霊のような姿になっていました」

と、一気にまくし立てた音二郎が一息つく間《ま》を、さだが引き取り、こう話をふくらませた。

「あのときは、あたしも裸同然の姿でしたねえ。顔も真っ黒で、女優が聞いてあきれるようなありさまでござんした。そこで川上がとんでもないことを思いつきましてね。この人は滅茶苦茶な男ですが、ここぞというときに踏ん張れるんです。公演の前日のこと、座員が水腹で死にかけてましたが、音二郎が急に立ち上がり、こう言ったんです。『一日だけの公演を大当たりさせる妙案を思いついた！　みんな、最後の力を振り絞って鎧兜《よろいかぶと》を着けてくれ。そして〈日本芝居〉の広告旗を先頭に、シカゴの目抜き通りを行進するんだ。市民が飛び上がっておどろくに違いないから』ってね」

すると、音二郎は胸を張って、声を高くした。

「そしたらおどろきました。幽霊同然だった座員がしゃんと立ちあがって、鎧兜を身に着け、雪の降りだしたシカゴの大通りを行進しはじめたんです。ただし、腹が減りすぎていたので、赤穂《あこう》浪士《ろうし》のようにはなりません。そう、戦死者の行軍のような光景でしたけどもね。これでシカゴ市民が日本芝居に食いついてくれました。

そして、さあ、公演当日ですわ。日曜日の午後というので、見物がわんさと集まりました。わたしも作戦を立て、柔術を活用した大立ち回りでお客の目ん玉をひん剝く『児島高徳《こじまたかのり》』をわたしがやり、いっぽう貞奴は未練な女のおそろしい姿を見せる『道成寺《どうじょうじ》』で勝負、という出し物です。しかし、わたしが恐れた通り、最初は威勢よく柔術を見せていた役者たちも油が完全に切れて、みなほんとうに舞台に倒れこんでいったのです。目玉をひん剝いて白目になるのがいるわ、手足を痙攣《けいれん》させて倒れるのがいるわ、それは悲惨なもんでした。サダにしても、最後は全身に痙攣が出て死んでいくんです。芝居が終わっても、誰も立てません。するとおどろいたことに、客席から拍手大喝采が起こりました。こんなにすごい死にざまの演技は、アメリカでも観たことがない、と大評判になりました。親切な座主もこれには歓喜いたしましたが、じつは、日本芝居をまるで知らない観客が、ほんとうに腹をすかして倒れこんだ役者を、演技だと勘違いしたんです」

金尾は、そこで、えっと声を上げた。

「か、勘違いですって?」

「あい、決まってるでしょう。みんな最後の力を使い切って、ほんとうに気絶したのですからな、ハハハ。だってね、舞台が終わり、這うように楽屋に帰ったら、全身からさらさらの冷たい水が流れ落ちるんですよ。汗らしいのですが、体から脂分がすっかり失われたので、汗も水に近いんです。おさだの『道成寺』も同じですよ。傘を持って舞い狂うところで、とうとう絶息して倒れこんじまいました。坊主役の俳優がおどろいて助け起こし、舞をつづけさせようとしたら、おさだも気が付いて、ふらふらと動きだすわけですから、これはちょっとおそろしい」

「ちょっと、あんた、なんてこと言うのよ！」

さだが怒りの声を上げげると、音二郎は余計に大笑いする。

「だって、おめえ、ありゃ詐欺じゃねえのか」

「そうじゃないさ。これが新劇の極致さ。だって、ほんとに息絶えるんだからね」

音二郎はさらに笑い、笑いが止まらなくなった。貞奴はすこし怖い顔をして、こう言った。

「でもさ、あんた。あたしはあのときから、死に芸ってのがあるんじゃないかと思ったのよ。それから、ほら、死んだ丸山《まるやま》も三上《みかみ》も女形だったでしょ。あたしたち、葬儀のときに二人の顔を見て、おどろいたじゃないか。死化粧がすごかった。まるで、今死んだばかりのようで、あんたなんかは、丸山を揺り動かして、この男はまだ死んどらんぞって、騒いだろ」

「ああ、あっちの国じゃ、死化粧の職人がいて、綿を含ませて頬を膨らませ、傷口もきれいにして、エンバーミングって技術で、生きてるみたいな状態を保つとか聞いた」

「そうなんだよ。あたしもびっくりして、化粧道具をすぐに買いこんだ。女形は真っ白な白粉《おしろい》をべったり塗るだけだろ。ところがあっちは健康な顔、病気の顔、哀しいときや幸せなときの顔をぜんぶ化粧で自在にあらわせるんだ。あたしは『道成寺』にしても、『芸者と武士』にしても、死にざまの役が多いから、西洋の化粧で顔を作ってさ、歌舞伎譲りの全身を震わせる死に芸をやってみた。そしたら、お客が喜んだ。アメリカのあとパリーでも公演したろ。あのとき、死に芸をやったら、ほら、ピカソとかいう若い芸術家が感動しちゃってさ、あたしんとこへ会いに来た」

「このわたしもな、あれを見て、日本に帰ったら、この死に芸ってやつを新派劇で見せてやろうと思いついた。だから、外地での戦争を舞台で再現したんだよ。ほんとに花火を爆発させたし、閃光も飛ばした。傷ついた兵士の死にざまを演《や》らせて、観客がほんとに泣いた。こんなこたあ、歌舞伎じゃ演れねえや。そうでしょう？

　金尾さん、ま、そんなわけでわたしらは地獄から生きて帰れた。ぜひとも一座十三人、途中で抜けたのや舞台に出なかった者もいたから十三人、この同志どもの名をぜひ書いてくださいよ。丸山蔵人君と三上繁《しげる》君のことは、とくによろしく願いたい。遺族が喜んでくれるでしょうから。それで、この公演を境にして、日本芝居の評判が一気に高まったことは、いま考えても奇跡としか思えません。

　こうして世界は一転しましたな。つづくボストン市での興行も、シカゴを上回る大当たりになりました。このときちょうど、英国の名優といわれたヘンリー・アーヴィングが来合わせてまして、わたしたちの小屋の一軒おいて隣で演っておりました。アーヴィングも親子連れで芝居を観に来てくれました。いや、日本の小村《こむら》公使までもワシントンからわざわざ足を運んでくれたのですから、まったくの様変わりですよ。

　さっき、二人の座員が亡くなった話をしましたが、これがボストン市での出来事でしてな。いや、かわいそうなことででした。丸山蔵人君は北米大陸横断を終えてボストン市に到着後、入院しました。飢えで体力を消耗したこともありますが、死因は鉛毒でした。齢《よわい》はわずか二十二で、長野の南安曇郡の産《うまれ》です。三上君も同様で、この川上に命を預けてくれた役者です。ボストン市では日程も切迫しており、地方公演を行って、またボストン市に戻って、葬儀をいたしました。墓も建立しましたよ。しかし異郷のことで弔う者が一人もおらないから、はたして魂が鎮まったかどうか。葬儀もアメリカ式で、一切を葬儀会社が取り仕切ります。行ってみると丸山、三上両君の遺体が立派な黒塗りの棺に納められておりました。時計や宝石を容れる化粧箱のようで、中が繻子《しゅす》張りです。ひょいと顔を見たら、驚いたことに丸山君じゃないようなんです。それどころか、まだ生きてると錯覚したほどきれいに化粧して、美男でした。きちんとフロックコートを着て安眠しておる。入院したときの丸山、三上しか見ていなかったから、こりゃあ人違いだと文句をつけましたよ。でも、これがアメリカ式だったんです。日本人から見ると、とんでもない話でしたが。

それからまた、わたしが倒れて入院ですよ。腹膜炎で大手術となりました。腹を切開したんで、いわば実地の『腹切り』を演じちまいました、あはは。新派劇役者の業《ごう》とでもいうんでしょうかな。わたしだって死に芸では貞奴に負けちゃいられない。片肌ぬぐから体の隅々も死に化粧して、血みどろの体を見せました。大喝采でしたなあ。おかげで大入りが続きました。日本出発以来二百四十日余、わたしらはとうとう、めでたき新年とやらを、晴れて迎えることができました。

これより先、わたしらが興行しておりました小屋のすぐそばに英国の男爵俳優であるアーヴィングがやってきて、興行をはじめましたことは、お話し済みですね。そのとき、アーヴィングからわたしに招待が来ました。それで、彼の演劇を観に行きましたら、出し物はシェークスピヤの

『人肉質入裁判』って演目でして、電気の光線をじつにうまく活用した夢のように美しい舞台でした。

背景とか建物とかが吊り下げになっているので、あっというまに風景を変えられますし、昼から夜に変わる明るさの変化も自由自在。わたしは心底、驚愕しました。日本の歌舞伎舞台とは比べものにもなりませんや。あらためて、日本の芝居の停滞ぶりに呆れた始末です。

わたしはとくに、アーヴィングが演じた『人肉質入裁判』を観て、めらめらと敵愾心《てきがいしん》が湧いてまいりまして、さっそくこれに対抗して、『才六《さいろく》』と題するまがい物を舞台に掛けました。貞奴も出ましたが、台詞がわからないから、スチャラカポコポコ、南無阿弥陀仏と、なんでもいいからデタラメを言わせました。共演の役者たちさえ、演りながらクスクス笑ったくらいですよ。ところが外国の客はこれに感心するんです。日本人は真似がうまい、才六ことシャイロックのふるまいなどは、本場のアーヴィングの演技よりもずっと細かい、と絶賛するんです。アーヴィング卿までが感服したらしく、ぜひ倫敦《ロンドン》へおいでなさいと、紹介状まで書いてくれました。こっちは恥ずかしいやらこそばゆいやらで恐縮の至りでした。

いい忘れましたが、三上繁君が死んだのは一月三十日です。丸山君と棺を並べて埋葬してやりました。この役者は英語も多少できましたので、一座の通弁としても頼りにしていました。

この二人は若いうえに女形だったので、観客たちはミス・丸山、ミス・三上と呼ぶんです。それくらい女形が板についた二人が死んで、女形が不足しました。しかたなく、鬘《かつら》職人として同行してきた高木《たかぎ》半次郎《はんじろう》というのに代役を演らせました。色が真っ黒で背が高い男なので無様《ぶざま》な女形でしたが、案に相違して大評判になりました。かえって西洋の女のように見えたんだそうです。アメリカでは電信や電話が発達しておりますから、ボストンでの舞台はすぐにニューヨークの新聞にも報道されるんです。わたしたちが次にニューヨークで公演したときは、世界的に有名なブロードウエーの劇場でした。嘘かといいたくなるような話ですよ、実際。ニューヨークでは、まだまだ興行の依頼があったのですけれども、倫敦で芝居を打つための紹介状ももらったりしましたんで、この際ヨーロッパにも出て行ってみようという気になり、一座は大西洋を渡ることに決しました」

川上はすこし話し疲れたのか、お茶だか酒だかわからないものをあおって、ため息をついた。

それを見て、こんどは貞奴がヨーロッパでの話を始めた。

「ニューヨークには、八十日ほどおりましたかしら。そこから英国のリバプールに着いたのが五月八日。そのあと汽車で倫敦にはいり、アーヴィングの紹介状を持ってコロネット座という小屋へ行きました。でも、急だから舞台があかないんで、今の公演が終わるまで待機になっちまいましてね。ところが、このバカ宿六《やどろく》ったら毎日馬車を乗り回して豪遊するもんだから、すぐに滞在費がなくなりました。あたしがあらかじめお金を抜いて臍繰《へそく》っといたからよかったんですが、下手すりゃ、倫敦でも地獄の目に遭うところでしたよ。でも、五月二十二日にコロネット座に空きができて、開場できました。米国のときと同じ出し物でしたが、さすがに英国は違いましてね。『児島高徳』なんかの忠義という話が、こっちじゃお客にちゃんとわかるんですよ。米国よりはもっと高い次元で共感してくれて、六月二十二日まで演れました。そのあとも英国の皇太子殿下にも上覧いただき、二千円の報奨金を頂きました。滞在五十二日で、いよいよ目当てのパリーに渡ったんです。ちょうど万国博覧会の最中でした。その目抜きの一番街に小屋を出してました、電気光線応用のすばらしい踊りを発明した元祖、ロイ・フラーという女優の一座に出演することになりました」

華のパリーで大喝采

ここで、話をふたたび川上が引き取った。

「花の都パリーはさすがでしたなあ。倫敦すら田舎に見えました。座主のフラーはそのときはもう婆さんでしたが、ばか長い紗《しゃ》のローブを身に着け、これを羽衣《はごろも》みたいにひるがえして踊るのです。うしろから光を当てるので、脚や胸の輪郭が影絵のように浮き出ましてね、素っ裸のように見えます。それはすごい見世物でしたよ。しかし、この婆さんがまた計算高くて、最初、出演料が週に三千ドルと決まったが、すぐに客足が鈍いからと半分に値切られました。おまけに、出し物は昼に『遠藤武者』、夜に『道成寺』と決めたのに、フラー婆さんが言うには、フランス人は堺事件というのをよく覚えている。仏国海軍の兵が侍に斬りつけられ、その下手人が仏国の要求で切腹させられた際、腹を切っては自分のはらわたを仏軍に投げつけるといったような恐ろしいことをするので、途中で中止させられた。だけれども、仏国の人は腹切りを見たことがない。そこで、昼夜ともに腹切り場面を入れてくれろと言いだした。ばか言っちゃいけませんよ、『遠藤武者』は文覚《もんがく》ご上人《しょうにん》の話だし、『道成寺』は女の話ですからね。どちらも腹切りなんぞしないと断ったら、大喧嘩になった。それで、日本の公使が仲裁に入り、とうとう、女と男の切腹を演ることになっちまいました。でもね、米国で切腹を見せたら淑女が三人気絶しました。喜劇が喜ばれるお国柄ですけれど、仏国のほうは違いました。革命で処刑を見慣れたこともあるようですが、腹切りをやったても婦人は気絶しません。むしろ悲劇として鑑賞します。

八月十九日には、『児島高徳』の立ち回りを自動幻画《キネマトグラフィ》に撮りました。この自動幻画なるものは、動くはずもない絵が動くのですから、たまげます。博覧会に出品され、大好評を博した文明機器なんでございますよ。パリーでの舞台の評判をお尋ねなさる？　そう来るだろうと思いまして、かの地で出ましたる日本新聞の記事を持参しました。御覧《ごろう》じろ。読み上げましょうか。

『去年来、倫敦より来りたる川上一行の新演劇は目下博覧会内ル・ド・パリーに設けたるロイ・フラー座において興行中なるが、其《そ》の一行は十四名にして、狂言は名古屋と不破の鞘当てに道成寺を持ちこみたるものにして、我々日本人の目には余り感服もし難きものなれど、言語不通の外国人に日本演劇を味わしむるには、最初は勢い止むを得ざるものあらんか。さて同劇の当地に於ける人気は実に非常にして開場以来満場立錐の余地なき程の大入なり。されば当地の新聞も頻《しき》りに其の劇評を試みつゝあるが、いずれも川上夫妻の妙技を賞めそやしあり。今その二、三を摘訳せんか。デーリー・メッセンジャル（パリにある英字新聞）は曰く、川上夫妻の妙技はその言語不通なるに拘《かか》わらず、吾人は十分にその仕組みを悟ることを得べし。実に当博覧会場内興行物中さらに匹敵すべきものなかるべし。レ・アルデンの評に曰く、頃日当地に来りたる日本改良演劇の女優サダ・ヤッコは其の容貌と技倆《ぎりょう》に於ては当地のサラ・ベルナールにも劣らざるべし。レ・ペチ・レパブリルク・リシヤリストは評して曰く、古来日本の演劇は男子持ち切りなりしに近来欧米演劇を是認する演劇改良論者を生じ、サダ・ヤッコ夫人はみずから其の率先者となりて、改良演劇俳優の親玉川上音二郎氏と共に之を演じ、大いに世の喝采を得たり云々』

そんなことで、わたしらは十月三十日にロイ・フラーと再渡航の契約を交わしました。次の興行は一九〇一年六月から十二月、いいですかな、一九〇一年と来なすったんですよ。欧州大陸から先、露州、亜細亜《アジア》、浦塩斯徳《ウラジオストク》に達するまでは向こう持ちです。その間、わたしら夫婦はつねに上等旅客の扱いをうける。わたしらはついに欧州でも一等の客になりましたよ……」

諭吉、川上の快挙に想う

短い回想記だったので、一気に読み終えた。この元旦に神戸へ帰りついて、半月も経たぬうちに漫遊記を語り上げ、それがもう印刷に回っているようだった。驚くべき早業だが、わがはいはとくに最後の一言を凝視した。

「ああ、米国にブース、仏国にサラ・ベルナール、そして英国にアーヴィング顕われて各々の演劇が一大革新を遂げた、腐乱せる我が劇界は果たして、何者によって、何の日か、眇《すがめ》たる光明をだに認め得べき」と。しかもその後に、花房柳外という一座の作者が書いた『洋行中の悲劇』なる脚本までが、付録に付いていた。

「川上め、日本の演劇は自分が革新する気でいやがる……」

わがはいは苦笑した。だが、共感もあった。こうした好奇心があったから、自分も海外へ出ることができたのだ。自分が学問の改革なら、川上は演劇の改革に命をかけたといえる。

むろん、文化の改革を進めてきたわがはいにとっても、演劇の改革は大きな関心事の一つであった。明治二十年代からそのことを意識し、若い頃は出入りしたことがなかった歌舞伎や劇場や花柳界にも目を向けた。妾《めかけ》をもつという唾棄《だき》すべき習慣には徹底的に反対したが、純粋な男女の恋愛は熱心に推奨してきたつもりだった。そうした心情を醸成する意味でも、芝居や小説の効用を認めていた。

わがはいには、『東京日日新聞』の主筆として西南戦争の従軍記を現地から配信するなど一世を風靡《ふうび》した福地桜痴こと福地源一郎という旧幕臣の知り合いがいる。この男は幕府を維持するため、小笠原長行が京都に軍勢を率いて乗りこんだ事件にも絡んだといわれる。維新後の言論界ではわがはいの好敵手となり、『東京日日新聞』を新政府の広報紙に組みこもうとして、逆に政府に一杯食わされた。『東京日日』が政府の御用新聞に成り下がったことで悪評を呼んだ福地は、言論界を去った。しかし、彼には居場所が残った。九代目團十郎に十二代目守田勘彌《もりたかんや》ら歌舞伎の重鎮と親しく、得意の英語力を発揮して海外の小説を翻訳し、三遊亭圓朝《さんゆうていえんちょう》にも材料を提供する演劇界の改革児となった。歌舞伎座の創設に尽力し、のちには座付作者になっている。また花柳界でも浮名を流した。

わがはいには手の届かぬ世界で革命を起こした二人は、分野の違う「諭吉」ともいえたのじゃないか。だからわがはいは嫉妬に似た羨望さえ感じた。手の届かぬ世界へ飛んで行ってしまったという意味では、養子にした福澤桃介も同じである。桃介はわがはいの財産を使ってアメリカへ留学し、わがはい以上に近代的な欧米の文明を学習してきたといえる。その桃介がまた、天衣無縫というべきか、留学時代から華やかなあそびを展開していた。

したがって、わがはいには察しがついた。昔馴染みだった貞奴の凱旋を、あの男は祝福しに行ったに違いない、と。そして貞奴から、欧米漫遊記の原稿を都合してもらい、わがはいに送ってきたのだ。「どうだ、これをごらんなさい、義父《とう》さん。日本文化を革新したのは、あなただけではありませんよ」と、言いたかったんだろう。

明治十九年に、政府が外国要人をもてなす芸術的な演劇を育てる目的で、「演劇改良会」なる組織を発足させている。そしてこの時期から、わがはいも遅ればせながら演劇改良のために腰を上げた。明治二十年四月、福地らの骨折りで展覧歌舞伎が実現したのを機に、わがはいははじめて新富座へ歌舞伎を見物に行った。市川團十郎が新派劇に対抗して派手な見得やら立ち回りをやめ、女優を登用するといった改良に着手していた。わがはいは團十郎を観て、演劇の世界が無人の荒野ではなかった事実を知った。わがはいにとっては因縁深い人達も先住していた。福地桜痴はその筆頭だし、葭町の奴こと貞奴も、養子の桃介も、はたまた改良演劇の親分である川上音二郎も揃っていた。わがはいも、自ら脚本を書き、独自の新劇場を建てる計画を進めたが、おそらくすでに諭吉本人が先陣を切る時代は過ぎていたのであろう。

わがはいは思った。貞奴と川上が勝ち取ったのはアメリカやフランスでの大評判ではない。これから帰国して日本に植え付ける「あたらしい種」こそが、ほんとうの革新をもたらすのだ、と。西洋かぶれが建てた鹿鳴館流と異なり、川上は西洋演劇のダメなところも知っていた。たしかに向こうは照明や舞台装置がみごとに発達しているけれど、身振り手振りに品位がない。とりわけ舞に見られる摺足《すりあし》の演技がない。バレエという踊りを見ても、そこにはパントマイムと同じような「体の踊り」ばかりで、心の舞が欠如している。川上夫妻はそうした事実を見定め、西洋演劇に全面的に屈服しなかったことが、頼もしかったのだ。


そして十日後、話はようやく運命の一月二十五日に立ち戻る。

わがはいは芥舟先生との久しぶりの歓談を終え、いつになく上機嫌で散歩を終えた。無理もなかった。年明けから今日まで、わがはいは咸臨丸時代にかかわる人々と、多くの時間を過ごしたからだった。しかも、絶縁を言いだした桃介までが、川上一座の欧米旅行記を送ってきた。それらへの想いが、わがはいの心を明るくした。勝安芳にさえ、わがはいは共感を覚えた。

そうして初夜寝《しょやね》にも似た高揚のうちに床についたのだが、隣の枕から桃介と小泉信吉が並んで話しかけてくる夢を見た。いや、ひょっとすると川上音二郎も部屋に来て座っていたかもしれなかった。

三人は、わがはいがその人物を見こんだ者たちだったが、揃いもそろってわがはいの意に沿わぬ生き方を貫いた。わがはいは、助力を求めてきた者に無私の恩情をもって応じるが、反旗をひるがえす者には手厳しい態度をとることもあった。

だが、今になって知った。ほんとうにわがはいが恃みにすべきだったのは、自分に反抗できるほど自立心に富んだ若者たちであったことを。

わがはいは微笑した。涙がひとすじ、伝い落ちた。
夢の中でふわりと立ち上がり、二人に交わろうと歩み始めた。そして、両手を大きくひろげたとたん、その夢は舞台の照明が消されるように暗転し、二度と再現されることがなかった……。

（第九話　了）

第十話　一片の論説、天を動かす

演説館内部

善きも悪しきも大福澤の感化

わがはいの自伝もいよいよ最終話となる。まず、現代の作者に口上を述べさせる。よいか？

「本書の作者」として最後までコピヒライトを主張しつづける男は、初めて着衣をただし、話した。

【わたくしが本書の作者として、まず申し上げたいのは、慶應義塾に伝承された多くの不可思議な慣習のことであります。中でも違和感に襲われたのは、いかにも威厳ありげな教授たちを「先生」と呼ばずに「君」づけで呼ぶ習慣が、現在においてもなお学内に残ることであります。

すなわち、智の殿堂であるべき大学にもかかわらず、「先生」と呼ばれる人がいないのでありますす。たとえば、わたくしは、シラーやゲーテの美学に詳しかった高橋巌《たかはしいわお》先生のドイツ語講義が楽しみでありましたが、塾の掲示板には、「高橋巌君、本日休講」などと出ます。先生も君なら、われわれ学生も同じく、君で呼ばれた。卒業式のときに、自分の卒業証書が授与されないので塾監局に出向いてみると、「荒俣君、修了科目数の不足により卒業不可」と言われました。

教授も学生もみな等しく君づけでした。したがって挨拶も、深々と頭を下げる必要がないということになっていました。軽い会釈で十分だと。これはいったいいつごろからの習慣なのか。本文においてもふかく検証したのであります。

おそらくは、明治の頃にできあがった慣習と思われるのであります。諭吉（わたくしはあえて福澤先生の敬称を省略いたしますが）の長男である一太郎の長女を嫁にもらった小山完吾《かんご》という人も、大学内には先生と呼ばれる人がほとんどいなかったと、回想記に書いております。さすがに諭吉とその女房役だった小幡篤次郎は別格で、みんなが「福澤先生、小幡先生」と呼んだが、天下の大学者として知られた教頭の門野幾之進などには、面と向かって「門野君」と呼びかける学生さえいたそうであります。文部大臣にまで上り詰めた名塾長の鎌田栄吉にしても、先生と呼ばれるのをついぞ見たことがなかったという始末でありました。

そうした学風のせいか、学生たちは何かあると気軽に諭吉のところへ行って訴えをぶつけました。それをまた諭吉が、親戚の子でも扱うかのように、いちいち親身になって相談に乗る。明治十年以後は教壇に立つことがなくなったにもかかわらず、諭吉は学生一人びとりの健康や懐具合まで心配したと聞いています。

要するに、寄り合い家族の関係に近い。わたくしが学生だった昭和四十年代前半にも、若干はそうした幕末私塾の名残《なごり》が存在しました。学生はほとんど気づきませんでしたが、考えようによっては、この大学は一周まわった時代遅れのスタイルだともいえる。したがって、当時の教授方は単純に学問を教えるのでなく、しばしば脱線して修身の訓話に及び、また卒業後の処世術を教え諭すことが多かったのであります。へそ曲がりだったわたくしは、そこがいつも不満で、四方山話なんぞ止めて、お願いだから授業をやってくれと心で叫んでいた口ですが、いま思うと、ふしぎにも、そういう下手な処世訓ばかりが記憶に残っているのです。一例をあげるならば、政治学を担当した英《はなぶさ》修道《ながみち》という教授は、授業よりも世間話のほうを好み、サラリーマンになったらまず必要なのはうまい酒の銘柄をすべて覚えることだ、といったサラリーマン出世の必殺技を伝授してくれたものでありました。わたくしは下戸《げこ》でありますが、なぜか清酒の銘柄だけを知っているのは、そのおかげなのであります。じつは、このような処世術や修身道徳にかかわる無駄話こそが、慶應義塾大学の真骨頂であった。そしてこの奇々怪々な伝統を生んだのも、諭吉本人の気質によるものであったと、わたくしは最後に述べたいのであります。

そんな事例であれば、いくらでも思いだせます。たとえば人文地理の西岡秀雄《にしおかひでお》教授の場合は、世界のトイレ研究や気候七百年周期説で有名であり、スライドに記録音声をかぶせて映画みたいなスタイルの授業をおこなう方でしたが、そのテーマが「世界トイレ事情」だったりいたしました。当時まだ世界旅行など夢であった学生たちに、まるで兼高《かねたか》かおる（作者註：検索スベシ！）の世界旅行番組を教室で見物するかのような気分を味わわせてくれたのであります。たしか期末試験にも、「この物語のつづきを書け」というような、ヘンテコリンなお題が出ました。「花子と太郎がたまたま乗り合わせた東急電車が、やがて日吉《ひよし》に近づいた。そのとき急カーブにさしかかり車体が片側に大きくかしいだところで、二人の顔が急接近した……さて、そのあとどうなる？　つづきを書け」といった具合でありました。

わたくしたちはそうした実践的（？）な世間バナシ学問に親しんだのであります。たしかに、その校風を支える先生方を呼ぶときには、英君や西岡君という方がピタリだったのであります。

後でいろいろ調べてみると、諭吉が好んだ教え方も、それによく似たスタイルであったことがわかります。まず、諭吉は毎朝三田の丘から散歩に出かけるとき、学寮にいる学生を叩き起こしてお伴にする。たちまち十人ほどの塾生が出てきて、二時間ほどの街歩きに同行するわけでありますが、早起きして歩けば腹が減り、どんな飯もおいしく食えるという効能を実際に体験させるのが目的の一つだったらしいのです。諭吉はかならず煎餅などの菓子を持って出るので、お相伴《しょうばん》にあずかれるのが学生側の愉しみでもありました。それがまた、そこらのじいさまのようなくだけた格好で出ていくので、いったいどこの親分が若い衆を引き連れて殴りこみに行くのかと、街の人びとにいたく訝《いぶか》られることもあったそうであります。

散歩はまた、有益で実践的な学問の場でもあったともいわれます。街歩きの途《みち》みち、いわくありげな婦人とすれ違うと、諭吉はお供の学生に「どうだ、おまえさん、あのご婦人はどんな暮らしをしている人だと思う？」と問いかけたそうです。塾生がおどろいて、「さあ、わかりませんが」と答えれば、「観察が足りないねえ。あのご婦人はね、きっと御亭主は大酒飲みで苦労されてらっしゃるお方だよ」と言って、理由を縷々《るる》説明なさる。まるでシャーロック・ホームズのような推理力だったと伝えられています。そういえば文豪の幸田露伴《こうだろはん》にも探偵趣味があって、汽車に乗ると女性客の荷物や服装を見て、彼女がどのような素性《すじょう》であるかを言い当てるのが道楽だったそうだから、昔は「ホームズ趣味」と呼ぶべき智の鍛錬術が存在していたのでありましょう。

散歩のお供だった小山完吾は、諭吉の観察力と想像力に感服し、『西洋事情』などの書物はこの想像力で西洋文明を観察して歩いたことの成果だったのではなかろうか、と推理するのであります。

　また、道で行き合わせた旧幕臣らしい貧しい老人に向かって、諭吉は、「あんた、昔の身分は何か」とだしぬけに訊くこともありました。その老人が「与力《よりき》だったが、今は宿六じゃ」と答えると、諭吉はふところから小銭を出して、「これをやる」と手渡す。さらに、女性の物乞いに対しても、黙って通りすがりに銭を落としていく。どうやらこれも、独立自尊の実践勉強の一環であったらしく、その行動には金銭の大切さを示すことも含まれていたと申します。身を高潔に保ち、独立の暮らしをするには、金銭を惜しんで貯蓄することが第一である。蓄えがあって初めて人と対等になり、自由にものが言えるという教えだったのであります。

　こういう場面を目撃した学生の中には、幕臣崩れの老人に情けを施《ほどこ》すのもいいが、もっと天下国家を政治的に救済する方法を教えるほうがよいのに、と疑問視する向きもありました。明日はどうなるかわからぬ時代だから、せいぜい倹約を心がけ、利益を少しずつ蓄えて自身の生活を守るように、と教える諭吉を、軽んじる者さえいたのであります。

　だが諭吉には、実践的な教えを学生たちに納得させる方法をひねり出す「観察力と想像力」があったこと、これはたしかな事実であります。その人の現状をよく観察し、どう説得すれば理解させられるかを一瞬にして見抜く力なのであります。小銭の蓄えも非常に大切だということを教えるやり方なんぞは、すぐに思いつくことができた。諭吉の門に学んだことがある犬養毅《いぬかいつよし》の懐旧談に、こんな話があります。犬養の一統は、福澤門下にありながら、日々の暮らしを顧みることなく天下国家ばかりを論じている頭でっかちの書生たちでしたが、あるとき諭吉からこう言われた。「君らは天下国家を論じ政治の革新ばかりもとめて、自分の生活を抜きにして駆けずり回っておるように見える。それをやめてくれとは言わぬが、モノには後先《あとさき》というものがある。まずは一身一家の生活の基礎を確立して、その後に天下国家を心配されてはどうだろうかな」と。

しかし犬養らも鼻っ柱が強かったのであります。「ごもっともな仰《おお》せながら、そう悠長にかまえている時間がないのです。もう乗り掛かった船ですから、砂をかじってでも、やることはやり通します」と言い返した。

すると、諭吉はいきなり怒りだし、大声でこう叱ったそうであります。「なんだと、砂をかじってでもとは、大きく出たな。砂がかじれるもんならこの場でかじって見せろ。できもしないことを言う者たちに、わがはいは用がない」と、そう啖呵を切り、さっさと奥へ引っこんでしまったのであります。

犬養たちは真っ蒼になり、破門になるものと覚悟したが、翌日、諭吉から彼らの家に遣いが出されて、「昨夜は、あの連中、大きなことを言って帰りおったが、ほんとうにそれほどの貧乏をしているかどうか調べてこい」と命じられたのであります。犬養は、その遣いにむかって、「それなら、どうぞ見てください。赤貧《せきひん》洗うがごとき我が家を。居間も押し入れもご遠慮なく」と、破れ障子の部屋を見分させたと申します。

遣いは各人の家の実情をつぶさに調べて帰って行ったが、こんどは別の遣いがやってきて、一同を諭吉の屋敷へ呼び集めました。みんな怖々《こわごわ》ながらも出向いてみると、諭吉はこう言ったのであります。「おまえさん方のように、ほんとに砂をかじるような暮らしをしている者には、わがはいにもどうかしてやることがない。しかし、奥さんや子供は砂をかじって生きられないだろう。年の瀬というに正月の用意もできないというのでは、気の毒でたまらぬ。おまえさん方には気に食わぬことだろうが、これは奥さんや子供たちに差し上げたい寸志であるから、どうか持ち帰ってもらいたい」

と、諭吉から一封ずつを手渡されて、一統はしおらしく帰宅したのだそうです。かれらはさぞや、小銭の重みを知ったにちがいない。犬養はそこで諭吉の真意を悟ったのでありました。諭吉が取った方法は、ふだん拝金宗の総本山だの学商福澤だのと揶揄する連中に金銭を尊ぶことの大切さを教えるための、分かりやすいたとえ話――すなわち天台宗で用いられる「方便《ほうべん》」という説法に近いものだ、と。

諭吉には、飢えて苦しんでいる貧乏な若者を援助することに時間と金銭を費やす「趣味」のようなものがありました。こうした散歩にことよせて、諭吉は見こみある若者を見いだしては支援を与えたのであります。養子にした岩崎桃介もそうであり、大口をたたきつづけたあの川上音二郎を学僕に取り立てたのも、そうした流れの一環であったといえましょう。

諭吉による散歩中の講義を、もっともよく聞いた学生の一人は福澤桃介だったそうであります。留学から帰り、アメリカ式の商売法を身につけたあとも、桃介は諭吉の散歩にお供したが、後輩の面倒見がよくて話もおもしろい桃介のほうが、散歩の相手としては諭吉よりも人気があったそうです】

消極的な金儲けの達人たち

と、ここでわがはいは未来から聞こえてくる声を、止めにはいった。これ以上、未来で語られている根も葉もない伝説を吹聴されてはたまらんから、わがはいがしゃしゃり出たことを諒《りょう》とされたい。そのお詫びに、わがはいは伝説ではなく、正真正銘の事実だけを述べると誓おう。その真実とは、晩年の一年間、わがはいが三田の学舎をたたき売ってでも世に広めたかった「修身」の綱領づくりに心血を注いだことだ。世の人は、これについてわがはいを揶揄した。笑いものにした。二十世紀が幕開けしたこの新時代に、儒教じゃあるまいし、慶應をつぶしたいのか、と。いや、つぶしたって一向にかまわない。慶應の修身要領が政府の教育勅語の代わりに世の子らに伝わるのなら、わがはいは喜んで慶應をつぶす覚悟だった。

諸君らの批判や忠告を甘んじて受けるから、まずは、聞いてくれまいか――

(と前置きして、わがはいは以下のように語ったのである)

――じつはそれ、岩崎あらため福澤を名のった桃介が、あるとき交詢社の演説会で、偉大なるわがはい、すなわち自分の養父について、こう演説したことがあるのだ。

「いや、いや、福澤先生とても神ではない。やはり普通の人間であるから、ずいぶん欠点もある。離れていて見るとじつにすばらしいが、近づいてよく見ると欠点も目立つのである。ひょっとすると、榎本武揚よりも欠点が多いかもしれない。しかし、かの『瘠我慢の説』を作るだけあって、先生の意志はじつに強固である。単に強固であるのみならず、これをもって終始押し通したのだから恐れ入るほかないではないか。だからおれも、生涯、筋を通して自分を曲げぬことだけ、こころがけておるのだ」

話はのっけから、わがはいを尊敬するような、おちょくるような、趣旨のはっきりせぬ内容の演説だった。が、わがはいに教えを受けた卒業生各位にまで話題がひろがると、桃介の声がシニカルに変調したのである。

「……ここにおられる諸君は、ひまさえあればこうして交詢社に集い、やれ誰それはこんなに高給を取っているから気に入らん、だの、また誰かれも毎日会社にいるだけで給料が出る身分なのはけしからん、などと成功者を嫉妬するけれども、諸君らは、あやつもそこまで給料の取れる男になったのかと褒めてやってこその同窓会だと思わないのか？　そういうことだから、わが校から大物が出ないのだ。三井や三菱のお偉方が取るすごい給料に比べたら、スズメの涙にもならない金額をめぐって、仲間の中傷《ちゅうしょう》をする。まことに器《うつわ》の小さな人間というべきだろう。が、それも福澤先生の教育を受けたせいかもしれぬ。かくいう桃介も、二十年間福澤先生に学び、人に頭を下げるな、独立独行せよと痩せ我慢精神を叩きこまれた。だから、人に助けを求めるのが嫌いになり、何事も自腹でやっていこうとしたために、必然的に大きなことができなくなった。金儲けをすることに臆病で消極的な人間になってしまった。おれは今も、大きな賭けに出る商売ができない」

と、明言した。交詢社の仲間や成功者の悪口を楽しんでいたサラリーマンたちは、それを聞いて気色ばんだ。

「おい、福澤君、君はおれたちを誹謗する気か、たしかにわれわれは安月給の勤め人だが、先生の教育が間違っていたというのか」

しかし桃介という男は威嚇《いかく》に動じない。

「いや、それが事実なのだから仕方がないだろう。先生が言うには、世の中はケチなやつばかりで、わずかな金銭をかせぐのにお辞儀ばかりしておる、おまえはけっして頭を下げてはならんぞ、という主義だったから、独立独歩で人に頭を下げない暮らしを心掛けたが、ご覧の通り大金持ちになれなかった。だから、おれは恨む。先生に背《そむ》いて積極的に金儲けに励んだならば、あっという間に巨万の富をつかんだに違いないだろうに、と」

さすがに言い過ぎたようだった。何人かの安サラリーマンが我がことのように興奮し、立ち上がったのを見て、桃介は出席者を睨みつけた。

「おい、話はおわりまで聞くもんだ。いいか、おれは先生を恨んだが、半面では感謝しているのだ。我が生家は赤貧洗うがごとくだったから、なんとかして自分が成功し、大金持ちになって家運を盛り返そうという野心が強かった。金儲けができるなら、頭も下げるし借金も頼もう、という積極的な男だった。だが、その気持ちが大きすぎたので、放っておいたら地獄に落ちて、破滅したに違いないんだ。福澤先生の感化がなかったら、おれは今、この場にいなかったろうね。野垂れ死にしてたろう。積極的に金儲けするということは、自分の命と引き換えをしなければならんほどの落とし穴があるのを覚悟する、ということなんだからな」

「なんだと、自分がちょっと相場で売り抜けて儲けたからと言って、威張るのじゃないぞ。運がよかっただけだ。われらとて、元手があれば大金持ちになれぬものでもないわ！」

が、この反論を聞いて、桃介は笑いだした。

「諸君よ、だからといって、成功した先輩や同輩を嫉妬するあまり、陰口を叩くのは、もっとケチくさいとは思わんか？　おれもケチで、寄付や義援金はいっさい出したことがない。だが、儲けられないことで他人を羨《うらや》むことはしない。消極的に稼ぐのが分相応でよろしい、と言っているだけだ」

だが、ガツンとやられた交詢社の同志は納得しない。すぐに食ってかかった。

「消極的な儲け方だと？　そんなもん、あるものか。いかなる方法を使っても儲けるのが、大金をつかむ大原則だろうに」

だが、桃介は首を振った。

「わからん人たちだ。むろん、儲けるつもりなら、どんな手をも使ってよい。でも、あえてそれをしない。だから消極的な儲け方だというんだ。養父はそれを痩せ我慢とも呼ぶ。そうすることで欲から解放され、心を高尚にできる。正義の道や人の道を知るようになる」

「人の道だと？　大口叩くな、義援金もケチる強欲の桃介風情《ふぜい》が！」

と、顔見知りの塾員がどなり返した。桃介はさらに冷静を装い、話をこうつづけた。

「ほう、桃介風情と来たか。おれもよくよく嫌われたものだな。ならば言おう。我が塾は伝統的に士族を教育することが多かったが、そのなかには町衆の身分だった大立者もいて、森村市左衛門はその代表格だ。森村氏は常に適正な代価しか受け取らなかった。我が塾の留学生がサンフランシスコ港に着けば、まず頼りにするのが、このお方の海外支社だ。われら留学生の面倒をみてくれる森村組の棟梁《とうりょう》だったことは、留学の経験ある御仁にはすでにご案内だろう。誠実に学生たちを助け、暴利をむさぼることが絶えてなかった。おれも米国留学中に、何から何まで森村組の世話になった。留守先で、日本にいる実の父母を亡くしたとき、世話を焼いてくれたのも森村大人だった。とても真似のできない誠実さだ。つまり、あの人は塾のためというよりも日本のために役立つ貿易しか扱わなかった。自然、ボロ儲けとは無縁になる。大金を儲けたとかいう自慢話なぞは一度も聞いたことがない。変人だと言いたいくらい、そこは片意地を張りなさる。

だが、どのへんが頑固だったのか。不肖桃介に言わせれば、功名も富貴も要らない、どこまでも公正に働くのだという痩せ我慢を、やめようとせぬところなんだ。もすこし聞こえのよい言い方をすれば、独立自尊としてもよい。信条はちがうが、西郷隆盛にも、頭山満《とうやまみつる》にも、そういうところがある。金も名誉も要らぬという純朴居士は、政治家や大財閥といった権力者にとって、いちばん扱いにくい人種といえる。誰に対しても忌憚《きたん》なくものを言えるからだ。借りがないからだ」

森村市左衛門と中川嘉兵衛のこと

「この前の正月、おれが挨拶に行くと、その森村翁がこうおっしゃるんだ。福澤先生の教育を受けたがため、わたしは大金持ちになれる道をむざむざ踏みはずしましたよ。じつにばかばかしいことをしました。強欲を信条とすべき御用商人としては落第ですな、とね。いや、おどろいた。森村翁でも山っ気や強欲はあるのだとね。もちろん、半分は冗談だろうが、よく聞いてみると、維新政府の下《もと》で交易商人になったときの体験談が出てきた。あるとき翁が政府の命で何か外国品を納める仕事を受けたのだが、係の役人から幾ばくかのコミッションを払えと要求された。森村翁は憤慨して、こっちは正当な代価をもって政府に納めているのに、どうしてあなたに袖の下をわたさねばならないんだ、と断った。すると役人は言い返したそうだ。おまえら商人が法外な口銭を取って私腹を肥やしておることは先刻承知だ。口止め料として支払え、とね。あまりに低級な要求なので、しまいにばかばかしくなって、それならわしは御用商人を辞める、と返答されたそうだ。今、君たちがおれを非難したことは、この役人のそれとすこしも変わらない。嫉妬と強欲だよ。それも事実ではない妄想から出た嫉妬だ。ついでに言えば、このあと森村翁は政府の御用を一切引き受けなかった。よほど腹に据えかねたらしいのだ。だがあるとき、政府が羅紗《らしゃ》を買い付けるという話を聞いて、翁は仇を討ってやろうと思い、横浜に揚がった羅紗を買い占めた。政府が泣きついてきても一切売らない。これで溜飲《りゅういん》が下がったけれど、最後には向こうが頭を下げてきたので、やはり正当な代価で分けてやったという。福澤先生の感化がなければ、あのときだって大儲けができたのに、と笑っておられた。大金持ちとなった御用商人といえば、五代《ごだい》だとか中野《なかの》だとかが浮かぶけれども、結局のところ今は森村組が信用ある貿易商として生き残っている。つまり、消極的な金儲けの勝利だ。それでも君らは、森村先輩を見習う気はないのかね？」

みんながしばし黙りこんだので、桃介はかれらのために慰めの言葉を付け加えた。

「森村翁だって、本心は人間だから欲があったに違いないさ。あの当時の貿易は、相手が海千山千の外国商人だったから、ずいぶんボラれたに決まってる。ああいう頭が固くて高潔な人は、こんな海賊商売の連中とは口もききたくないと思ったはずだ。でも、福澤先生の教えを守り、でき得る限り消極的な商売に徹した。こんなバカな仕事は止めるぞと思ったことが何度もあったらしいが、そのたびに福澤先生に鼓舞されて、とうとう最後まで痩せ我慢を通した。そこへ行くと、相場に手を出したおれなんぞは、遊んで金儲けしたも同然だよ。楽なものだったが、その代わり、おれは信用されないし、こうして悪口も浴びせられる。しかし、森村翁は苦労した代わりに世間に尊敬されている。そこがおれと違う。おれは相場という楽な仕事で稼いで、その利益を新事業に投じたのだから、よけいにずるい。福澤先生にも叱られどおしだ。別に法を破って金儲けしたわけでもないけれども、世間から嫌われ、信用を得られないのだからね」

聞いていた人たちが微かにうなずき始めた。桃介は表情をゆるめた。

「やっと、分かってくれたようだね。これが福澤諭吉式の教育なんだ。文明を知る人の素養なのだ。俗っぽい痩せ我慢にしがみつく馬鹿話に見せて、じつは商売道の教育をする。桃介も森村さんも、いわば、ばかばかしいことを楽しむという教育に引っかかって、つい財閥になりそこねた。だが、大金持ちになれなかったことを、逆に喜べるようになったのだから、すごいと言えばすごいことではないのか。がっかりしたかね？　大金持ちになれない教育を受けて損をしたと思う人もいるなら、最後に、すこしは希望を持てる話も付け加えよう。

諸君は中川嘉兵衛《なかがわかへえ》という人をご承知かな。家康を支えた痩せ我慢の巣窟《そうくつ》といえる三河の人だ。

小栗上野介も三河武士で、最後まで幕府を守ろうとして損をした。ただし、中川は塾員ではない。福澤先生の崇敬者だ。四十二歳のとき横浜開港を知り、日本が変わる姿を眺めようと、単身で横浜に出てきた。それで英国のオールコック公使のところへコック見習いにはいり、牛肉料理を学んだ。その頃は英国海軍が江戸に来ていて、兵隊から牛肉を食わせろという要求が多いのに気づいた嘉兵衛は、横浜に牛乳販売店を開いた。また万延元年には、開港地にいる外国人目当てに中川屋という牛肉料理店も開いた。ところが牛乳や牛肉は夏になると直《す》ぐに腐敗し、売り物にならない。当時は家畜の殺生《せっしょう》をおこなう店が嫌われ、江戸市内に建てられなかったので、どちらの食品も横浜から江戸へ運ばねばならない。この輸送だけで夏は腐敗するのだ。すると、横浜に医者を開業していたヘボン先生がいいことを教えてくれた。氷があれば、食品を夏でも保存できるとね。

それで三田の福澤先生にも相談に行くと、いかにも氷があれば牛乳でも牛肉でも保管できる。じつは米欧人が頑強な肉体をしておるのも肉食のおかげなのだから、日本人に肉を食わせる習慣をつけてやりなさい、と提案された。しかし、夏に氷をどうやって用意できるのかが分からない。すると福澤先生は、氷を作る機械が欧州にある、と教えた。じつは先生も維新前に発疹チフスだか腸チフスだかに罹り、高熱を発して生死の境をさまよったことがある。何を措いても高熱を下げるために氷が必要だと分かった。それで塾生たちが八方手を尽くしたところ、福井藩主だった松平春嶽公のところに製氷機があるというので、それを借りて製氷をこころみたら、なんとか成功し、先生も命を取り止めた。氷は人命を救うために使われていたのだが、それも当然だ。だが、夏の氷は異常に高価だ。そのころ横浜には製氷機がなかったから、ボストン氷という天然氷を輸入し始めていたのだが、ばかばかしく高い。アメリカ東海岸から喜望峰《きぼうほう》回りで横浜に運んでくると、ビール箱一つ分の値段が五両にもなる。これではとても食品の保存に使えない。そこで先生は中川に、この日本で天然氷を生産し、夏まで保存して売りだせば、じつに便利がよろしい。日本に肉食を広められるかどうかは、氷にかかっておる。中川君、君、やってみる気はないか、と勧めた。

しかしだね、氷を夏まで保存しておいて、医師に供給したり、牛肉の保存に使ったりするのは、至難の業《わざ》なんだ。もしもこの桃介が氷を作れと命じられたら、即座に断ったろう。とても成功はおぼつかないよ。その証拠に、三河の痩せ我慢魂を引く中川が、先生の教えを守って、氷の販売に挑んだのだが、釜石から横浜へ真夏に氷を輸送すると、三百屯《とん》の氷が十分の一にまで溶けてしまうのだ。この問題を解決するには二重の苦しみに打ち勝たねばならなかった。第一に、氷の質が良くなければならない。ちり芥《あくた》を一切含まない透明な純氷を採らねばならない。質が悪ければ、夏の暑さに耐えられず、あっという間に溶けるからだ。ほら、諸君らも最近は氷を入れた洋酒を飲むだろう？　あの氷は、高級な店では天然純氷をちゃんと使う。そうしないで質の悪い人工の氷を入れれば、せっかくの酒が溶けた氷で薄まってしまうんだよ。それから第二は、氷がなるべく溶けないような氷室《ひむろ》を運搬船に装備することだ。中川はこの難問にも挑戦した。まともな神経なら、こんな無謀な挑戦には手を出すまいよ。だが、中川は痩せ我慢をすることにした。文久元年に富士山麓鰍沢《かじかざわ》で真冬に凍った天然氷を採ってみた。水質はよかった。しかし輸送に失敗した。

次は諏訪《すわ》湖で実験し、その次には日光《にっこう》でも挑戦してみたが、うまくいかない。中川は良質の氷ができる水を求めて北上していったが、陸奥《むつ》でも津軽《つがる》でもダメで、ついに蝦夷地《えぞち》へ乗りこんで最後の希望を託した。そしてやっと、箱館五稜郭の堀に非常に良質の氷が張るという事実を見いだした。このとき、元号は明治に改まる頃だったが、明治二年の冬から採氷試験にとりかかった。いいかね、諸君、明治二年の冬だぞ。このとき五稜郭はどういう状態にあったと思う？」

桃介の声が鋭くなった。聞いていた人々から、おもわず「箱館戦争！」というつぶやきが漏れた。桃介もうなずいた。

「まさにその通り。明治二年の冬、五稜郭には榎本武揚が立てこもり、官軍に抵抗していた。その春に官軍の洋艦が箱館に集結し、維新最後の戦闘が繰りひろげられた。中川はおそらく榎本に談判して、堀の氷を採る許可を得たのだろう。さすがに真冬は官軍も攻めてこなかったが、春になったら戦場になる。弾丸も降ってくる矢先であったのだ。いくら何でも、氷を採っている状況ではないだろう。だが、中川は外堀の氷を五百屯も切りだし、それを保存して、夏には横浜へ送りだした。今度は官軍側の黒田清隆の許可を取って、だ」

「戦争のさなかにも、中川は氷を採取しておったのか？　信じがたいことだ」

と、だれかが言った。

「恐らくそうだろう。そして中川はようやく、横浜まで運んでも溶けにくい最良の氷を手に入れた。これが箱館氷だ。それまで、三両だ五両だと暴利をむさぼっていたボストン氷は、正当な代価で売りだした国産天然氷の登場により、わずか数年で日本から撤退した。福澤先生も、これで肉食の習慣が日本にも根づくと歓喜されたそうだ。痩せ我慢の仕事ではあったが、中川は日本から奪われていた莫大な貿易益を、取り戻した。氷のことも、自前で調達できるようになり、国家的独立が達成されたわけだ。諸君、おれの話は終わりだが、くれぐれもケチくさい嫉妬などは無用にねがいたい。くどいようだが、言う。痩せ我慢の人士は、幸いにもまだ義塾門下にはたくさん生き残っていると信じられる。北里柴三郎の養生園にも、とんでもない痩せ我慢が一人いる。事務方の田端重晟だ。この人物は今から二十年前、おれが北海道炭礦鉄道に勤務したときの仲間だ。札幌の本社で月給三十円をもらい、毎月二十円を貯金した。つまり収入の三分の二だ。誰だってそこまでの貯蓄はできまい。しかし福澤先生はその消極的な金儲けぶりに感じて、この男に養生園の経理を任せたのだ。学者や医者は学問には痩せ我慢できるが、日々の暮らし方には知恵を使わない。それで福澤先生は養生園を維持する勘定方《かんじょうがた》として、田端を北海道から呼び寄せた。いま、北里先生の研究所や養生園がうまくいっているのは、ひとえに田端君のまったく消極的な奮闘のおかげといえるだろう」

桃介はそう言い残し、交詢社での演説を締めくくった。福澤桃介は話のなかで遠慮なく慶應出身者の悪口を言い放った。無礼にもほどがある発言だったが、ケチくさくて嫉妬深くなった塾の卒業者への正面切った苦言であった。言われた聴衆はしばらく言葉を発することができなかったと思われる。

以上に示した演説は、むろんわがはいの没後に行われたものだが、すこしうれしかったのは、落第生の娘婿をつかまされたと思った桃介が、あんがい人間が大きくなっていると知ったことだ。

それでも、言い過ぎの部分にはカチンと来たがね。ともあれ明治の商業は、いずれ西洋との競争に巻きこまれる運命じゃ。その場合はわがはいが唱えた痩せ我慢の説がどこまで通用するものやら、確信が持てなかったから、桃介の演説を草葉の陰で聞いて、思わず快哉を叫んでしもうた。日本産業はまだまだやれるとな。

見果てぬ夢のために

わがはいこと福澤諭吉は、明治三十一年秋に脳溢血で倒れ、一時危篤状態に陥ったのだが、幸運にもこのときは回復した。

だがこのことがあって以来、さすがに健康優良児を自認したわがはいも、自身の命運を悟った。わがはいは健康を回復すると、やり残した仕事を後継者に譲る手筈《てはず》を整える作業にかかった。

まず、大学の教育体制だが、明治三十一年に教頭の門野幾之進を欧米に派遣し、彼《か》の国々の教育法や学制を徹底的に調査させたから、その成果を大学の改革に結実させることにした。門野は一年をかけて主要国をめぐり、大学教育の最新概念をつかんだ。その結論は、学生におのおの興味ある学科と教師とを自由に選ばせることであった。普通科までの教育が学習を手段にした強制的なものとすれば、大学からは真の学問を自発的におこなわせるべきで、それでこそ自主独立の学問になる。

教育を受ける義務だったものが、教育を受ける権利に置き換わることで、高等教育への転換が生まれる。好きな学問が自由にできるようになるから、学生も学問に身がはいり、喜びや生きがいを感じるようにもなる。そのためには、学生を魅了できるだけの学識と人格を有する教師を各科に揃えなければならない。そこで有望な学生を留学させて充分に経験を積ませ、帰国後に慶應で教鞭をとらせる、という新戦略を打ちだした。わがはいは門野の提言を了承し、大学の改革を門野と塾長の鎌田栄吉に委ねたのである。

この決定はしかし、慶應義塾自体にも厳しい痩せ我慢を強いた。毎年何人もの留学生を外国へ派遣できるわけがない。あまりに乏しい財政状況であったからだが、それでもわがはいはひるまなかった。塾の卒業者だけでなく、民間の有志が、この事業を支える募金に応じてくれた。そのおかげで、わがはいの愛弟子であった小泉信吉の息子である小泉信三や、経済学の高橋誠一郎《せいいちろう》らがわがはいの死後も続々と留学を体験し、帰国後には本学の教育者として力を尽くし、やがて塾長になる者も出て、慶應義塾を発展させた。明治三十六年に政府が専門学校令を出し、大学を頂点とする現在の学制の祖型を示したが、この流れにも対応できる一貫教育を確立できたのである。

いっぽう、塾生の側でも義塾のあり方自体に変化が生まれた事実を察知する者が多くなった。自己改革による独立の気概も旺盛になってきた。この動きを後押ししたのが、収容人数四百名と謳《うた》われた寄宿舎の新築であった。これらの改革を一言でいうなら、「私学精神の確立」ということに尽きる。わがはい的に言い換えるならば、まさしく自主独立なのである。

この寄宿舎は三田の丘の赤レンガ校舎群から離れた、北側にある細長い「お長屋」じみた建物だったが、いずれ慶應の中心というべき場所に成長した。明治三十三年九月にできあがり、学生自身の改革を探る猛者たちの自治活動も始まった。おもしろいことに、この寄宿舎は学生ばかりでなく教師も入舎が許された。先生と学生が同じ屋根の下に暮らすという「塾」の伝統が、ここに生かされたといってよい。

この寄宿舎から、言論にスポーツ、また学内の出版活動などが花ひらいた。演説会、運動会、相撲大会、各種出版、夜は余興までが学生の力で挙行された。傑作なのは、井戸端に集まって楽しく洗濯をすることをめざした「洗濯倶楽部」が誕生したことだろう。洗濯場の前に五十坪もある物干し場が設けられ、学生たちが競って洗い上げた衣類をずらりと干していく珍景を出現させた。シャツや猿股がひるがえる洗濯物干し場なんていうキャンパスは、自慢じゃないがこの義塾だけじゃなかっただろうか。むろん、おしめも干されておったよ、アハハハ。

また教養機関としては、学生と教員が一丸となって組織する「倶楽部」が無数に生まれた。中でも重要なのは、先輩との交流や落語などの余興も開催する三田社交倶楽部。そして音楽愛好家の集うワグネルソサイエティ（明治三十四年創立）などである。わがはいは没後だったので、そういう活動を実際には見ておらぬが、じつに愉快だ。

カンニング撲滅同盟団？

このような趣味教養の組織の中には、「革新同盟団」や「三田談話会」といった思想活動団体も含まれておる。もともとは学生自治会が全塾に気品知徳の模範を示すことをめざし、有志によってカンニングや不正行為など風紀紊乱《びんらん》の撲滅をはかる機関を立ち上げたのだが、わがはいや門野の期待も空《むな》しく、二年間なんの成果もあがらなかった。そこで明治三十二年九月、自治会の有志六名ほどが立ち上がり、わがはいの自邸において「革新同盟団」を結成した。独立自治の精神を発揮し塾風の革新を期すという綱領を掲げたこの一団には、小山完吾も参加していた。その活動が、寄宿舎完成後にいっそう拡大した。そのスタイルがいかにも書生らしい青さを感じさせるのだよ。カンニングが多発するクラスには団員を派遣して監視をおこなわせること、普通科生徒の喫煙および控え所以外での大学生の喫煙にたいし制裁を加えること、および制服着用の励行《れいこう》をうながし服装監視を実施することを、目標とした。かれらが発した檄文に、次のような文章があるから、引用しておこう。

「本団は、薄志弱行の徒が試験場裡において苦心経営するカンニングを以て、もっとも悪《にく》むべき、もっとも卑しむべき罪悪中の罪悪、醜陋《しゅうろう》中の醜陋と認む。依て本団は極力此の醜行を摘発し、此の輩をして顔色なからしめんことを期す」と。今これを読めば、まさに『けんかえれじい』に出てくる「オスムス団」のごとき風紀矯正団体のように見えて、苦笑したくなる。

いっぽう、「三田談話会」は、義塾・教員・学生のあいだに生じていたはなはだ冷淡な空気を一掃する活動に挺身《ていしん》した。このままでは三田主義を天下の主義たらしめることはきわめて困難であるから、塾員と塾生の関係を修復することを急務と認め、既卒の塾員からもっとも「潔白」なる人、在学中の塾生からはもっとも「端正」の者を選んで、塾当局を加えた三者の関係を密にし、三田主義が掲げる「気品」を全国に醸成する。この倶楽部も明治三十四年に組織された。

以上は、学内に期せずして誕生した風紀改革団体の動静である。とはいえ、当のわがはいにすれば、まだ肩の荷を下ろす気にはなれない。明治二十三年に発布された「教育勅語」との折り合いがよくなかったからだ。

正直に言うと、わがはいはこの教育勅語に敵意すら感じたのである。すでに詳述したことだが、明治十四年の政変が起きて、政府内からわがはいの息のかかった官吏をすべて排斥《はいせき》された苦い思い出を償ってくれるような公共的な内容を含んでいるように見えた。

しかし、気に入らぬ部分も目立った。真っ先に言えることは、薩長藩閥政府に忖度した結果かもしらんが、わがはいが出版する啓蒙書をどれも「危険思想」と決めつける節が見られたという点である。たしかにわがはいの著作には明治の世を賛美する内容ばかりが書かれていたわけではない。ときには政府や社会の腐敗ぶりを告発した。政治の部分でも新政府に与するものでもなかった。けれども、同時にわがはいは徳川体制をも斬って捨てていたし、新政府に直接的な反対運動を仕かけるわけでもなかったから、政府の方から見るかぎり「外野の野次《やじ》」として放っておくこともできたのである。ところが、わがはいの影響が市民層にまで及んだことで事情が変わった。その分水嶺が議院開設の詔勅であり、十四年の政変であったのだ。

が、回りくどい説明は避け、できるだけわがはいの目に映じた教育勅語の在りようを掬《すく》い上げてみようか。

『学問のすゝめ』VS.『教育勅語』

じつはわがはいは明治十四年頃、新政府の力を見直す方向に軸足を移しかけたことがある。民権派ががなり立てた議院開設の要求を聖上陛下みずからが受容したことで、新政府はわがはいを含めた開明派の取りこみが容易になった。その結果、西洋文明の移入もわがはい自身が腰を抜かすほどすさまじい速度で進展させたのである。これで文明移入の件は、わがはいの口を挿む余地がなくなった。実際、政府内で権力を握った進歩派の伊藤博文や大隈重信《しげのぶ》は、輿論を吸い上げるための官営新聞を、この諭吉に編輯させようとしたほどだった。

しかし、その新政府はわがはいを閣内に取りこむ方針をとつぜんにひるがえし、急激なる排除に転じたのである。技術や産業という意味だけで文明改革を考えるならば、政府とわがはいの考えは一致するのだが、文明の精神的な部分に話がおよぶと、一転してわがはいが邪魔になったのである。国民に自由な言論権を与える代わりに、教育の実権をわがはいら民間の塾から奪いとり、国家のために働く国民をつくりだすための官制学校を自前で建てだした。それが東大を頂点とする国立大学設置の裏目的であった。したがって、すでに文明教育の担い手であった私学、とくに慶應義塾の影響を一気に減じさせる作戦は成功した。

教育とは、個人が誰にも惑わされない独自の判断と行動を可能にするための方法であるから、教師と学生は平等であり、挨拶も会釈でよろしい、とわがはいはつねづね論じていた。ところがほかの学校では、やれ先生や両親を尊敬せよ、最敬礼せよ、学校の方針に逆らうな、規律を守れ、という昔ながらの規範を押しつける。その教育方針が天皇から政府に勅語として与えられ、政府によって国民に示されるという形式を取ったのだから、これは強力な教育規制の出現といえるだろう。ましてや、勅語は忠孝という儒教の言葉を使って、君と親《くん しん》とに服従すべきことを明記し、そこが脅かされる場合には武器を持てという。勅語自体が穏やかな言葉で当たり前の心得を並べているように見えるところが、この原案を書いた井上毅《こわし》の巧妙な手管だったといえる。

政府は儒教的教育を復活させる手段として、『学問のすゝめ』に代わる親授の『教育勅語』を起草することに決めたのだった。先頭に立ったのが、文部大臣経験者の井上毅である。保守派で儒教道徳を好む山縣有朋《やまがたありとも》内閣にとって、君を敬い、親に孝行という規範を否定する元凶は、福澤諭吉の著作にほかならない、という理不尽な宣伝を仕掛けてきた。たしかに、わがはいの論調には、あえて儒教倫理を封建体制の悪弊としてやり玉に挙げる傾向が強くある。しかし、これが明治期における諭吉人気の源泉でもあった。井上は『学問のすゝめ』に対抗できる教育規範を作成するために『学問のすゝめ』を十分に検討し、わがはいの文章にも書かれていた共通の教えを拾いだして『教育勅語』にも含めてみせた。ただ、わがはいにはなかった孝と忠（これが儒教の根本理念である）を冒頭に掲げ、最後を「緊急事態が発生した場合には民が武器を取って君を守護すべし」という最重要の教えで締めくくったのである。むろんだが、わがはいの『学問のすゝめ』にはそのような文言はない。

福澤諭吉、『教育勅語』をうたがう

そもそも、教育勅語が聖上陛下のお言葉として国民に与えられた明治二十三年という年には、なにか裏の事情がはたらいていたのではないか、とわがはいも勘づいていた。日本の政治に国民も参加させることを、議院の開設という形で聖上みずからが決意されている。ただし、すぐに開設はしない。国民にも正当な輿論が構成できる知識や判断が身につくまで、十年の修業期間を置く。明治十四年の政変という守旧派の巻き返し事件は、いわば国論分裂の収拾策として議院開設の詔勅を国民に提示し、国論統一へと方向づけたことに意義がある。ある意味では肉を斬らせて骨を断ったといえそうだが。

この作戦は、かつての薩長政権が明治維新を成功させるために繰りだした手段でもあった。天皇直裁を看板とする王政復古を唱えるのと一緒に、政治や産業、また文明といった分野の範を西洋先進諸国に仰ぐという苦肉の策である。新政府は攘夷をあえて斬り捨て、開国に舵を切った代わりに、社会を統御してきた古い道徳あるいは徳育を温存したのである。ところがこの微妙な問題にも遠慮なく斬りこんだのが、わがはいであった。これだから、わがはいは政府や公卿に嫌われるわけだわ。

じつはわがはいは、この『教育勅語』の裏をよくよく読みこんでみたことがある。誰が書いたか知らないが、非常に巧妙な書き方がなされていることを発見して、癪《しゃく》にさわった。親に孝行、君には忠誠を捧げる、生き物を大切にする、他人を愛する、家族仲よく、といった項目は、いわば健全な常識である。建前としては誰しも納得するにちがいない。徳育の項目として違和感が生じない教えを並べて、国民を納得させることに成功している。だが、その陰で、たとえば親や君主に服従せよというような「旧弊」を捻じこんだところが憎たらしかった。

わがはいはその戦略の巧みなことを、五官で感じとった。が、それを切れ味するどい批判の言葉で否定し去ることが、どうにもできなかった。強い言葉が思いつかないのだ。これがたとえば、国が決めた戦争には出征すべし、といった押しつけがましい命令であるなら、だれしも違和感や嫌悪感を抱くであろう。ところが、お父さん、お母さんを敬いましょう、というようなあまりに普通の教えは、反発感情を鈍くさせる。

わがはいは、気の置けない知り合いと雑談を交わした際に、それとなく『教育勅語』の印象を聞いてみた。多くの学者が、古くさい儒教の復活である、と答えてくれたけれども、今は社会全体が欧化思想を信奉しているので、儒教精神の撲滅問題には関心が薄かった。わがはいが幕末に、儒教を基盤とする封建体制打破を訴えたときとは違うのだ。『学問のすゝめ』は、その蒙《もう》をひらく精神的な爆弾というべき破壊力があったが、いまは守旧派も表面上は四民平等や国際協調を受け入れている。したがって、儒教の逆襲だと警告してみても、すでに文明馴れしている市民の心には響かない。

そのような道徳の混乱や混交に乗じて、明治二十三年の議院開設を利用した人びとが作成したのが、福澤諭吉陰謀論なのである。わがはいはそのことを『福翁自傳』にも書いた。

「（明治十四年の政変で）当時の政府の騒ぎはなかなかひととおりでない。政府が動けば政界の小翼もみな動揺して、したがってまた種々さまざまの風聞を製造する者も多い。その風聞の一、二を申せば、ぜんたい大隈というのは専横な男で、さまざまにことを企てるその後ろには、福澤がいて謀主になっているそのうえに、三菱の岩崎弥太郎《やたろう》が金主になってすでに三十万円の大金を出したそうだなんて、ばかな茶番狂言の筋書じみたようなことを触れまわした。それから大隈の辞職とともに政府の大方針がきまり、国会開設は明治二十三年と予約していろいろの改革を施すうちにも、従前の教育法を改めていわゆる儒教主義を復活せしめ、文部省も一時妙な風になってきて、その風が全国の隅々までもなびかして、十何年後の今日に至るまで政府の人もその始末に当惑しているでしょう」と。

実際、わがはいは教育勅語の裏側も知っており、岩倉具視《ともみ》からも相談されたことだってある。教育勅語が儒教復帰の教えじゃないのかと世間が不満を漏らしているのが気がかりだという岩倉に向かって、わがはいがこう答えたという伝説まである。

「今回の勅語は、いわば、十年後にあんたの好きな馳走《ちそう》をたっぷり食べてもらいますと約束したご本人が、十年のあいだに客人の好まぬ古くさい料理ばかりを仕こんで案内状を送ったようなものですよ。それがまずくて食えんという客人を、こんどは捕まえて牢に入れたり東京の外へ追いだしたり、それでも足らずに、役人たちがむかしの大名公卿のまねをして華族になって、これみよがしに教育訓示なぞをやらかすものだから、天下がますます混乱したわけです」と。

わがはいは教育規範にもそうした儒教復活がおよんだのを知って、かねて懇意の寺島宗則《てらしまむねのり》にも、勅語の裏ばなしを明かした。我が家にはその裏付けとなる文書がごまんとあるぞと、脅しまでかけてみた。すると寺島も、「政治の世界はきたないというが、そこまでとは知らなかった。どうだ、少しねじ食ってやったら。やつら、謀略があばかれて血の気を失うぞ」とけしかけてきた。ところがわがはいは、「これを世間に明かすと政府には困り果てる人がたくさんいるだろうから、黙っていることにする」と返すにとどめた。たぶん、『教育勅語』に取って代わる諭吉式修身論を、そのときにまだ思いつけておらなかったための弱気であろう。あれは失敗だった。

けれども、前述のバカバカしい混乱劇にはまんざら誇張でもない部分がある。その当時、徳育教育の進め方について議論百出して方向が定まらない各県知事から、ある要望が出されたのだ。西洋倫理によるべきか、それとも旧来の儒教倫理に帰るべきか、学校教育においてはいったい何を取り上げればいいか分からなくなったから、国が早く方針を示してくれ、という訴えである。はっきり言えば、それまで小中学校では学課教育に重きが置かれ、修身教育のほうは打っちゃられていた。それが突然、先生への挨拶が悪いの、先生には口答えしてはならないの、というような修身の儒教主義が声高になったので、各県知事は団結して、教育の指針となる規範を明確にするよう建議をおこしたという次第さ。政府はそうした混乱を見て、修身教育の指針も明示する必要に迫られた。そこで最初に、『西国立志編』という新時代の修身書を翻訳した中村正直《なかむらまさなお》を呼びだし、政府の考えを反映させた修身テキストの草案を依頼したのだった。

だが、そこへ横槍を入れた文部官僚がいた。あの憎たらしい井上毅だ。わがはいを謀反の黒幕に仕立て上げた一味の一人だ。その井上が、こんどは儒教修身に沿ったテキストを自分で起草し、中村案に代わる案として採用させた。つまり、学校生徒に与える『軍人勅語』ともいうべき訓示を準備したわけなんだ。

したがって、『教育勅語』を読んだわがはいが非常な不満を感じたのも当然さ。儒教への復帰を唱える井上の案であるから、わがはいが否定した「忠」や「孝」が大きく扱われて不思議はなかったけれど、あまりにも巧妙に作文されていたため、これを論破して新たな教育指針を天下に示すための、切れ味鋭い「突破点」を探りあてられなかった。

だが、そのとたんわがはいは大病を発してしまった。長い空白が生じたけれども、死の淵から蘇ったおかげで、わがはいは探し求めていたその突破口をついに見いだした。神がかった言い方になるが、天がわがはいに知恵を授けたのである。

物乞いの女房の生き方

わがはいがその天啓を得たのは、一度目の脳溢血から回復し、日課だった朝の散歩をふたたび始めたときだった。明治三十二年にはいった春のことと記憶する。

久しぶりにいつもの広尾近辺を歩いて、四之橋《しのはし》のたもとに差し掛かったとき、そこに初老の婦人が茣蓙《ござ》を敷いて座っていた。白髪交じりの髪を手ぬぐいで蔽《おお》い、うつむき加減の顔をときどきあお向けている。

わがはいは、はじめのうち女が物乞いをしているのだろうと思った。しかし、膝の前を見ても、小銭を受ける器を置いていない。すこしたたずんで、その女人の様子をうかがった。というのも、彼女が座りこんでいる橋詰めの空き地は、わがはいが懇意にしていた「おかま仙人」という物乞いの老人の定位置だったからだ。おかまというのは、ふだん裸に近い姿をして、頭にだけお釜のように見える帽子をかむっていることから、だれ言うとなく付いた呼び名だった。この老人とは馬が合って、ときおり芋などを持って行ってやると、遠慮がちだが喜んで口にしてくれた。ただし、貰い物はいつもかならず半分を残し、大事そうに茣蓙の間にしまっておくんだ。わがはいが、「だれにあげるのかね、それを」と訊くと、そのときだけおかま仙人はほんとうに誇らしそうに、「決まってら、恋女房だよ」と答えるから、よくみんなで笑いあった。そんなおかまの答えを、江戸っ子らしい見栄《みえ》だなァと思ったんだ。

それで、女人のことが気になったというわけだ。女の前まで行って足を止め、しずかに声をかけてみた。

「いつもここにいるおかま仙人はどうしたね？」

すると女人は急に顔をあげ、おどろいたようにわがはいを見つめた。そして、乾いた唇をかすかにふるわせ、逆に問いかけてきた。

「あの、もしや旦那さんは、三田の先生とおっしゃられますか？」

わがはいは首をかしげたが、おかま仙人が自分をいつもそう呼んでいたことを思いだした。

「ああ、おかま仙人はわがはいのことをそう呼んでおったが、あんたは？」

女人はあわてて膝の辺りを手ではらい、裾《すそ》を整えて一礼した。

「さようでございましたか。わたくしはあの者の家内でございます。先生様をお待ちしておりました」

と、女性が言うので、いよいよ首をかしげた。

「そうか、おかみさんでしたか。おかま仙人はどうしておいでかな。わがはいは脳溢血を発して長いことここへ来ることができなかったんだが、気がかりでした」

女はまた一礼し、こう答えた。

「さようでございましたか。それはお気をつけなさいませんと。先生様には亭主がひとかたならぬお世話になりました。ご覧の通り、お見苦しい身なりの者でございますゆえ、お屋敷には上がれませんが、せめてお礼を申し上げたく存じて、暇ができましたときにこうして橋のたもとでお待ちいたしておりました」

わがはいは軽いおどろきを味わった。

「お礼？　どういうことだね、おかみさんとは初めての出会いだが。おかま仙人がいつも座っておった場所においでだったので、つい、あんたに声をかけたまでなんだが」

すると、彼女は両手をついて頭を下げ、こう言った。

「昨年暮れに、亭主は身まかりましてございます」

「え、おかまさんが？　亡くなっていたとは知りませんでした」

「はい、かなり前から心の臓が悪うございまして、ときおり正気を失うほど苦しんでおりました。先生様のお世話で北里先生の養生園で療養させていただきました」

「ああ、覚えています。奥様のご亭主はたしかに正気を失われたことがあり、これはよほど悪いと思いましたので、養生園に担ぎこんだことがありました。だが、おかまさんは一週間ほど入院して、そのあと病院から消えてしまったのです。心配しましたが、まさか亡くなられていたとは」

「はい。三田の先生にはご迷惑をおかけしたと、いつも悔やんでおりました。先生様が散歩に出られなくなったのも、自分に会いたくなかったからだと気に病みまして」

「そうだったのですか。だが、おかまさんはなぜ養生園から逃げだされたのか、その意図が不明でした」

「病院にお支払いするものが都合できなかったからにございます。亭主はわたくしに、こう申しました。じつに情けないことに、わしには入院費を支払うことができないのだ。だが、おまえにもこれ以上の苦労は掛けられぬ。ところが三田の先生は、このわしがその昔、与力を務めた幕臣だったことをご存じだから、わしの身の上を憐《あわ》れんで治療費をきっと肩代わりされるおつもりにちがいない。それが申し訳なくて、わしは養生園にいられなくなったのだ、と。いっそ消えてなくなれば、恩知らずのわしに腹を立ててくださり、入院費の肩代わりもやめられるのではないかと思ったのでな、と打ち明けまして。わたくしはこれまで、どんなに生活が苦しくとも、夫に口答えしたことはありません。でも、そのときばかりは死にたくなりました。それで、亭主に初めて言い返しました。あなたは浅はかです、と。愚かな亭主は、逃げれば余計に先生様のご迷惑になることまで思い至らなかったのでございますから」

それを聞いたとき、わがはいは改めて物乞いの妻の顔を見た。この女はまるで我が母のようだとも思った。早世した父の百助《ひゃくすけ》に代わり、自分ら子供を独力で育て上げた母の強さと同じ力を感じた。それで思わず、みすぼらしい女の手を取り、立ち上がらせた。

「そうでしたか。それはわたしの方が悪かった。奥様、元幕臣というおかまさんの面目をつぶすようなことをしてしまった諭吉の方こそ、愚か者でした」

と、謝罪した。自分がバカに見えてきて、ただ、恥じ入った。

おかま仙人の奥方は、おもわず袂《たもと》で顔を隠した。涙をこらえられなかったのだろう。それでも彼女は気丈だった。

「いいえ、亭主こそ愚かだったのでございます。ほんとうに世間の情を知らない。建前ばかりの亭主でございました。自分の養生もせずに、わたくしの体ばかりを気遣っておりました。すこしお金がはいれば、酒を飲んで使っちまったい、などと取り繕いながら、ある日、わたくしに身分不相応の着物を購《あがな》ってまいりました。おまえに恥ずかしい思いをさせたくなかったから、といいますが、そんな着物なんかはどうでもいいのです。お金ができたなら、なぜ自分の病気を治すことに使ってくれなかったのか、いいえ、いっそ大好きだったお酒を買ってくれたほうが、わたくしにはうれしゅうございましたのに。

明治の御世になり、日々の糧《かて》を得る方法を失いました。ですが、たとえ物乞い同然に落ちぶれましても、武士は武士だと言い張ります。その愚かな考えを聞き、わたくしはただ、あまりにいじらしくて、泣きました。武士であることだけがあの人の生きがいだったのです。病を得た我が子を次々に亡くし、女房のわたくしも茶屋奉公に出すほかなかった甲斐性《かいしょう》なしでございますが、亭主は武士の本分である儒学の勉学を死ぬまで怠りませんでした。最後に一人残されたわたくしは、もはやこの世に未練がありませんが、夫の矜持だけは嘘でも通させてやりたく思いました。それでこうして、橋のたもとに恥をさらしながら、福澤先生のお通りをお待ちいたしておりました」

わがはいは絶句した。そして、消え入るような声で、おかまの女房にささやきかけた（もはや、〝わがはい〟などという偉ぶった詞も使えなくなって）。

「いや、わたしはおかまさんを不実者と恨んだことはないのです。むしろ、気の毒に思ったので、貧者の一灯を捧げたにすぎません。もとはわたしも幕府の役人でしたから。だが、ご亭主はそこまでして勉学に励まれたとは。失礼ながら、平生わたしはご亭主をおかま仙人とお呼びしておりましたけれども、むかし役人だったと聞いただけでお名前も存じ上げませんでした。せめてお名前をお聞かせねがえませんか」

　すると女房は首を振った。瞬きもせずに、わたしを見つめた。その仕草がぞっとするほど美しかった。

「いいえ、亭主が実名をお伝えしなかったのは、せめてもの見栄でございましょう。儒学のような体《てい》のよい武家の空論にあざむかれた愚か者にございます。憐れと思し召してくださるなら、どうか無名の儘《まま》に捨て置きくださいまし」

「奥様、あなたは今、儒学を空論とおっしゃいましたか？」

　問われて、女はきっぱりとうなずいた。

「さようでございます。教えを厳しく守れば、武家は命を失い、子は飢えて死に、女房は賤《いや》しい身に堕ちる、さりとてそれを軽視すれば学識ある武家も廓《くるわ》に通い、妾を置くようになり、女房の立つ瀬がございません。仏ですら、女人は女であること自体が罪であると申されたとか。ではなぜ、女は男と同じ数だけ生まれてくるのでしょうか。犬ですら、雄は雌を守るといいますのに」

　わがはいはそのまま凍りついた。まったく、言い返す言葉に窮した。やっと絞りだせたのは、どうでもいいような問いかけだった。

「奥様、あなたは……御亭主がおられたこの場所でわたしに出会ったら、どうなされたかったのです？」

女人は少し涙ぐんだが、すぐに微笑を取り戻した。

「どうぞお笑いくださいまし。亡くなった亭主に代わり、先生様にお叱りを受けるために、でございます。病院の不始末のことを。本来ならわたくしが亡夫に代わり、先生に病院代の一部なりとお渡ししたいのですが、病身の女では埒があきません。どのみち、子も亭主も亡くし、あの世とやらから迎えが来るまで、先に逝った者たちの菩提《ぼだい》を弔うだけがわたくしの務めにございますので」

わがはいはさらに驚愕した。

「奥様、それじゃあ、まさか、去年の冬辺りから、ここでずっと……わたしに詫びようというだけで？」

女性は無言でうなずいた。わがはいはしばらく立ち尽くした。そのあと、小声で訊いた。

「なぜ……なぜそこまでなさるんです？　ご亭主のこととはいえ、すでに亡くなったのだし、あなたにはなんの責任もない」

「いいえ、亭主の恥を雪《すす》ぐためにでございます。落ちぶれ果てても武家の女房にございます。愚かな亭主をどうぞお笑いくださいまして、亭主の不始末をお許しいただければ、あの世とやらへまいりました折に亭主に顔向けができますゆえに。あなたの恥を雪ぐことができました、と一言申すことができましたら、亭主もきっと成仏し、これで先生とも昔のように対等にお付き合いしていただけると安心すると存じますので」

わがはいはかぶりを激しく振って、強く言い返した。

「いいや、恥だなんて、そんなことはない。まして今は明治の世じゃありませんか。われわれは対等ですよ。上も下もない。恩も義理もない。そんなことを考えるなんて……だいいち、わたしにはご亭主を笑う資格すらないんだ。大切な友人を放りだしてしまったんですからね」

そう言いかけたが、女性は首を振った。

「父母に厳しく教えられました。舅《しゅうと》には孝を尽くし、朋友には情《じょう》を尽くすのが定め、と。他人《ひと》様《さま》から笑いものにされるのは死ぬよりも悔やまれることと信じておりました亭主に、どうかしてその恥を雪いでやらねばなりません」

情、という一言がわがはいの頭をぶちのめした。情なのだ、知でも理でもない。それを超える心の交流を、情というのだ。

わがはいはそれでも、おかま仙人の女房に問いつづけた。

「奥様、あなたはそれで……幸せですか？　女房が亭主の恥を雪がねばならぬなんて。不条理とは思いませんか？」

だが、まったくの愚問だった。女人はきっぱりと答えたからだった。

「幸も不幸もありません。女房の情にございますれば」

女人はそう繰り返すと、まるで鶴のように細い首を優雅に垂れ、地面に敷いていた莫蓙を丸めて抱え、その場から去った。その後ろ姿が、役目を終えた安堵感にあふれていた。

わがはいは、五分ほど、婦人の姿が消えるのを呆然と見送った。そうしているうちになぜか怒りが湧いてきた。文明開化の時代であるにもかかわらず、今ここを去っていった女の暮らしは封建時代のままではないか。結局わがはいが取り組んできた教育の仕事は、彼女たちの人生をすこしも救えなかったではないか、と。自分は儒教の教えに反対して、男女の平等や一夫一妻の制を世間に啓蒙してきた。それは、あの女人のような人を救うためではなかったのか。

　旧中津藩奥平家の大奥に一橋家から下ったという芳蓮院《ほうれんいん》という女隠居がいらしたが、あるとき奥平家の元老で島津《しまづ》祐太郎《すけたろう》なる老人がお方様にわがはいの唱える一夫一妻制を言上したときに、こう申されたそうな。西洋流儀に不思議なのは男女の間柄であろうか、男女相互に軽重などはなく、いかなる身分の人でも一夫一妻に限っているという。わらわももっともなことと心を動かされた。若い頃にはわらわもその情を抱いた覚えがありました、と。それ以後、お方様はわがはいを大奥に招き、西洋流儀の男女論を話す機会をもつようになった。だが、教養あるお方様でも正論と受け取ってくれた男女同権のことわりが、あろうことか旧士族の人びとにはいまだに浸透していなかったのである。むしろ、士族の女房には儒学の教えこそが支えであったのである。悲しいことには、男尊女卑の悪習をもっとも厳格に守っているのが、むしろ下級士族の妻の方であり、維新後に生活が立ち行かなくなった士族の家庭を一身に背負ったのも、この女性たちなのだった。

　わがはいは恥じた。この「恥」という武家時代の古くさい言葉の呪縛が、初めて理解できた。そして、この呪縛を断ち切れるものが、おかま仙人の女房や芳蓮院が口にした「情」という新たな言葉であったことも。儒学の教えは予想外に深く、日本人の心に浸透していたことが、まぎれもない現実であり、救いでもあったのだ。

　この問題について、わがはいら教育者はあまりにも手ぬるかった。どうしてこのような理不尽を明治の現在まで見逃してきたのか。新たな考え方に改めさせることが、なぜできなかったのだ。この啓蒙を自分が真っ先に行わねばならなかったのではないか。自分は命尽きる前に、その答えを出さねばならない、と覚悟した。

「もはや、物質世界の知を与えることは文明開化の仕事ではなくなった。情を――個人やその損得を越えた、集団で暮らす人の心構え――すなわち、心の自立こそを、わがはいは説かなければならないのだ」


　その日から、わがはいの目に輝きが戻ったと、人は言う。息子の一太郎も、その変貌ぶりに腰を抜かしたらしい。このとき世の中は、諸外国人を囲いこんでいた居留地廃止が決まり、「内地雑居」が行われる時代に来ていた。日本に課せられていた治外法権が対等な条約に置き換わるというのに、日本には不平等な男女の間柄がなお残存していた。このような醜態を外国人の前にさらすことは忍びない。これだけは今あらためねばならない大問題である。

　だからわがはいは決意した。書籍を通じての啓蒙では間に合わぬし、手ぬるい。残る手法はただ一つしかない。『教育勅語』を凌駕《りょうが》するような国民の修身綱領を、自身の手で発するほかにないのだ、と。

女大学を啓《ひら》く

そもそもわがはいは、晩年に二つの著作を書きあげたいとする希望を、早くから抱いていた者である。その一つは自伝を物することであり、明治三十年暮れごろから明治三十一年の前半までに口述筆記を終えた。だが、もう一つの書き残しは女性の修身に関する手引書であり、すぐあと明治三十一年夏に『女大学評論』二十篇、ならびに『新女大学』二十三章を書き上げることができた。年来の宿願である男女平等を柱にした女人道の教えである。執筆期間はわずかに一か月余。モノに憑かれたかのような速筆だった。だが、作業がいささか過酷に過ぎたのだろうか。これを脱稿して数日後の九月二十六日、健康には一片の不安も抱いたことがなかったわがはいは、初めての脳症を発して倒れたのだった。

大患であった。医師団は必死の治療に当たったけれども、十月五日には生還の見こみがないと宣告が出るに至った。家族、塾員も希望を捨てざるを得なくなり、高弟の小幡篤次郎でさえ、恩師の戒名《かいみょう》を手配してしまったほどである。だが、奇跡が起きた。この日を境に、病状が一転して回復に向かったのである。そして、翌三十二年の春には戸外を歩行できるまでになった。

散歩の途上で、おかま仙人と綽名がついた老人の女房に出会ったのは、ちょうどそんなときであった。その結果、最後に執筆した『女大学評論』や『新女大学』では、まったくもって女性の立場を高めることができぬと思い知らされた。問題は、女性に自助自立を促すだけでは足りないという点であった。男の方こそが女性の尊厳を認めねばならないのだ。

では、どうするか？　男女双方に求められる修身の綱領を制定することである。それも、慶應義塾の中で教えるような狭い教育ではない。学校の垣根を超えて、日本全国に行き届かせる教えを創らなければならない。

新たなる「修身」の創立へ

ここではじめて、わがはいが殉じるべき、命をかけた最後の仕事に思いあたった。命尽きる前に完成させねばならないのは、『教育勅語』に対抗できるような新修身の規範を作成すること。まさに発病直前の八月、わがはいがモノに憑かれたかのように書き上げた『女大学評論』と『新女大学』は、その前哨であった。これら二著は、女性に男と同様の高等教育が必要であることを力説する論議を中心にした論述にすぎず、かろうじて男女同権論に到達したにとどまった。

だが、まさかこのような女性教育の勧めが、『教育勅語』という強大な権威を破る突破口になるとは、想像すらしていなかった。わがはいとしては『女大学評論』と『新女大学』の脱稿をもって、ふたたび広がりだした儒教的な『女大学』の教えを打ち破れると信じたのである。

その過信を戒めてくれたのが、おかま仙人の女房だった。養うべきは、宇宙にあまねく存在する生命の「情」である。けれども、『新女大学』は元来貝原益軒《かいばらえきけん》の著述だった女性教育書を通俗化させたもので、結婚前の女子に与える「心得」にすぎなかった。

だが、心得は人工的な作り物である。これに対し、情は天然自然が与えてくれた自然の道理である。情は、宇宙にもあり、ひょっとするとあの世にまでも存在している道理である。

ただし、わがはいがこの情を語るための方法として採用したものは、「文章」ではなく、「綱領」であった。理解させるのではなく、感じさせる。「法則」とか「数学」といった「理の公式」を「情」に置き換えたような形式であった。じつは、わがはいが打ち破ろうとする『教育勅語』がすでにその方法を採用しており、全国の学生・生徒に暗記させる形で教えられていた。ならば、わがはいもそれに対抗しよう。塾内の主だった人々に託して練り上げた形式は、十九条におよぶ短い項目を並べた箇条書きであった。わがはいはこれを仮に『修身綱領』と呼んでみた。文章も短くて、暗唱するのにも手ごろな分量に抑えた。明治政府の『教育勅語』に逆ねじを食わせる手法になったかもしれなかった。

ついでに書くと、益軒の『女大学』に示された基本理念は、こうである――女は家に従属し婚家に尽くすこと。貝原益軒は元来、人がだれしも天の下に平等であると考えていたが、『女大学』ではその部分がきれいに削除され、儒教色に塗りつぶされた。益軒の綱領によれば、女は容姿よりも心根が重要で、その心根とは貞操を守り夫に隷従する気持ちであるとされた。

そこでわがはいが当面打破すべきを、この『女大学』と見定めたゆえに、自著にも『女大学評論』や『新女大学』という題をつけたのである。したがって明治二十三年に出された『教育勅語』のことまでは、その時点でまだ意識できていなかった。いわば江戸時代以来ひろまった男尊女卑の悪習を攻撃する批判に終始したのだった。

が、大患のあとわがはいの考えは変わった。読むのに時間がかかる書籍は、もはや意味がなくなった。一読しただけですぐに記憶でき、いかなる注釈や指導も必要としない、だれでも自然に納得がいく自明の法則を箇条書きにすること。それが肝要だと思いいたった。『女大学』と『教育勅語』がそうだったように、暗記すべき箇条書きの「心得」として公表しなければ、庶民には伝わらない。わがはいは内々に『時事新報』の石河幹明と土屋《つちや》元作《もとさく》記者、長子の一太郎、元老の小幡篤次郎を招いて、『教育勅語』に対抗できるような、読みやすく覚えやすく、読むだけで自然に意味が納得できる綱領を作成する話し合いを開始した。このとき、明治三十二年暮れである。

わがはいは『時事新報』の文筆陣と小幡篤次郎らと語りあったのち、まず土屋元作に『独立主義の綱領』と題する修身要綱の試案を作らせた。わがはいはこれを朗読させて暗唱に適するよう改善したのち、この試案をもとに評議員を指名して詳細な検討にはいらせることを決断し、十二月十五日夜に交詢社の一室へ招集をかけた。

結局、この日に集合した面子は、息子の一太郎と捨次郎、長年苦楽をともにした小幡篤次郎、『時事新報』の石河幹明と土屋元作、塾長の鎌田栄吉であった。ことが人間の気品という問題にかかわっていたため、養子の桃介のように世俗的な株相場に熱中する商業系の塾員たちを呼びだすことは避けた。

そしてこの日、わがはいは断固たる意志をもって、集会者の前に立ったのである。わがはいの発言はいつもとちがって漢語文章のように硬かった、と小幡が回想しているが、概要は以下の通りであった――。

「諸君、本日お集まりいただいた理由《わけ》は、ほかでもない。先日、土屋君を煩《わずら》わせて原案を書いてもらった『独立主義の綱領』を、どのように世間に示すかという大事を相談したいからである。現時の教育界を見渡すに、修身の問題が混乱を極めており、いまだ新社会に用いるべき生き方の手本というものが市民に示されずにいる。旧道徳の主義はすでにその力を失ったとはいえ、無批判なる市民はただ闇雲《やみくも》に追従するのみであり、他方、新道徳の主義はいまだ世に現れていない。天下をあげて修身処世の方向に迷うておる。ゆえに近年、『教育勅語』が親授されてなお、社会風紀の乱れは目に余るものがある。このような状況のもと、わがはいは自らの手により、時勢に適用する徳教の標準を示し、男女老少を問わず一般国民をして向かうところを知らしむる必要を痛感して止まないのである。

中でも世の女性を苦しめている旧来の女道論は、われらがはっきりと否定せねばならないものである。なぜなら、女子は人口の半分を占めるのであるから、新たなる徳教も、この女性を活用せしめ、かつ満足させるものでなければならぬからである。徳教といえども時代により変化せねばならぬのは、必然である。さいわい、土屋君が提示された原案は、わがはいがこれまで語ってきた独立主義の言説をよく調査し、また女道論をも重要なる項目に加え、箇条書きにまとめてくれた。これをまず議論にのぼらせたいのである。

繰り返すが、われらはいま、永久に通用するだけの徳教を示せる力量を持たぬが、それでも現時の社会に益する道徳を定めるべき義務を負っている。ついては、長い文章を連ねるような小難しいものはこの場合ふさわしくない。記憶ができ、いつも口に出せるほどの短い箇条書きを以て目的にかなうことは、『女大学』や『教育勅語』に学ぶべきであろう。まずは今回の教育指針を一言により表すことのできる標語を定めるのがよかろうゆえ、小幡に調査させたところ、わがはいがおこなったこれまでの言動から〈独立自尊〉の四字を看板に掲げることがよいとの意見があった。よろしく諸君のご判断を願いたい。

なお、もう一言を加えたく思うのは、日本人の心根《こころね》の低さについてである。我が国は今日の戦争に勝ち条約改正もおこなわれ、外国人の注目すること従来とは異なるのである。しかるに日本男子の無力なることおびただしく、徒《いたずら》に彼我《ひが》の貧富を云々するのみにて、国民の品位いかにと注意するものなく、連日連夜宴会また宴会、そのありさまは依然たる日本流にして毫《ごう》も改めず、はなはだしきは公然と妾を蓄えるなど、その醜態を蔽い隠すこともなく自ら得々としておる。かかる次第にて外国に対して同等の交際など思いもよらず、おどろき入りたる次第である。今日の男子たるもの断然自ら改める勇気もないのであろうか。わがはいは病後まったく回復せざれども、身体の健不健にかかわらず、この世にあらんかぎりは飽くまでも同一の言を繰り返して止まざる覚悟である」

わがはいは集会者の顔を一々確かめながら演説すると、ふところから墨書きした半紙を取りだして、全員に示した。

「これは、わがはいが病後はじめて書く文字である。一夫一婦、男女平等、男女相愛。これを個人と国家の独立を実現する基本の修身とし、条文内に強調してもらいたい」

わがはいはそこまで言うと、満足して腰を下ろした。あとは、小幡が会議を取り仕切ることになった。小幡は言う。

「……諸君、お聞きの通りです。われら慶應義塾はこれまで半世紀近くにわたり多数の綱領を定めてきたが、修身に関しての決まりごとを条文にしてこなかった。それはなぜかと言えば、学問の対象ではなく日々の実践の課題であったからです。頭で理解しても実生活でそれを実践する教えがなかった。しかし、修身に関する言説がここまで多数に分岐した現在、男女平等とは何かというような問題にも明確な条文を与えねば、国中に理解されぬ情況となりました。われら教育に当たる者がそのことに深く心をいたさなかったのは、まことに迂闊《うかつ》なことでありました。いま、女子の大学生はたしかに極めて少ない。男女は同数で生まれるのに、大学生はなぜこのように女性がいないのか、これは憂うべき問題です。そこで土屋君にこれらの修身心得の根本を箇条書きしていただき、教育勅語に代わって世間の眼前に掲げようと考えました次第です。どうか、慶應義塾の修身心得と限定することなく、日本国中に示せるほどの条文を作成していただきたいのです」

これに答えて、石河幹明が挙手し、持論をまくしたてた。

「小幡先生、これから決めようという修身条文は、私学の教育精神ということを前面に押しだすべきではありませんか。いま、喫緊の大問題は政府による教育内容の独占が強行されようとしている事実にあります。教育の自由が制限されようとしておるのです。ありていに言えば、富国強兵に益する学問優先と公立大学・中高学校による教育の囲いこみとであります。つまり、私学に入学しても重要な仕事や職種には就けないという制度づくりが進行しつつあるのであります」

そこにすぐ、わがはいが補足を加えた。

「石河君、それだけではない。教育ばかりか、社会の諸制度から女性を締めだすという狙いをも蔵しているように見える。それはつまり、国民の半分を都合よく隷従させるという発想にほかならない」

　この発言に拍手が起きた。しかし、わがはいは会議場を見渡して、かすかな自虐を味わった。何故なら、こんな大事な会議に、女性が一人も加わっていなかったからだ。つづいて、わがはいの長男である一太郎が発言を求めた。

「じつは、父に代わって申しあげたいことがございます。福澤の家は下級武士でありましたが、祖父が早世したのち女手一つで子を育て、家を守ったのは祖母でございました。本来なら祖父のするべき仕事を、祖母が代わって務めた家なのです。そういう家庭で育った父は、男尊女卑が闊歩する我が国の旧道徳をどうしても認めることができませんでした。そして西洋を巡回し、男尊女卑の真逆となる淑女優先の発想などに触れ、なんとしてでもこの流儀を日本にも浸透させたいと希望してきました。いわば、先祖以来の福澤家の宿願です。ところが文明開化の世になっても、日本では妾や廓といった女性を侮辱するがごとき悪習が止みません。政治家自身が率先して妾を囲うなどは言語道断です。われら男子が自ら廃するべき最大の背徳であります。いかがでしょう、この考えを明らかにする条文をもって、教育勅語の足らぬところをおぎなうことを目標にいたしては」

　塾長鎌田がこの意見に同意し、次のように語りだした。

「男尊女卑！　いやはや、まったくもって慚愧《ざんき》の極みであります。慶應も女性への門戸をもっと大きく開くべきでした。女子を公然と卑しめること、まことにおどろくべき誤謬《ごびゅう》であり、西洋では毫も賛同を得ない慣習であります。教頭を任せておる門野幾之進君は目下、我が大学を大改革し学生の志気を高からしめ、学問の進歩に到達する道を模索するため、各国の大学制度を視察すべく洋行いたした成果を実地に活かそうと苦心しておりますゆえ、女学生も男子に伍して学問研究に励みだしおると信じたく存じます。いえ、学問だけにとどまりません。芸術でも女性の力こそを大いに必要としつつあります。ところが残念ながら我が国の現状を見るに、学問も芸術も、また文芸にも、女性の進出はまったく微々たるに過ぎぬのが真実であります。これは、日本女性が有しておるところの才能や技量を無視することはなはだしいと申せます」

鎌田塾長はそう言って、大きなため息をついて見せた。だが、日本女性の進出については、鎌田に切り札があった。アメリカで大評判をとった日本初の女優、川上貞奴の活躍である。貞奴の演技が絶賛され日本にも伝えられたのは、この日をさかのぼること数か月前である。じつに最新の出来事であった。わがはいの望んだ勇敢な日本女性が、実際に登場する世の中になった証拠であった。俳優という文化的な職業を蔑視する日本国内の姿勢を改革しようとして敗れた川上音二郎を助けて、一緒に嵐の中を短艇に乗りこんで神戸へと漂流したこと自体が、つい最近の出来事なのであった。

おそらくではあるが、あの貞奴はわがはいに対して、ある種の対抗心を抱いていたと思われてならなかった。というのは、初恋の相手だった桃介を福澤家に奪われ、また夫となった音二郎もわがはいに拾われて慶應の学僕になった者であるが、品行不良につき放りだされたという因縁まであった。いわば貞奴が愛した二人の男と悪縁を結んだのが、わがはいにほかならないからだった。

その貞奴が、日本女性の尊厳を高めるための決死の戦いを始めたちょうどそのときに、わがはいが男女同権をうたう修身綱領の作成に着手したことは、なにかの因縁にちがいない。これはどういう天の配剤なのか。しかも貞奴の日本への凱旋帰国は、わがはいが没する直前の明治三十四年の初めであった。奇縁といえば、これほどの奇縁があろうものか。

それで、鎌田も勢いこんで貞奴の話を口にした。すると、聞いていた土屋が意見を語りだした。

「鎌田君、女子の件もまことに由々しき問題だが、それとともに男子学生の間で流行しておる衆道についても新聞紙上ではしばしば問題となっている。衆道自体は人間が有する自然な傾向の一つとみなしうるが、現状であの習俗には先輩後輩の主従関係をもって無理強いする例があると聞いております。新道徳では、まず男女間の自然な恋愛を善しとするけれども、今後は異性間、同性間の恋愛までも愛の問題として広くとらえるべきかと思います」

すると、小幡がこれに呼応して、こう言った。

「男女間の恋愛から同性愛の問題にまで拡大するならば、これはやはり、学内だけの教育的問題ではなくなりますね。哲学論の領域になります。我が校の枠をやぶって、日本全国の修身手本にするべきものかどうか、あらゆる状況の人々にも意見を聞かねばなりません。さいわい、慶應には『時事新報』という新聞もある。この言論手段を活用するのが上策でしょう」

次いで、キリスト教にも詳しい長男の一太郎が発言をもとめた。

「いいでしょう、賛成です。ならばもう一つ、新時代の修身に必要な条文として、日本流の、恨みの思想をも廃することを明記せねばなりません。西洋では、キリスト教の影響で、他人を恨む、嫉妬する、仇を報ずるということを禁じております。然るに日本では、仇討という野蛮な行為が称賛される。もしも恥辱をそそぎ名誉を回復したいならば、すべからく公明の手段、すなわち裁判などによるべし、と教えるべきでありましょう」

一太郎はさらに、海外で動物愛護の新風俗が流行する事情を伝えて、博愛の情を人間にのみ当てはめるのでなく、鳥獣虫魚にもおよぶようにし、生き物に対しての蛮行を戒めるべきである、と付け加えた。

会議は議論風発して、止《とど》まるところを知らなかった。頃合いと見たわがはいが、ここで沈黙を破った。

「諸君、活発な議論をまことに感謝します。だが、わがはいは思う、議論百出しすぎるあまり、この綱領の全体像が不明確になったのではないかと。条文のすべてを総括できる大きな標語がほしい。総論もほしい。それに、ぜひとも意見を聞きたかった賢人が一人いる。わがはいが誰よりも信頼した小幡篤次郎の弟甚三郎や小泉信吉も会議に参加してほしかったが、彼らはすでに亡くなってしまい、もう意見を聞けない。だが、一人だけまだ存命している者がいる」

「え、どなたです?」

と小幡が不意を突かれたように尋ねた。

「塾員ではないが、塾で教鞭をとったことがある人だ。日原昌造君だ」

「あ、日原さんか!」

と石河が声を上げた。全員がその声にうなずいた。

わがはいはいちだんと声を高くした。

「どうだろう、日原を長府《ちょうふ》から呼んでくれないか。わがはいはいつも思っていた。日原が『時事新報』に投稿する意見は、いつもわがはいの考えと一致していると。この条文の骨子をまとめ、標語を定め、誰にも記憶しやすい形式にする仕事を、ぜひにも日原に手掛けてもらいたいのだが」

わがはいはそういうと、参集者に向けて頭を下げた。

出席した全員が、直ちにこの提案を承諾した。日原は慶應の「良心」ともいえる人物だったからだ。小泉信吉とともに横浜正金銀行のロンドン支店に勤め、のちにサンフランシスコ支店に移ったが、ある事件をきっかけに、ニューヨーク支店長を打診されたがきっぱりと断り、故郷の長府に隠棲して晴耕雨読の生活にはいった。わがはいが招いても、ついに上京しなかった。だがこの野武士こそは学識といい人格といい、友人のうちの第一に信頼を置ける人物といえたのである。小泉信吉の息子信三によれば、およそ愛想のない無口な先生だったというが、本人に会えば、その人格の高さが膚《はだ》で分かる。いかに自由奔放な塾生でも日原にだけは一目置いて、その生き方を尊敬していた。

その日原だが、年も押し詰まった明治三十二年十二月三十日に遠路はるばる山口県長府から上京してくれた。そしてわがはいが望んだとおり、修身綱領の起草を引き受けてくれたのである。こんなにうれしく、ありがたいことはない。わがはいは地獄で仏に出会うような気持ちになった。ただ残念なことに、故郷に差しさわりができていたため、本人はなるべく早く帰郷しなければならなかった。日原が故郷の友人に宛てた手紙に、こんな文章がある。わがはいはまったく恥じ入るばかりだ。

「……帰郷に当たり、福老翁のごときはほとんど落涙して、ぜひ今すこし滞京いたしてくれよとのことにつき（中略）貧乏所帯ゆえそんな気楽のことはできず、ただ困難とあれば月に三、四回くらいずつ田舎より書をつかまつるは可なりと約束いたし、ようやくこの難関だけは切り抜けた、と。」

結局、日原はこの条文の総括として「独立自尊」という言葉の採用を改めて提案し、綱領を象徴する標語としたい意向を明らかにした。この四字は、わがはいが一度目に脳溢血を発症した際、小幡が先走って戒名を決めるときにも選んだ語であった。しかし、わがはい自身がこれを選んだわけではない。わがはい自身が選んだ場合、はたしてこれを選んだかどうかは分からない。

それにもう一つ、書いておかねばならぬことがある。わがはいはこの修身綱領を日本中に拡げる大仕事のために、慶應義塾を廃塾にする決心さえ固めたのである。この大仕事には莫大な費用も必要だろう。年中金欠に苦しんでいる我が塾には、十分な活動資金がないからだった。もしも資金が底をついた場合、修身綱領の啓蒙活動と、慶應義塾の維持のどちらを選ぶか。わがはいの覚悟は決まっていた。修身綱領の啓蒙をつづけるためには、これまで知の養成に精出してきた三田の慶應を売り飛ばしてもかまわん、ということなのだ！

いや、おどろくにはあたらない。わがはいは開塾のころから、義塾存続を最優先に考えたことがなかった。優先されるべきは、家族であり、塾生であった。彼らが路頭に迷うときは、喜んで三田の土地を売り払い、学校を廃して、彼らを救うつもりだった。だが、廃校を言いだしたとたん、教師も塾生も腰を抜かしたという。だが、君ら門下生を犠牲にして学校を残すことにどんな意義があるというのか。

はっきり言うが、慶應は、なによりも修身綱領を国中に広めることをもって、最高の任務とするのである。

その覚悟を知ったせいかどうか、日原もまた最大の力を草稿の起草に注いでくれた。いや、綱領の確定どころか、修身の条文を解説する記事までも『時事新報』に書きまくってくれた。文字通り、わがはいの代わりを務めてくれたのである。日原は、修身も時代の変化に応じて変化せねばならないとして、その完成に全力を尽くした。わがはいの本心は、日原をどうしても上京させ、後事をことごとくこの野武士に託すことにあったが、日原もその期待に黙々と答えてくれた。

こうして日原が加わった評議会は、さらに教頭の門野幾之進を加えて進展した。この条文の題名を正式に『修身綱領』と呼ぶことにし、最後に小幡が三十項目となった綱領を決定稿と決め、わがはいに示した。わがはいはこれを検討し、題を『修身要領』という穏やかな語感のものに変更した。さらには第一項目を「前文」として独立させ、項目を二十九という半端な数に収めた。ここまでに二か月余りを要した。『教育勅語』に対抗する福澤諭吉の修身手引きが明治三十三年二月十一日の紀元節を期して成立し、同月二十五日の『時事新報』に掲載されたのだった。

福澤諭吉、最後の戦い

日本社会は、慶應義塾が世に問うた新しい教育規範に対し、賛否両論をもってこれを迎えた。むしろ反対論のほうに勢いがあったかもしれない。忠と孝を重視する勅語に比べて、わがはいの『修身要領』にはその二語が含まれないよう細心の注意が払われた。ただし、忠と孝が削除された修身というのでは、国家と国民との関係を強固に結べないという批判も投げかけられた。一理ある指摘なだけに、油断がならぬ論駁と受け止めた。有力紙『東京日日新聞』は、また、『修身要領』の中に提示された基本理解、すなわち「修身も時代の人文に応じて変化しなければならぬ」という前提に食いついた。修身は社会ができて以来かわることなき規範であるというのが歴史の定説である、と反論した上で、「独立自尊などという偏見を掲げて孝の教訓を埋没し去りたるばかりか、『教育勅語』に一言も説きおよばないのも失態これはなはだしい、と非難した。

さらに『萬朝報』には幸徳秋水《こうとくしゅうすい》が筆名でつづった批判記事が掲載された。独立自尊を重んじるあまりに、平等平和を軽んじ、ただ個人の道徳のみを見て、個人の社会に対する公道公徳を見ないのは不当だと論じ、忠孝への言及がないのでは意味がない、やはり社会的観念をもって「義勇奉公」を奨励する条文がないのを惜しみ、逆にこの四語さえあれば忠孝はおのずからそこにふくまれて万事まるくおさまる、と建設的な意見を吐いた。

これらの批判にたいし、日原がおこなった反論だけをここに書いておこう。日原は『中央公論』などが展開した「独立自尊という主義がすべての個別道徳を総括するかどうかうたがわしい」との説に対し、こう答えた。

「修身道徳は個別条項も多く、独立自尊の四文字に尽くせるものと言えぬかもしれないが、じつは現在の徳教中もっとも欠落している一条であり、すなわち一身の独立は一国独立の基にして、自尊の心はすなわち愛国心に依って生ずるところの根源である」としたのだ。

しかし反論の勢いは弱まらなかった。こういう事態となることは、わがはいも覚悟していた。論戦の対決はついに東京帝国大学文科の大学長である哲学者、井上哲次郎《てつじろう》の参入にまで発展した。

井上哲次郎は雑誌『太陽』に独立自尊の意義を論じる長文の論述を掲載した。この論文のなかで井上は、『修身要領』で明白に書かれなかった『教育勅語』との対立関係をあぶりだした。慶應が提示した修身規範は『教育勅語』にまったく背反する内容であり、意識的に『教育勅語』を蔑視する意図さえうかがわれるとしたからである。

こうして『修身要領』は社会的な論争に火をつけた。これに対し、わがはいは独自の普及活動を起こして自説の喧伝《けんでん》に力を注いだ。まず塾内にこの条文を張りだし、全学生にこの処世訓を学ばせることにした。いっぽう小幡も鎌田も門野も、弁の立つ門下生を全国に派遣して、まったく義塾にかかわりのない地元民を集めて『修身要領』の説明会を開始した。また、これに呼応するように、『時事新報』も繰り返し要領の解説記事を発表しつづけた。慶應義塾は乏しい財布から大金を支出したし、わがはいも著作の収益を投じて全国に遊説隊を派遣した。この説明会は各地で満員の聴衆を獲得した。それればかりではなく、わがはいが死亡した後も後輩たちに継承され、明治三十六年に日露戦争の影響で停止されるまで、つごう八十四回もおこなわれたのだった。

廃塾の危機に立つ

明治三十三年の暮れ、『修身要領』の普及に余生のすべてをかけたわがはいは、突如として、おどろくような発言を公にした。その文面にだれもが耳を疑った。わがはいはこう述べたのだった。

「慶應義塾を廃校にして、地面を売り払い、その代金を『修身要領』の運動費にでも当てたい」

という、大胆な一文章である。

このときたまたま義塾では幼稚舎と新寄宿舎が建設され、さらに教室の新増築も開始されていた。義塾存続のための寄付金募集もおこなわれており、だれも義塾の改革がこれから軌道に乗るものと信じていたものだから、衝撃は大きかったと想像できる。

わがはいがどうしてそんな料簡《りょうけん》を起こしたのか、だれにも理由が思い浮かばなかった。たしかに、わがはいはこれまで、義塾をどうしても存続させようという執念を持たなかった。しばしば廃塾を覚悟しながら経営に努力したし、実際に廃塾になりかかったこともあった。しかし結局、義塾を他人に譲らなかった。明治二十九年ごろには大学が維持困難な経営状態に陥り、評議委員会が廃塾やむなしと観念する場面すらあったけれども、このときはわがはいが廃塾を拒否し、大学の改革を成功させたのだった。

だが、あろうことか、今回はわがはい自身が廃塾を言明したのである。この発言を聞き、わがはいに翻意を促そうと奔走したのは、記録で知る限りでは、小幡篤次郎と鎌田栄吉だけである。そして両人とも、思い余ったのか長府の日原昌造に書簡を送り、助けを求めている。どちらの書簡にも、諭吉説得に全力を尽くして失敗に終わった無念が記され、このうえは日原氏に説得をお願いするしか方法がなくなったと、悲痛な訴えが添えてあった。塾長鎌田の書簡には、小幡が日原に上京を打診した経緯がもうすこし詳しく書かれている。

鎌田によれば、わがはいの存念は次のようであったという。まずは財政の困難が立ちはだかっていた。義塾には資産家がかなりいるにもかかわらず、骨董趣味などには喜んで散財するが、学事のためとなると義援金をだす者はいない。金が集まらなければ、数年のうちに大学の金は尽き、学校の地所も売るほかなくなる。そんな形で廃塾するくらいなら、一日も早く地所を処分してしまい、その金を修身要領などの運動に使うほうがよろしい、との考えにわがはいはとり憑かれた、と記されている。わがはいの考えは経営者として理にかなっていると思うのだが、たぶん塾の関係者には青天の霹靂であったのだろう。なお、鎌田が日原に送った書簡は、十二月二十七日付である。文字通り、すべてが一変すると期待された二十世紀の幕開けを直前に控えた、歓喜にあふれるべき時期だったはずなのだ。それだけに、わがはいの発言は大きな混乱を引き起こさずにいなかった。

ならば、わがはいはいったい何に絶望したのか。自分ながら理由はよくわからないのだ。資金がないのは今に始まったことではない。このまま放っておけば、どのみち義塾は人手に渡る運命だったかもしれない。あるいは、長老二人に懇請《こんせい》された日原が、はるばる山口の長府から上京して、わがはいの説得に当たってくれるかどうか、まことに期待薄だったからなのか。しかし、日原が上京するかどうかという点については、もはや我らが気を揉む必要すらなくなっていた。なぜなら、わがはいが三田の丘で二十世紀歓迎会のお祭り騒ぎを楽しんだ明治三十四年元旦から数えて、わずか三十四日後の午後十時五十分、ついに不帰の客となったからである。

二度目の脳溢血に見舞われたのは一月二十五日だった。一度目の発病ではとつぜん人事不省におちいったが、今回は体から麻痺していき、意識のほうだけ最期まで鮮明だった。三女の俊《しゅん》によれば、この世を去る晩のこと、どこからかオレンジをもらったので、その頃いちばん可愛がっていた中村壮吉《なかむらそうきち》（諭吉長女里《さと》の次男）を起こして、一緒においしそうに食べたという。そのあと壮吉を遠ざけて眠りについたが、わがはいはその際、「もういちど目が覚めるかな。それともこれきり眠って、目が覚めないかな」とつぶやいたらしい。予感でもあったのか？　たしかにわがはいは、二度とめざめることがなかった。

そういうわけで、義塾を売り払って廃校にするというわがはいの思いは、人々に衝撃を与えたまま、その決着を見ることもなく、沙汰止みとなった。波瀾万丈の、夢のような人生だったと、本人が認める生涯が、突如として幕を閉じたのだった。しかし、慶應義塾にとっては、それでよかったと、わがはいは思う。言いだしたら聞かない性分だから、ほんとうに慶應を売りに出して、成功の見こみもない福澤の修身要領を人々に伝え、これをひろめながら、どこか片田舎の講堂ででも、話の最中に急死したに決まっておる。

だが、最後まで無謀な夢にとり憑かれて死んでいくわがはいを、天は哀れんだのか、死の直前なる明治三十三年十二月三十一日より翌明治三十四年元旦にまたがる深夜に、まこと世にも不可思議な別離の祝宴を開催させてくれたのである。

世紀送迎会のさざめき

わがはいが娑婆に別れを告げるひと月前に、その式典は開かれた。第十九世紀最後の大みそかの夜、三田の丘は世紀送迎会のきらびやかな舞台と化した。輝かしい天才の時代であった十九世紀最後の日を見送り、希望に満ちた二十世紀の夜明けを迎える祝いの宴であった。学生自治会が主催する祭りであるから、わがはい福澤諭吉社頭と小幡篤次郎の二先生、および塾長の鎌田、教頭の門野はじめ主だった教授たちは客である。これに学生が五百名も集まった。

祝賀の式典は午後八時から大広間で始まった。うんざりするほどたくさんの人たちから挨拶があった。教員の林毅陸《はやしきろく》による十九世紀への感謝の言葉は、美辞麗句にちりばめられた名調子の朗読であった。

「多謝す好漢ナポレオン、手品師のルイ・ナポレオンこそは可愛《かわゆ》き奴なれ、タヌキに似たるカブール、鷹の目つきのビスマルク、我は愛す大侠客のガリバルヂ、我は欽《きん》す快男児のガンベッタ、……さてはヘーゲル、ショーペンハウエル、コント、ミル、ダルキン、スペンサー、十九世紀の思想界に大革新を起こしておのおのその大帝国を築き、あたかも群星天にかかりて燦然《さんぜん》光を競うの趣あるは、じつに十九世紀の偉観たり」と。

林はさらに言う。科学の進歩は貧富の不平等を起こし、また政治上の奴隷を救うをもって始まった十九世紀は、経済上物質上の奴隷を作るをもって終わった。十九世紀は絢爛《けんらん》たる文明の花を咲かせたが、これを培養してみごとに結実せしめるのは、じつに二十世紀に生きるわれらの責務である、と。

わがはいは満面に笑みを浮かべながら人々の挨拶を聞いた。どの挨拶も十九世紀を送るにふさわしい大げさな送辞であった。いや、間抜けなくらいに大げさで楽天的だった。過ぎ去ったものはすべて善であった。

林の長大な祝辞のあと、宴は晩餐にはいった。会場にパレット倶楽部の制作した諷刺画が数十枚も展示された。ぜんぶがおもしろくて知的な〈漫画〉である。わがはいが絵で諷刺を描く文章とみなした〈漫画〉を用いて、十九世紀の功罪を表そうという趣向であった。

晩餐が終わると、こんどは扮装した学生の列が入場する。日清戦争、ヴィクトリア女王の大祝典など十九世紀の大事件をそれぞれに紹介し、最後にはあわれな骸骨をかたどった老人が現れて十九世紀の終幕を伝える。すると突然、会場の明かりが黒幕に遮断されて闇となり、紅顔の童子が舞台に現れでた。これぞ若き二十世紀童子なのである。二十世紀童子は十九世紀の骸骨から王冠を譲り受けようとするが、その王冠を諸外国が奪いあう。が、その中から日本が現れて童子に王冠を譲るという展開となり、満場に大歓声が上がった。そして時計塔が十二時を報じたとたん、目もくらむほど多数の電灯が一斉に点灯され、満場が光り輝くなかで新世紀を迎えるという趣向であった。

いよいよ新年が来る時刻である。全員が運動場に出ていくと、そこはすでにかがり火がたかれており、無数のカンテラに照らされていた。そこにも巨大な〈漫画〉が三面、南隅の空中高くに掲げられている。第一図は儒教者が椅子にもたれて惰眠を貪る姿（これはわがはいが『時事新報』の付録に付けた最初の諷刺漫画『北京夢枕』を模したものであろうか）、第二図は一人の大名が洋服を着てシルクハットをかむり、小役人・商人・労働者・農民の層の上に威張りふんぞり返る図、第三図は鬚《ひげ》を蓄えた老紳士が目尻を下げて若い妾を囲う醜悪な図だ。これらは世紀が改まるときにすべて殲滅されるべき陋習にほかならない。このほかにもわがはいの手になる「独立自尊」「文明の光」「四海を照らす」「社会の燈」の四額が見える。そして、サァ、時計が十二時を指すと同時に、三十名の学生が教師の号令に合わせて、三つの諷刺漫画めがけて一斉射撃をおこなったから大変じゃ。銃声が五度も響くと、ついに三枚の醜悪な漫画が燃え上がり、その後方からいきなり、二十世紀と読める花火文字が輝きでて、会場を真昼のように照らしだした。ここにめでたく新世紀が到来したのである。目出度《めでた》いかな、めでたいかな！

……この間、およそ二十分。爆音と大歓声とが交錯《こうさく》し、三田の丘は軍事演習かと錯覚するほどの大騒ぎとなった。そして華やいださざめきのなか、出席した全員が立ち上がり、声をそろえて天皇陛下万歳を唱え、次いで、福澤諭吉先生万歳、慶應義塾の万歳を三唱して、世紀の送迎会は幕となったのである。

わがはいはいつまでも三田の丘に見ほれた。我がものであって、もはや我がものでない大学校。これが生涯の見納めとは思わなかったけれど、夢ならば醒めてくれるなという気持ちが勝《まさ》った。仕掛け花火の文字を見つめていると、また熱い思いがこみ上げた。これは夢ではないのか……。

どこかで学生たちが、ふたたび福澤諭吉先生万歳と叫んだけれど、もうはっきりとは聞き取れなかった。その声はすでに闇と溶け合っていた。わがはいは夢のなかに安らごうとしていた。

最後に言う。『修身要領』のことは、やがて新世紀の大きな課題になることだろう。この世紀送迎会とは、『修身要領』――すなわち知から情へ向かう探求の主体を、次世紀に引き渡す伝達式だった。だが、ひょっとすると、見るだけで生命の基本原理が説かれ、知を俟《ま》たずとも情によりその真理が証明されるはずだった新修身の条文は、まったくだれにも理解されない愚かしい空文となって捨てられる運命をたどるおそれもあった。
そんな『修身要領』の行きつく姿を、わがはいは宇宙の一部に還ったあと、自然の浄土で、ゆるりと見守ることにしよう。

（第十話　了）

エピローグ　死から覚めて視た未来

福澤先生……福澤先生……

と、ささやく声がしたような気がした。

周辺がなぜか騒がしい。成仏したのかしないのか、その辺の判定を閻魔《えんま》がどう付けたのか定かでない我が身にしてみれば、永劫の闇に横たわることが一番の安心なのだが、そうは問屋がおろさなかったらしい。

ふと気がつくと、わがはいはあなぐらじみた場所の床に寝かされていた。あたりは妙に熱っぽかった。湿った土の香りが鼻についたので、ここはまだ娑婆らしいとわかった。半分覚悟はしていたが、無信仰のわがはいには、浄土なんぞ、やっぱり無縁であったようだ。

それはそうだろう。わがはいもあんなに早く死ぬとは想像しておらなかったのだから。

毎日米搗きと居合抜きを欠かさずにおこない、すこぶる健康に注意していた。しかし、七十歳になるのを待つことなく、あの世行きとなったのは、まことに心外だ。それでどうにも腑に落ちないので、わがはいの主治医だった松山棟庵がこっちのほうへ来たときに、亡者同士のよしみでわがはいの死因を尋ねたら、回答はこうだった。

おまえさんの死因は二つだ。若いころの大酒と、毎日せっせと励んでいた米搗きと居合抜きだ、ああいう激しい運動を晩年までつづけてると、血圧に影響するんじゃ、と。わがはいはそれを聞いて、こころ折れた。あくまで体に良かれと思って鍛えたことが、まったくの逆効果となって、命を縮めたといわれたのだから。こんなバカバカしいことがあってよいのかと、天を呪いました。

そういうわけで、わがはいは不貞腐《ふてくさ》れてあの世では眠り惚《ほう》けていた。だから、いきなりこの世に引き戻されても、最初は起きたいとも思わなかった。目はつむって自分の殻に閉じこもっているつもりだったが、なんだかすこしずつ不快になってきた。瞼《まぶた》を透かして、明るい光と生あったかい熱がチクチクと目の裏を刺すのだ。まぶしいのでそっぽを向こうとしても、体が硬くこわばって動きようがない。

これもきっと、長いあいだ惰眠をむさぼっていた罰なんでしょう。如来《にょらい》やら菩薩《ぼさつ》やらからも一度としてお誘いがなかった。ただもう、そこらに転がってる石ころみたいなもんだ。こんなことなら、生きてる間にもっと信心でもしときゃよかったと、つくづく思いました。

そんな退屈な眠りがとつぜん乱されたのは、自分の体を無理に上方へ引っ張り上げようとする圧力を感じたせいだった。思わず、痛いって声が出た。いや、出たような気がした。

わがはいは、いたく迷惑であったが、別に目を開けるつもりもないから、そのままじっとしておった。それでも不思議なのは、息もしていないのに、周囲の音や日差しの気配がちゃんと感じられるんだ。目を開けていなくとも、なんとなく外が見えるような気がするんだ。そう、まるで生きていたときのように……。

と思いかけた瞬間、わがはいはとんでもないことを思いだした。たしか自分は、二度目の発作を起こして倒れたあと、死んだはずだ、ということを。

それでおどろいて、起き上がろうとしたが、体は干物みたいに硬直しているからまるで動かない。ただ、五官だけはぼんやりと働いているらしい。自分の横に、黒い炭団《たどん》を削ったような塊も横たわっていて、どことなく人の形にも見え、頭蓋骨のような骨も垣間見える。土に汚れて変色しているけれども、かろうじて白衣とわかるものを掛けられている。なぜか知らないが、わがはいは心のなかで、「お錦さん」とつぶやいた。どうやら、そばに妻のお錦も寝ているらしかった。

わがはいは、ようやく思考が働きだしたので、ありがたいと思いながらも、何がどうしてどうなっているかを探ろうとした。五官に感覚があるし、動かせないとはいえ肉体のありかがわかるという状況を付き合わせると、わがはいにはまだ肉体らしきものがあるという結論に達した。半分はこの世のモノという範疇《はんちゅう》に、まだ引っかかっている状態らしかったのだ。

それでふいに思いだした！　わがはいは遠い昔に常光寺《じょうこうじ》に土葬された身であったことを。

本来なら、我が家の宗旨である浄土真宗、麻布十番にある善福寺だったわけなのだが、わがはいは毎日散歩に出るときに通りかかる浄土宗の常光寺が気に入って、死んだらここへ埋めてもらおうと、自分で墓を買っておいた。つまり、死後の独立自尊だ。死んだときの葬儀は菩提寺の善福寺でやったが、墓ぐらい好きな場所にさせろと、自由を通さしてもらったのだが、まあ、とんでもないことをしたもんだと思う。墓所だけは別宗派の敷地をあけてもらったのだから、後にいろいろと問題が生じたようだ。おまけに、明治政府が火葬を推進する中で、これもわがはいの自由で土葬にしてもらった。火葬にされなかったので、肉体をうしなってもおらなかったのだ。そこへもってきて、常光寺が本堂を改築することになったとき、宗旨のちがうのが問題となり、この際わがはいの墓を菩提寺へ移そうという仕儀にあいなった。いやはや独立自尊とは、死してなお、つらぬきがたいものじゃと、わがはいは溜息を吐《つ》いた。

とはいえ、土葬になったわが骸だが、こうして蘇ってみると、悪い気持ちではなかった。体が地下水のように冷たくてかび臭い液体に濡れているのだが、意外なことに不快ではなく、冷たさが心地よかった。肌が大理石みたいにツルツルしているのもわかった。死ぬと、それ以上はもう衰えなくて済むのかもしれない。

ということは、土葬されていたわがはいが何かの都合で墓から掘りだされたのが真相であろう、と結論を得た。そうか、娑婆に追い返されたわけかと合点した。

ハアァ、これはおもしろい、と、出戻り死人であるわがはいは微笑んだ。何にでもおどろかず、ただ好奇心の欲するまま生きてきた自分が、まさか死んだ後までもこんな珍しい体験にあずかれるとは、じつにありがたきことであった。

事情がすこし理解できたので、わがはいは視覚だけを潜望鏡のように持ち上げて、地表に展開している光景を眺めることにした。さいわいなことに、死んだ直後の記憶が残存していたようで、いちばん最初に見つけたのは、常光寺の住職らしき坊さんの顔であった。血の気が引いて青白く、両目を皿みたいに見開いている。まるであっちが死人のようであった。

「いやはや、奇跡とはこのことにございます！　福澤先生のご遺体と、あとには奥様もともに埋葬させていただきましたが、あれはたしか明治三十四年でございましたろう？　今が昭和五十二年ですから、ざっと七十六年目になります。だのに、まるで今にも先生が起き上がってくるようじゃございませんか！　こんなことが起こりうるのですかなァ？」

住職は鼻を膨らませ、わがはいの体をさわっている医師に問いかけている。

「これはおそらく屍蠟《しろう》と呼ばれる現象です。地下深くに冷水があって、ご遺体の腐敗を防いだのです。ごらんなさい、着物も帯もきちんと残され、ほんとうに今にも目を覚まされるような御姿ですよ」

とまあ、そういう次第で、わがはいの遺体は昭和五十二年五月二十二日、福澤家の墓所をひとつにまとめるため、品川の常光寺から麻布の善福寺へ移されることになり、こうしてふたたび陽の目を見ることになったのである。そばで慶應の教授連とわがはいの子孫とがなにやら緊急の話し合いをしていたので、わがはいは聞き耳を立てた。

「両方の目と足指が欠けておいでですが、あとはまったく完全に屍蠟化されております。このようなことが、この東京で、ましてや福澤先生のご遺体に起きたとは、夢にも思いませんでした。これは奇跡なのか。わたしは一瞬、死してのちの三日目に復活されたというイエス・キリストの故事を思い浮かべました。今回は、まさしくそれに劣らない世紀の復活じゃありませんかな」

と、まじめくさって言う声が聞こえた。

「冗談ではありませんよ。諭吉先生はキリストじゃありません。家族として申しますが、このようなことを世間の話題にさせたくありません。故人には一刻も早く安らかに元の彼岸へお還りいただかないと」

「しかし、こんな奇蹟が実際に起きたのですよ、ご家族のみなさん。学術的に見て未曾有のできごとといえませんか。可能であるなら、解剖をはじめとしてご遺体の調査をされることが望まれます」

　といった調子で、たくさんの意見が飛び交っているのを、わがはいは他人事のように聞いた。

「では、どうでしょう。慶應大学医学部の威信をかけて、福澤先生のご遺体を永久保存するという案は？　福澤先生の尽力により伝染病研究所を開かれた北里柴三郎先生が、その恩に報いるべく慶應に創設された医学科の初代科長を引き受けてくださった。そんな歴史にかんがみますと、これはまさに天与の機会といえましょう。医学部あげての慶事とすらいえます」

「まあ、ちょっと待ってくださいな！　これを大騒ぎになさるおつもりなの？」

「おー、いやだ、いやだ。そんなことは福澤家の名誉にかけても許しませんからね」

　と侃々諤々《かんかんがくがく》の言い合いだが、わがはいにはあいかわらず他人事である。ただ、歓喜すべきは一つ、あの北里君がわがはい没後に慶應の悲願であった医学科を設立し、初代科長に就任してくれたことだった。わがはいはそれを聞いて涙が出た。いや、涙に似たような生理反応が生じるのを禁じえなかった。これ以上にありがたいことはない。我が慶應は七十六年後にもつぶれることなく、医学部までも備えた大学になっていた。以て瞑すべしとはまさしくこのことだ。いや、すでに瞑しておるわがはいがそういうのだから、まちがいはない。

しかしまあ、わがはいの主義からすれば、国家で祝ってもらったり、孔子みたいな聖堂に祀られることだけは勘弁してもらいたい。

ただ、残念だったのは、わがはいが重視していた解剖への貢献ができなかったことじゃ。献体になることなく土葬にされたことを知って、自分ながら口惜しかった。イギリスのベンサムという哲学者は人体を徹底的に有効活用し医学の発展に資するため、自分の遺体を解剖させたばかりか、さらに自分の頭部や表皮を防腐処理して「自身像《オートアイコン》」なる座像として保存させたという。ベンサムはロンドン大学に対して、銅像代わりにこの自身像を寄贈し、学内の重要会議には車椅子にこれを乗せて出席させるという約束も守らせたそうな。だがまさか、このわがはいの自身像が車椅子に乗せられて三田を一周するなぞということになってはかなわんから、遺族のいうとおり早いところ埋葬をやり直してもらえるとありがたかった。

なんにしても、わがはいの樹《た》てたる塾がいまもなお健在であることを知って、もはや思い残すことはない。これをもって、わがはいはふたたび安眠することとする。

昭和五十二年五月二十二日福澤諭吉遺体掘り出しの日に　三十一谷人《さんじゅういっこくじん》 識《しるす》

（了）

著者あとがき

昭和四十一年に慶應大学に入学し、学生証をもらったその足で、わたしは三田の煉瓦図書館に駆けつけ、晴れてその蔵書を読める身になったことを天に感謝した。大学図書館には、うわさだけ聞いていた古今の稀覯書の現物が所蔵されている。雨が降る日だったが、暗くて冷えこむ天気を気にも留めず、わたしはあの赤い建物に飛びこんで、さっそく蔵書目録を繰りながら、めざす本を一冊ずつ見つけては、カウンターに行って借りだした。最初に、ビアズリーのアートが見られる世紀末雑誌『ジ・イエロー・ブック』、次が日本の『新青年』という雑誌に訳出されていたモーリス・ルヴェルの英語版短篇集を借り、野尻抱影が絶賛していた残虐コントを三篇ほど読んで感激したあと、エジプト考古学の原点ともいえるナポレオン版『エジプト誌』の巨大な復刻本にあった銅版画を堪能、そして最後に、なにより好きだったアイルランドの劇作家ロード・ダンセイニ著『時と神々』の原本を見つけだし、閉館時間寸前まで読みふけった。緑色がかった燈《ランプ》の下で、わくわくしながらページをめくった至福の日のことを、今もけっして忘れない。

わたしは中学生のころから海外の幻想文学や神秘学に関心が深く、すでに翻訳のまねごとを始めており、丸善の案内所に置かれた『ブックス・イン・プリント』にかじりついて、読みたい本を検索して発注していた。けれども、なにせ貧乏な家の息子なので、高価な洋書を一年に十冊も買えれば、それで乏しい財力の限界となった。あとはほぼ毎日、高校があった荻窪周辺と、土日に足をのばせる神田古書街で、安価な古書を掘りだすことを日課としていた。

ところが三田の図書館には、その数万倍の本がある。しかも、見放題、読み放題で、おまけに無料なのだ。まるで禁じられた大宝物庫の鍵を、道端でふと見つけたような夢見心地だった。もちろん、暇さえあればこの宝物庫に入りこんで、誰も読んでいなかったと思われる希書珍書を見つけては雀躍《じゃくやく》し、むさぼり読んだ。したがって、現在のわたしの人格・趣味・思想・雑学知識を創りあげたのは、慶應義塾大学の図書館だったと断言できる（むろん、一食五十円で食べられた学食のおかげもあるが）。自分はこの図書館の落とし子なのである。

そういう妙な趣味の学生が、半世紀を経て、何の因果か、大学の創業者である福澤諭吉の生涯を書くことになった。言うまでもないが、最初はことわった。もはや余命いくばくもないし、だいいち、これだけの有名人であるから読まねばならぬ資料も無限にあるだろう。

しかし偶然にも、親しい友人である静岡県立美術館館長の木下直之さんから、『福澤諭吉全集』全巻揃いを譲るというありがたい話をいただいた。読んでみると、『学問のすゝめ』や『西洋事情』のような教科書的なものばかりでなく、その範囲の広さと語りのおもしろさに魅了された。とくに傑作は、『時事新報』に書きつづった社説や、昨今のコロナ禍問題を思わせるような微生物論、そして帝室論、軍事論などの、何処まで諭吉の真筆であるか定かでない論文の数々。そしてなによりも恋愛論や女性論が無上におもしろかった。諭吉のように、どんな分野のことも一手に引き受けて解説できる万能学者は、かつては森羅万象なんでもござれの「驚異博士」、「天使博士」、「奇蹟博士」と尊敬されたが、これらの人たちはしばしば、学歴もなければ学位もなく、博士号もなく学術論文も書かない、言ってみれば無位無官の先生であった。

ところが近代は、むしろその学位や博士論文を有することが大学者の要件となってしまった。ついでに国家予算を握る「専門分野に特化した学者」が大事にされる時代である。たしかに、複雑化し研究の質も個人ではカバーできなくなった現在は、何でも知っているということはありえなくなった。でも、昔だって何でも知っているということは不可能だったのだから、これは物の譬《たと》えであって、いわば「叡智」と呼ぶべき能力を持つ人たちを指していたのだろう。

そこで諭吉の経歴を見ると、博士号だとか、学歴だとかは、なきに等しい。あれだけ書いた啓蒙書は、ほぼすべて、庶民にわかりやすく伝える「お話」という体裁をとっている。何より重要なのは、こういう人たちには権威ではなく、品位が備わっていた。

彼らは生ぐさい経済や政治の闇にはかかわらないし、そもそも世俗的な権威の外に出た学者だったから、博士《ドクトル》とは呼ばないし、また学長とか文部卿とかいう肩書も必要でない。ではどんな呼称がいいかというと、ただ一つ、「先生」としか呼びようがないのだ。江戸時代では、こういう先生を「大先生《おおせんせい》」と呼び、あまたの「小先生《こせんせい》」と区別したそうだ。

そういう万能の「大先生」が崇敬された江戸時代の学問界と、明治以後の帝大卒博士号ありといった「小先生」優越の時代とのはざまに、諭吉は存在したと思われる。だから、ふしぎであり、おもしろいのである。奇しくも、慶應大学では、学位も何も持たない諭吉だけを「先生」と呼び、あとの博士や教授連は「小先生」とすら呼ばれず、ごく世俗的な「君」付けなのである。

このような伝統がなんとなく生き残ったガラパゴス的な大学が、諭吉の創設後百五十年余の現在も健在であること。しかもこの一私学が、学位や組織や大規模な研究体制を必要とする新しい教育事情の下でなお活発に活動していること。これら互いに矛盾する特質を維持できている現状に、諭吉の存在はどうかかわっているのだろう。

わたしは、そのような観点から、もしも異質な福澤諭吉像を描けたら、それを書く資格も力もない自分も「この大学に創られた人間」である理由が、ひょっとすると明確になるのではないかと期待し、ほぼ五年がかりの執筆を開始する覚悟を決めた。

以上が、この小説に手を染めた動機である。

実際、「福澤諭吉伝」を語ることは、たとえ小説の形態を借りたとしても、じつに引き合わない「賭け」といえる。

その理由はすでに書いたとおりだ。これまで福澤諭吉の生涯をあつかった論述は、推定することすら恐ろしい数量にのぼっており、しかも、そのすべてが寄ってたかろうとも、福澤自身が残した『福翁自傳』を凌駕する作品は著し得ぬであろうと、断言できるからである。

加えて、福澤諭吉の経歴や活動にかんする研究も、それこそ年を追うごとに更新され、新説も登場している現状を見るにつけ、まがりなりにも「創作物」と主張できるような諭吉伝を世に出せる余地は、ほとんどなくなったともいえる。

でも、たった一つ、わたしが恃《たの》みにできるのは、「縁」しかない。縁というのは、福澤諭吉流に説明をこころみるとすれば、「因果」よりもよほど不思議な関係性をあらわす言葉だ。縁とは対極に位置する言葉に因果があるが、これは「原因と結果」がちゃんと存在する関係のことで、近代科学や論理学では、これをもって物事の成立を説明するのである。

ところが、縁はちがう。縁には、原因と結果という論理の筋道が存在しない。ある時、ある場所で、何の脈絡もなく成立する関係とでもいうしかない。江戸時代の人は、この意味をよく知っていた。袖すり合うも縁のうち、なのである。諭吉が好んで題材にした「婚姻」を例に引けば、恋愛結婚は因果律が成立する関係といってよい。なぜなら、お互いが好きになる、という原因があって、結婚という結果が生まれるからだ。しかし、見合い結婚にはその因果律がない。あると き誰かが勝手に見合いの話を持ってくる。あるいは、幼児の年齢で両親の話しあいがあり、許婚《いいなずけ》が決まる。本人たちにとっては理不尽この上ないが、これを「縁組」と呼び、「見合い結婚」とも言った。恋愛という因果律でなく、「ご縁」という「眼に見えない糸」が成立するからだ。だから見合いを「縁談」と呼んだ。この説明でハッキリしないなら、街なかで反社会的集団にガンを付けられたところを想像されたい。何の関係もないのに金品をかすめ取られる。この理不尽な関係を、「因縁を付けられる」というではないか。見合いと同じく、縁がうまれるから、縁起ともいう。それが悪しき縁ならば、「縁起が悪い」となるだけだ。

そこに偶然や運命が複雑に絡んでくる分、物語の趣《おもむき》がかわっておもしろさが生まれるかもしれない。

本書は、そのような意味で、福澤諭吉にかかわる「縁」を描く小説をめざした物語である。だが、いまさらながら考えると、この本を書くよう激励してくださったのは、交詢社文化委員長の早川浩早川書房社長であり、高校生時代から教えを受けた恩師・紀田順一郎氏は慶應義塾の卒業である。諭吉と因果はなくとも、縁は起きている。もはや結果を怖れることもなくなった。

著者記す

主要参考文献リスト　荒俣宏編

本書を執筆する上で役立った文献を、感謝とともに列記する。各書誌に関しては、数多くの版本が存在するため、著者が実際に目を通したものを書き上げておいた。したがって、初版にこだわってはおらず、また電子書籍で閲覧したものもある。

1　福澤諭吉・慶應大学・総説関係

福澤諭吉とその親戚・門下

『福澤諭吉全集』再販版全 22 巻　（岩波書店　昭和 44 ～ 46）
『福澤諭吉事典』福澤諭吉事典編集委員会編　（慶應義塾大学出版会 2010）
『福翁自伝』福澤諭吉著　（慶應義塾大学出版会　2001）
『明治人の観た福沢諭吉』伊藤正雄編　（慶應義塾大学出版会 2009）
『福澤諭吉の横顔 』西川俊作著　（慶應義塾大学出版会「Keio UP 選書」　1998）
『ふだん着の福澤諭吉』西川俊作・西澤直子編　（慶應義塾大学出版会「Keio UP 選書」　1998）
「福沢諭吉」渡辺修次郎著　（青山堂『近世名家伝　巻之下』　明治 11）
『福澤諭吉を語る』小泉信三述　（慶應義塾大学出版会　2011）
『父　小泉信三を語る』小泉妙著　（慶應義塾大学出版会　2008）
『傳記小説集福澤先生』木村毅著　（南光社　昭和 9）
『小幡篤次郎著作集』第一巻　小幡篤次郎著　（慶應義塾大学出版会 2022）
『福沢諭吉と弟子達』和田日出吉著　（千倉書房　昭和 9）
『門野幾之進先生事蹟文集』村田昇司 編著　（門野幾之進先生懐舊

録及論集刊行会　1939）

慶應義塾

『慶應義塾百年史』（上）（中）（下）（付録）（別巻）5冊　慶應義塾大学編　（慶應義塾大学出版会　上1958、中1964、下1968、付1969、別1962）

『慶應義塾図書館史』慶應義塾大学編　（慶應義塾大学出版会 1972）

『慶應義塾史事典』慶応義塾史事典編集委員会編　（慶應義塾大学出版会　2008）

学生気風

『近世秘譚偉人奇人』霞南小松緑　（学而書院　昭和9）

『三田つ子になるまで：慶応義塾学生生活』福富伊太郎著、デジタル版　（三田書房　大正9）

『三田生活：私學の天下』東奥逸人著　（研文社　大正4）

『思ひいづるまま』藤田孤松著　（延岡新聞社　1934）

明治文化と風俗

『幕末の江戸風俗』塚原渋柿園著　（岩波書店　2018）

『遊星群―時代を語る好書録 明治篇』谷沢永一著　（和泉書院 2004）

『東日七十年史』東京日日新聞社編　（東京日日新聞社　昭和16）

『東京―文明開化　遺跡漫歩』木村毅著　（光文社　昭和33）

『明治建設』木村毅著　（博文館　昭和17）

『明治天皇』木村毅著　（新人物往来社　1974）

開国精神

『近世日本国民史　開国日本』4冊版　徳富蘇峰著　（講談社「学術文庫」　昭和54）

『明治の理想・開国の精神』紀田順一郎著　（三一書房「紀田順一郎

著作集1」　2000）

『福澤諭吉研究　福澤諭吉と幕末維新の群像』飯田鼎著　（「飯田鼎著作集」第5巻、御茶の水書房　2001）

『ペルリ提督日本遠征記』鈴木周作訳　（大同館　昭和2）

『ペルリ提督　日本遠征記』4冊新訳版　土屋喬雄他訳　（岩波書店　1997）

『ペルリ渡来の顚末　雨夜物語』芝山隠士著　（上田屋書店　明治34）

咸臨丸

『幕末軍艦咸臨丸』文倉平次郎編著　（名著刊行会　1969）

『幕末軍艦咸臨丸』2冊版　文倉平次郎編著　（中央公論社　平成5）

『知の職人たち・生涯をかけた一冊』紀田順一郎著　（三一書房「紀田順一郎著作集6」　1997）

『万延元年遣米使節図録』田中一貞編　（田中一貞　1920）

『瀬戸内海国立公園の中心塩飽本島』大阪商船株式会社編　（大阪商船　昭和11）

『大豪清水次郎長』小笠原長生著　（実業之日本社　昭11）

2　個人関係

小笠原長行

『真相探究　小笠原長行の挙兵上洛』岩井弘融著　（Kadokawa「歴史読本」第43巻2号　1998)

『流離の譜』滝口康彦著　（講談社　1988）

『最後の将軍　徳川慶喜』田中惣五郎著　（千倉書房　1988）

勝海舟（勝安房守、勝安芳）

『氷川清話付勝海舟伝』勝海舟著、勝部真長編（角川書店　昭和47）

『海軍歴史』勝海舟著　（講談社「勝海舟全集8，9，10」　昭和48-49）

『海舟座談』勝海舟述　（岩波書店　昭和 47）
『秘録と随想』勝海舟著　（講談社「勝海舟全集 22」　昭和 58）
『開国小史』恩田榮次郎著　（横浜信陽堂　勝海舟題辞、中江兆民・林昇序　明治 32）
『人間勝海舟　孤高の開明』和歌森太郎著　（集英社　1974）
『勝海舟の生涯 』木本至著　（日本文化社「文華新書」　1973）

川上音二郎と川上貞奴
『書生芝居の思い出』伊藤痴遊著　（「痴遊雑誌」昭和 11 年 2 月号）
『大当たりのオッペケペー節』伊藤痴遊著　（「伊藤痴遊全集」第 13 巻　昭和 5）
『川上音二郎・貞奴　新聞に見る人物像』白川力編　（雄松堂書店　昭和 60）
『川上音二郎貞奴漫遊記』　（金尾文淵堂　明治 34）
『戦争という見世物　日清戦争祝捷大会潜入記』木下直之著　（ミネルヴァ書房　2013）

川路聖謨
『川路聖謨之生涯』川路寛堂編述　（吉川弘文館　1903）

北里柴三郎
『北里柴三郎伝』宮島幹之助著　（岩波書店　昭和 8）
『北里柴三郎とその一門』長木大三著　（慶應義塾大学出版会　2003）
『小説北里柴三郎　ドンネルの男』山崎光男著　（東洋経済新報社　2020）
『ローベルト・コッホ　偉大なる生涯の物語』ヘルムート・ウンガー著、宮島幹之助・石川錬次訳　（冨山房　1943）

櫛引弓人
『国際的興業師櫛引弓人』鳥谷部陽之助著　（Kadokawa「歴史読本」

第15巻6号　1970）
『近代日本の空間プランナーたち　海を渡ったイベントプロデューサー 櫛引弓人』(1) および (2)　橋爪紳也著　（大阪ガスネットワークエネルギー・文化研究所　雑誌「CEL」第51号 ,1992、および第52号 ,2000）

クララ・ホイットニー

『勝海舟の嫁　クララの明治日記』（上）（下）二冊　クララ・ホイットニー著、一又民子・他訳　（中央公論社　1996）

清水卯三郎

『平仮名ノ説』清水卯三郎著　（温故堂「維新大家文抄 : 付録　巻之2」　明治10）
『当世言逆論　政体篇』清水卯三郎著　（瑞穂屋　明治15）
『しみづうさぶらう略伝』長井五郎著　（山本印刷　1970）
『清水卯三郎を語る』清水連郎著　（日本橋研究会「季刊　日本橋」第二号　昭和10）
『清水卯三郎伝』大日本歯科医師会編　（大日本歯科医師会　昭和元）
「柳橋芸者の仏京行状記」宮岡謙二著　（宮岡謙二『死面列伝・旅芸人始末書 : 異国遍路』　1954）

竹川竹斎

『竹川竹斎　復刻版』　（竹川竹斎翁百年祭実行委員会　昭和56）

谷口喜作（初代）

『平井呈一　生涯とその作品』荒俣宏編　（松籟社　2021）
『開港五十年紀念　横浜成功名誉鑑　復刻版』　（有隣堂　昭和55）
『慶應義塾学報　第51号　慶應義塾維持会加入者報告』　（慶應義塾大学　明治31）
『細ともし』（二代）谷口喜作著　（雑誌「三昧」大正15年1月号）

中川嘉兵衛

『横浜開港時代の人々』紀田順一郎著　（神奈川新聞社　2009）

濱口梧陵

『濱口梧陵伝』　（稲むらの火の館　2016）

『浜口梧陵伝』杉村楚人冠著　（杉村楚人冠　1934）

『濱口梧陵学のすすめ：濱口梧陵生誕200周年記念』稲むらの火の館編　（稲むらの火の館　2021）

福澤桃介

『福澤桃介式』福澤桃介著　（kindle版 PanRolling Library　2009）

『貧富一新』福澤桃介著　（ダイヤモンド社　大正8）

『桃介夜話』福澤桃介著　（先進社　昭6）

『二人の天馬　電力王桃介と女優貞奴』安保邦彦著　（花伝社　2017）

『天馬行空大同に立つ―福澤桃介論策集』福澤桃介著、藤本尚子編解題　（世界書院「大同特殊鋼創業100周年記念出版」　2017）

『西洋文明の没落　東洋文明の勃興』福澤桃介著　（ダイヤモンド社出版部　1932）

『福澤桃介翁伝』大西理平編　（福澤桃介翁伝記編纂所　昭和14）

福地桜痴（福地源一郎）

『幕末政治家』福地桜痴著　（岩波書店　2003）

『幕府衰亡論』福地桜痴著　（民友社　大15）

『幕末の江戸風俗』塚原渋柿園著　（岩波書店　2018）

『福地桜痴』柳田泉著　（吉川弘文館「人物叢書」　1965）

『報道の先駆者　福地櫻痴』河邊眞藏著　（三省堂　昭和17）

松森胤保

『郷土の偉才　松森胤保』志田正市著　（松森胤保顕彰会　平成元

年）

『鳥獣虫魚譜―松森胤保「両羽博物図譜」の世界』　（八坂書房「博物図譜ライブラリー」　1988）

水野忠徳

『幕末名士小傳』木村芥舟著　（舊幕府雑誌社「舊幕府」２号　1897）

『小笠原諸島の津波史』都司嘉宣著　（歴史地震研究会「歴史地震」21 号　2006）電子書籍

『小笠原島巡回略記』小野田元熙著　（警視庁　明治 18）

森鷗外（森林太郎）

『鷗外をめぐる医師たち』土屋重朗著　（戸田書店　平成 10）

『評伝　森鷗外』山崎國紀著　（大修館書店　2007）

『鷗外と脚気』森千里著　（NTT 出版　2013）

『鷗外最大の悲劇』坂内正著　（新潮社「新潮選書」　平成 13）

森村市左衛門

『森村翁言行録』若宮卯之助著　（大倉書店　昭和 4）

本書はミステリマガジン二〇一九年九月号から二〇二一年三月号に『夢中伝——福翁余話』のタイトルで連載された作品を大幅に加筆修正し、改題のうえ書籍化したものです。

福翁夢中伝《ふくおうむちゅうでん》〔下〕

二〇二三年十二月　十　日　印刷
二〇二三年十二月十五日　発行

著　者　荒《あら》俣《また》宏《ひろし》

発行者　早川浩

発行所　株式会社　早川書房

郵便番号　一〇一 - 〇〇四六
東京都千代田区神田多町二ノ二
電話　〇三 - 三二五二 - 三一一一
振替　〇〇一六〇 - 三 - 四七七九九
https://www.hayakawa-online.co.jp

定価はカバーに表示してあります

印刷・精文堂印刷株式会社　製本・大口製本印刷株式会社

ISBN978-4-15-210288-1 C0093